散文两编

�@柑樹

陳鵬舉自署

上海三联书店

杜甫有句："岑寂双柑树。"

本书为散文两编合集，谨喻之。

——题记

目录

風流人物

风流人物

风流人物，原是有定义的，是说那些不平凡的人。这里得说上几句，说出它的另一种意思来。"风流"两字没异议。"人物"两字，不但是说"人"了，而是说"人"和"物"。"人"之所以有点意思，一直以来，都是和"物"有关的。

　　拿破仑带着他的队伍过阿尔卑斯山，看起来他真的很伟岸。其实，不是他长高了，而是他有队伍，更有托起他来的阿尔卑斯山。"万里长城今犹在，不见当初秦始皇"，说得气派。可又有谁想过，如果秦始皇没修长城，议论见不见他还重要吗？而且连这句话也不会有了。可见人和物连在一起，才成了人物。

　　前几天从咸阳机场去西安，夜色中先后见到"未央""曲江"路牌，萧何、韩信、吕雉，还有玄宗、杨氏姐妹，这些人突然都想起来了。汉家的未央宫，和唐都的曲江流水，这些已湮灭的物，曾经和风流的人连在一起，以至到今天好像还在。

　　有些更诗意的人和物。杜甫流落秦州，依然想着他的好友李白，写下了他的名句"渭北春天树，江东日暮云"。那年春天，我到了渭水北岸，还真见到了树。那树的枝干极为清癯、有力，就像杜甫。在树边回想到江东，那朵平素见惯的黄昏的云彩，不禁想象出了李白，一个纯粹和飘逸的李白。

还有许多看似不经意产生的物,却留下了许多人的欢乐或悲伤的心的温度。曹阿瞒题过江流中的一片石。读石上的"衮雪"两字,可以逼近这个汉魏大风流的人,感觉他少有的刚毅和通脱。李清照弹过的一张琴,琴上还留有她的一首词。这个宋代的女词人,她的高华和才气,在那张琴上,是真切到家了。颜真卿和他写的祭侄稿,黄公望和他画的富春山,相互映带,彼此造就。祭侄稿里,可以读出那个伤痛不已的大丈夫颜真卿;富春山居图里,黄公望的画家命相,让读它的人都能算出来。

　　还有,地震后幸存的青花瓷,古寺边飘落的菩提叶,这人案头"宜富贵"字样的汉砖砚,那家院中亭亭玉立的太湖石,今世难见的尺八箫,惊鸿一瞥的宋汝窑,林林总总,万类风霜,都教人挑灯斟酒,禁不住相看永夜,感想来世和前生。人和物这样密不可分。和前代风流相关的物,也就是文物了。文物包含许多方面,更觉动人的该是风流人物的心痕手泽,和曾经陪伴左右的金玉木石。还有无名的大匠,留下的他们年代的足以通灵的物,延续中国人与生俱来的精气神。我们出生太晚,也交游不了多少前辈风流,于是,经过眼和手的物,曾在和还在的物,便是我们感觉人间、感觉来世和前生的最美的机遇和福分了。

　　自然,物说到底,也是附丽于人的。说物说到底,也就是说人。这就是所谓"风流人物",一向以来,都是被理解为"人"的缘由。这个专栏所要写的,就是通过那些过眼过手、曾藏仍藏的物,说说人,从那些物想见那些足以心仪的、有名或无名的大风流的人。以此,让天底下许多相通的心,都有机会沉浸在风流人物的美好里。

梦之梦之 集

1924·雷峰塔

知道雷峰塔，是因为听过《白蛇传》。小时候听过蒋月泉的《哭容》，许仙在塔外，白蛇在塔里。吴侬软语，说不尽人天悔意。稍后听过赵燕侠的《合钵》，许仙在尘埃，白蛇在钵里，去处便是雷峰塔。皮黄流水，流不完离别血泪。

人与人的爱不见好，人与妖的爱不待见。最后扯进了雷峰塔，它当时浑朴得像老衲。白娘子永镇雷峰塔，法海一定很放心。可怜法海不懂爱。爱，上得天、下得地了，人和妖的底线，还有吗？

还有许仙，比法海更诚恳。也就这诚恳，让爱不再有生路。"顷时相见觉无双，天地何如蜜意长。盗草昆仑已难到，逢君莫与饮雄黄。"真想不明白，干嘛非要她饮雄黄。这首诗，我是写迟了，没让许仙先读到。

靠野史稗闻养大，知道雷峰塔那天起，我就欢迎它倒地。所幸这一点上，我和鲁迅先生差不多。1924年，雷峰塔倒地，他一连写了两篇好文章，心花怒放。懂得爱、为爱所累的白蛇，终于出来了。

和鲁迅先生不一样的，有俞平伯先生。他是学者，学者活在"白蛇传"之外。雷峰塔倒的那年，他24岁。倒的那天，他在隔湖的俞楼上,和僧人下着棋。塔先坍了塔顶,迅即全塔轰然倒地。那一瞬,他四妹佩珣看到了。到他起身去看时,一切已成往事。他心痛。

对大学者来说,一座塔的倒地,远比人的死亡精彩。雷峰塔是吴越王钱俶造的,一千年了。俞平伯呢?我宁愿相信,他曾见过塔的出世,也曾见过七百年前这塔毁于火,从此只剩塔心,面对夕照。之后他经历了几世,又来到雷峰塔的跟前,下一局可能烂掉斧柄的棋。他等到了雷峰塔的灭寂,可就这一瞬,他被排除在了沧桑之外。

六十年后,他八十四岁,和陈从周重游雷峰,依然写着他的心痛:"雷峰圮塔甲子一周,同游零落,偶引曲子,不云诗也。隔湖丹翠望迢迢,六十年前梦影娇。临去秋波刚一转,西关残塔已全消。"这一纸罗聘花卉笺上的墨迹,正在我眼前。"零落"两字边上钤着"陈从周"三字白文印。全诗的终了,钤着"平伯乙卯岁病后所作"朱文印。

浑身静定的学者,天天相似。六十年了,他还心痛在当年的心痛里。人原本渺小,看来学者也是。六十年不变的心痛,自然是一种伟大的感觉,可对雷峰塔来说,早已是寂寞身后事。看透了雷峰塔藏的所有经卷,写出了有关雷峰塔的两文双歌,几辈子人会高山仰止,可叹都抵不住雷峰塔的轰然倒地。

诗文更多时候不用笔写,诗文说到底是鬼斧天工,情爱歌哭。雷峰塔的倒地,是一首伟大的诗。墨写的雷峰圮塔诗,是一首伟大的有关诗的诗。今晚真好,读着九十年来两首诗。

2013.11.27

千峰顶上

　　十几年前，我在温州，弘一到过的地方，得到他的遗墨一帧。是个斗方，写着一个偈句。墨迹的全文是："归宗芝庵主，结茅绝顶。偈曰：千峰顶上一间屋，老僧半间云半间。昨夜云随风雨去，到头不似老僧闲。岁次鹑首。沙门月臂。"起首为佛像印，落款为朱文印"弘一"。同时温州潘九得弘一的另一件墨迹，寒山和尚极有名的偈句："我心似秋月，碧潭清皎洁。无物堪比伦，教我如何说。"那一晚，我们两个尘世间的寻常男人，好不开心！在楠溪江叫作芙蓉三冠的山形边，连夜谈天。也就那一天，他发现山中的鸣虫，并不把他我放在眼里，我发现中国画历来描绘的是夜色。远离尘嚣的大山里，想问题真容易。

　　弘一为什么就这样打动人？还不就是他也是个寻常男人？寻常男人，最容易被寻常男人打动。一支美国曲子，李叔同填过词，填出了"夕阳山外山"这样凄迷的句子。心里头有这样句子的，还不就是心里有泪的寻常男人？而泪水，不会干枯，即使是弘一了也不会。

　　十几年了，我还是认为李叔同也好，弘一也好，这个男人很寻常。我明白一个极尽了繁华之后的男人，心情会怎样，我还明白男人都想活得像样些，尤其是过了午后的年纪，都觉得对自己要有交代。血色黄昏，男人的心会凄迷，会美得很凄迷。这个男人如果不寻常，他一定会闹着死在繁华里。寻常的男人都脆弱。李叔同也是，没几个昼夜，变成了弘一。那天落日很淡，岸上的妻子在哭。他坐着船，划向虎跑寺，只留出一个背影。他到底没有回头。后人都说他很决然，我想他是很胆怯。回头看一眼永诀的妻子，需要的勇气并不多。僧即多情，佛即多情。翩翩李叔同原先很多情，偏偏弘一却是很无情。早知这样，去出什么家？弘一修律宗，做戒律最多的苦行僧。寻常男人，缺少大力量、大决绝。要管住自己的心，守着自己的尊严和高尚，自己力量不够，决绝不力，只有做个苦行僧。

　　弘一圆寂，绝笔是四个字：悲欣交集。在空相寺拜谒这字，看得我涕泪琳琅。寻常男人的心里话，说出来便是雷霆，心做的雷霆，便是倾盆大雨，泪做的倾盆雨。弘一的字，都说无烟火气。我不信。看过好些个晚上，更不信。弘一的字，颤颤巍巍，每一笔，都教人心里很难过。这样的字，让世上所有的寻常男人，感觉自己的内心很凄凉。

2013.11.28

同名印信

岁梢开了个墨迹展。其中有些北朝拓片的题跋,题得多了,感觉自己和历来的金石有一种缘分。金石太动心了,是可以镌刻心思的物。而且这物,真可以托付永年。

建君看了展览,写了篇文字,说了一些夸奖的话。这篇文字要化为铅字,还要些时间,她把它先发在微信里了。微信是一种有分享有间离的交谈方式,她的这篇微信,提醒了她的一个朋友。

这朋友第一次读到了我的姓名,被这篇微信夸奖的人的姓名。他有了好感,自然想起了河北廊坊的一个朋友那里有枚铜印,是枚印面为"陈氏鹏举"的古铜印。对我来说,是个陌生人的他,很快把他这个信息告诉了建君。

建君第一时间把这枚铜印的照片发给了我,印面,还有印钮。

我和她同样惊呆了,惊喜呆了。天下真有这样事。意料不及,不仅仅是喜出望外这样简单的心情了。

首先想弄明白的是,这是枚什么时候的印。同代的,同姓同名的人多了去了。异代呢,自然更难以计数的。只是前人的印信,流传下来的,少。想去同姓同名地找的,可能千百年来,不曾有一人。异想天开,天哪有这样开的。

谁会想到,今天,天真的开了。绝对是古印信,也毫无疑问是同姓同名。

建君感觉这天是由她开的，照她的话说是："大概就是冥冥中你托我交还给你的吧。"她匀到了这枚古铜印信，还执意送给我。

在万熹楼头，钤了得到后的第一个印蜕。先在巴西花梨大木板上钤，结果是"举"字淡了，猛然明白真是古铜印。岁月长久，铜印自然有细微不匀的现象。陆康看了原先的照片，初以为是元代的。见了印蜕，感觉不一样了。我在微信上发了印蜕，几位篆刻家见过说是宋代的了。意见是，元代印信没这么生动，应该是北宋民间产物。还说这类印，隋代就出现了。隋代封泥用印转化为白纸钤印，由白文印转化为朱文印，唐代就有著名的"都亭新驿朱记"，宋代开始流入民间，再后来分为元朱文和九叠文。

接下来的又一个问题是：这印的原主人是谁。这是个不得不提的问题，可谁都更明白，这最可能是一个无解的问题。

"道是凤来仪，碧梧犹有枝。昔年曾去我，今日复来谁。八百千秋岁，麻姑彭祖期。留余方寸铁，名姓未甘卑。"想得很恍惚，写了这首诗。印信和人的分离，是一件悲伤的事。

记得前些年写朋友的文字，写到朋友身上残存的古风，美美地补上一句，"可怜他晚生了八百年"。这话说的时候，感觉非常美好，这会儿，才明白，原来说的是自己的心里话。

同名印信，流落到我这里了。想请陆康刻一方"八百年前人"，存念。

2013.12.27

羽阳宫瓦

　　曾见过溥心畬画一朱衣女子,放出一个高高的风筝,也曾见过他画的宫廷一角一羽翠绿的鹦鹉。在长条的纸上作画,可以想见当初他躬身下笔的身影,甚至感觉出是个寒枝萧瑟的秋日,或是挑灯孤坐的遥夜。

　　他是清恭亲王奕訢的孙儿。他出生满五月,就有了头品顶戴。五岁时候,慈禧称赞他"本朝灵气都钟于此童"。他有天赋诗人的伤感,和画家的才情,可怜他生逢末世。风筝和鹦鹉,对他来说,总在左右,形影不离,甚至滞留在他的诗词和书画里。

　　陆机的"平复帖",还有韩干的"照夜白",是他的旧藏。要治母亲的病,他把"平复帖"匀给了张伯驹。我曾在张伯驹亲笔自述的文稿里,读到了"平复帖"和溥心畬,只觉得凄然不已。旧王孙,骨血里流着旧气。亡国之君溥仪,去了"满洲国"。他愤怒,写了《臣篇》,称自己不再是他的臣子,到此恩断义绝。这篇文字的原稿墨迹淋漓,它会在后世活下去。

　　这一夜,我见到了一纸拓片,秦羽阳宫瓦"羽阳千岁"的拓片。上有溥心畬的款识:"羽阳宫殿悲何处,彩云箫史同朝暮。霸业久随尘,问咸阳可怜焦土。只河岳,还如故。阅沧桑,成今古。漳台片瓦皆愁侣。叹璧月仍圆,销磨秦汉经风雨。兴亡恨,谁能补。辛巳七月题秦羽阳宫瓦,调寄凤衔杯,心畬。"还钤有私印两枚:"溥儒之印""旧王孙"。

秦代羽阳宫,是秦武公所修,在陈仓,也就是现在的宝鸡。金代词人元好问孩子出生,恰好有羽阳宫瓦出土。他把"羽阳"两字用作了孩子的名字。还写了一首小令,第一句就是"添丁名字入新收"。可见他是见到了出土的那片瓦,还收藏了起来。

有今人记载的一片羽阳宫瓦,也在宝鸡出土,圆形,残了。直径十八厘米,中有乳丁纹饰,双线分割为四格,分别书有"羽阳千秋"四字。

溥心畬款识的羽阳宫瓦拓片,为"羽阳千岁"字样。原物应该也出自宝鸡,今天不知在哪里。款识所填的"凤衔杯"词,和历来流行的柳永、晏殊所作有些不同,所依的词谱应该另有所本。

一个旧王孙,见到早已湮灭的苍苍上古宫阙的遗物,他的心情是可以想见的。"羽阳宫殿悲何处""漳台片瓦皆愁侣",这样的词句,不是伤心人,不能写出。他选用"凤衔杯"词牌,可能也是特地的。是以凤凰自喻,说他此时喝醉的不仅是酒,还有凄凉的心情。

又送王孙去,萋萋满别情。1963 年,溥心畬在台北病故,年仅 68 岁,葬于阳明山。

2013.12.27

我在黄鹄矶头住

十几年前，潘九送我一幅字，朱东润先生的字："我在黄鹄矶头住，黄鹄一去十四年。黄鹄归来我已去，空挥涕泪向遥天。"这字写得真是沉着痛快。浙东山居，窗外天青如洗，立轴才展开，突现几个字，就感觉心跳加快。确信无疑，这就是我一向在寻找的天地间一等的好字。

诗也好极。挥手目送，行云流水，弥漫着一股英雄气。朱东润在武汉大学执教十四年。十四年，这个读书人，过得很慷慨，很悲凉。在武汉的最后一年，他开始写他不朽的著作《张居正大传》。"苟利国家，生死以之。"读书人的怀抱，其中真有一些是以生死以之的。

朱东润是他父母第四个孩子，是他父母四十岁之后所生。我一直在想，男孩以后长成什么样，一定是和家庭有关的。眼前的世界大抵是男人的世界，见贤思齐，男孩要在世上获得进展，第一个超越的该是自己的父亲。如果还有兄长，要超越的就不只是父亲一人了。朱东润是有兄长的人，而且兄长还是报国的猛士。他在这样的家庭成长起来，他的心胸和气量就可以想见了。

孝悌恩爱，朱东润一辈子用心用肩担当着。而孝悌恩爱，化为大我，必然是精忠报国了。而这，更需要是一名真的猛士了。朱东润曾经投笔疾走，驱命讨袁，也曾经抛家别妇，奔赴国难。忠孝不能两全，说了许多代，只是说了分身的难。其实忠孝总是两全的，家国是一回事，忠孝也是一回事。譬如朱东润，心之所向，无微不至。他写出了《张居正大传》，也写出了《李方舟传》。前一个是他对多难的故国，哭吐精诚；后一个是他对多难的妻子，倾情感佩。什么是大丈夫？到这里，我们明白：朱东润正是。

听说朱东润论到屈原，认为《离骚》不该是屈原写的。屈原那个时代，读书人爱的是泱泱华夏，匡扶的是整个天下，不会在乎某个国君，甚而是自己的贵胄血脉，即使这血脉牵连的是伟大的秦、楚。这个见解是极其深沉的。可以想见，朱东润周旋在自己的心绪里，中国的兴亡让他殚尽心力。多难兴邦，空挥涕泪，当年他读《离骚》，一定读得心痛欲裂。

再回到这字上来。黄鹄矶头，住了十四年，见不到黄鹄。黄鹄哪里去了？黄鹄究竟是什么？朱东润没说。他只是说，好可惜，来的时候，黄鹄不在。去了以后，黄鹄应该归来了吧？他用十四年的时间，等待着黄鹄，可他等不到。黄鹄不待见他，他只有空挥涕泪了。空挥涕泪，为着看不见黄鹄。黄鹄究竟是什么？让一个读书人，耗尽中年的心头，挥之不去。我想黄鹄，大概就是朱东润家国之念了。这首《黄鹄》诗，正是朱东润的《离骚》赋。这字，写在1986年，那时，他已九十岁。

在中国，选择做一个读书人，正像鲁迅所说的那样，一生的忧患就开始了。在中国，黄鹄一样的和平、公正、幸福和安宁，指望不期而遇，是多么艰难。只是，中国的读书人，都会像朱东润那样,在黄鹄矶头住下,并且在那里埋下自己的心,等待黄鹄的到来。"我在黄鹄矶头住",无论多少年,中国的读书人都会这样想、这样说、这样写:黄鹄不会杳然,黄鹄一定会到来。

2014.4.17

犹记年前住富春

　　山青曾赠我王映霞所写斗方一件，一晃已十几年了。当时还真没仔细看，今夜打开才知写的是她自己的诗："犹记年前住富春，澄江如练照丰神。别来几度沧桑改，浙水狂涛忆故人。"

　　这是她1938年的旧作，写给她一个女同学的，是一组四首中的第一首。原本还有个小跋，说到她正由湖南经福州去星洲。

　　王映霞会写诗，大多是七绝。毕竟是郁达夫当初的神仙侣，她的诗气质上乘，也可见郁诗的影子。她懂诗也写诗，或许因此，鲁迅那首著名的"阻郁达夫移家杭州"，是写给她的。

　　郁达夫感觉上海的气氛肃杀，决意迁居杭州，行前，由王映霞来鲁迅家告别。鲁迅为王映霞写了"钱王登假仍如在，伍相随波不可寻。平楚日和憎健翮，小山香满蔽高岑。坟坛冷落将军岳，梅鹤凄凉处士林。何似举家游旷远，风波浩荡足行吟"。这事这诗，《鲁迅日记》1933年12月30日有记载，诗中的"假"原为"遐"，"风波"原为"风沙"。

　　可惜，空有了鲁迅的好诗，这对神仙侣还是去了杭州，神仙侣的传说也终结在了风雨茅庐。

　　提到王映霞，自然是想说到郁达夫。郁达夫可能是上个世纪中最为凄美、最为壮烈的文人。文人其实是无力实现自己对于家国的抱负的，文人只是他所在的那个时代的心灵。可惜心灵时常是被无视和被忘却的，这就是文人毕生要面对的人生。郁达夫几乎毕生迎接着尖锐的心痛，国破家亡，让他不能自已，最后还是被鲁迅说中，游旷远了。可惜不是举家，而是他形影只单地游旷远。最终是惨遭敌寇杀戮，成为上世纪中国文坛以血荐轩辕的第一人。

郁达夫是伟大的小说家和散文家，还是一个伟大的旧体诗人。上世纪中国文坛旧体诗写得最好的，一个是鲁迅，一个是郁达夫。他们的旧体诗必然不朽。譬如鲁迅的诗句"梦里依稀慈母泪，城头变幻大王旗"，郁达夫的"曾因酒醉鞭名马，生怕情多累美人"，前者从梦里执意醒来，让自己的心灵直面刀丛，后者说是寻到了醉乡，暗自把心灵鞭挞成碎片。恐怕没人知道郁达夫心灵到底有几道鞭痕，只知道他是个鞭痕累累的人。文人和烈士，两者看起来不相干，其实文人不是烈士，谁还可以称烈士？说文人是时代的心灵，时代的心灵不会死去，又有谁想过，既然文人是时代的心灵，文人的存在就是一种壮烈。

"犹记年前住富春"，实在想念郁达夫当年和王映霞在富春江边的神仙侣影。今年春天有机会到了富阳鹳山，写了三首绝句，这里录两首聊寄鸿爪："鹳山旧日侣神仙，来没风波去没天。我亦春衫心思薄，泷头欲系五湖船。""能把文魂剑魄收，少年心事哭无由。青山白水归何处，来上春江第一楼。"整整的一条富春江，我想以后许多年轮里，都该属于凄美和壮烈的郁达夫。

2014.6.2

归虚储怪

那年，刘海粟九十三岁，我和拿恩、端木都三十九岁，想合作写一本《刘海粟传》，请海老先写了一段话作为序。海老写了，其中说："三个三十九岁的年轻人，要写他们心中九十三岁的刘海粟。一百本《刘海粟传》会出现一百个刘海粟，我期待他们写出他们心中的那个刘海粟。"海老这段话是毛笔写的，如今不知淹留在哪里。

我第一次见海老是在当记者的第一年，他刚从香港回来。在香港他画了一幅红梅，获得一百万港币，随即悉数捐给了他所在的南京艺术学院。

那天下着细雨，我在上海大厦采访他。他个头不高大，可气场太大。洪钟般的嗓音，还有浩然的笑声，讲述他访港的经历，拳拳之心感动了在场的所有人。记得当时新华社曾涛社长也在，他称赞说，海老的伟大，在他心怀着伟大的祖国。海老朗诵了他题在那幅红梅图上的一首绝句，最后一句是"她在神州彩霞中"，我把它作为了专访的题目。

之后，多次见到他。有一次他蓦然念叨我的名字，说"'鹏举'，一幅画啊"。也是那次，我问他徐悲鸿怎样，他回答说："当然是大师！"那时候"大师"的称谓，不像现世这样没品。可见海老是真评判。

他在当时的天马大酒店过九十岁生日。那时九十岁还是神仙般的年纪,大家都惊奇他依然身板硬朗,谈笑如常。亲友,还有工作人员,刚好两桌。筵席上,有人提议,每个人保存一份由所有人签名的菜单。海老和夫人夏伊乔先签,海老每份都签得很端正。海老说过,写字,不求写得好看,写端正就好。看着海老签菜单,我相信他对字的虔敬态度,原本就在他骨子里。

海老十上黄山,我因病无缘随行,拿恩、端木去了。在黄山北海散花精舍住了一个月,端木带回海老写给我的"归虚储怪"四个字。这四个字,是清代一个文人写了刻在黄山一块山石上的,他写的该是他对黄山的感受。黄山云海无定无据的万古朝气,被他写对了。我想,他的感受也是海老的感受。所不同的,海老的这一感受除了对黄山,还宽阔到对艺术和天地了。展开墨迹的那一刻,感受到了海老的感受。我储存了海老深意,回归了天地初心。

他活到了一百岁。一些黄昏,和他在一起,总是他一个人在说,说他的康有为和梁启超。一个世纪了,他依然觉得自己是个少年,一个和家国命运攸关的少年。

他经历了一个世纪,有关他的一路行走,后人其实是不可轻言的。一个人没力量为一个世纪买单,也没力量为活过一个世纪的自己买单。评价一个人的气节,不可以出自风闻。苛求活过一个世纪的前人,最好记得自己才活了多少年。

上世纪的风流人物,大多远去了。所幸他们留下的墨迹,还带着各自的体温和心的温度。读到"归虚储怪"四个字,真的感受太好了,总觉得他们风流宛在。

2014.6.17

哀哀集

我的老师许寅

　　我的老师许寅去了。看了他自拟的讣告临了说"驾鹤西去，快何如之"，不由蹦出泪来。他生前总觉得悼词不通人情，悼词，被悼的人总是听不到，他要从他起改一下。他请萧丁给他写了悼词，还特地要我也看一下，后来经过他本人首肯，发表在了报纸上，还载入了萧丁的新书里。为此他很开心。如今他自拟了讣告。我想他拟的时候，一定也很开心。

　　这个世界，谁也不能活着离开，但也有人可能笑着离开，许寅就是笑着离开的那个人。

　　许寅是我平生见到的真正通脱的人。苏东坡一生在讲通脱，可见他一生纠结在通脱和不通脱之间。许寅从来不讲通脱，可他是个通脱的人。他是报人，《解放日报》报人。他是一个以报人的身份终其生的，公道、侠义、睿智、激情、超凡的记忆、过人的才华，还有世事洞明和以德报怨的见地和胸襟，他成全了一个报人，《解放日报》报人所应有的所有品格。他一生不为官，他经受了做一个名记者的所有历练，并走出了一条后辈可能仿效的名记者之路。今天，他成为了《解放日报》的一个传奇。《解放日报》人，可能人人都想为《解放日报》争光，许寅以毕生的心力，真的为《解放日报》争了光。

三十多年前，我到了报社，和他一个办公室。三个月后才在办公室里见到他。不是他不上班，是他隔三差五的半夜才来报社，交来的是非常好的稿子。同样都写文艺新闻，也就是他可以写出出人意料的新闻来。我第一次去外地采访，是在苏州召开的昆曲十六个传字辈的汇演探讨会。那天江苏的张继青演完一出《烂柯山》，他大步走到台前，面向着观众，带头鼓掌。那天，满场掌声震天，为着张继青的杰出表演，也为了他，这位有口皆碑的昆曲专家级的报人的热情洋溢。

　　他太有才了。我见过他同时写三篇杂文。他把三张稿子并排摊开在桌上，分别写上了三个题目。我记得它们是"王安石择邻""拿破仑在奥茨特利斯战役"和"屡战屡胜岂必是福"。他就是这样交错着写，不是表演，实在是依循着自己太活跃的思路。有一天，他说他可以背千首杜诗，真吓得我不轻。当场试了，他不但背出了杜甫数十句一首的长律，还把杜诗的不少数十字的标题也背得一字不差。这是他惊人的记忆，也是他在古文上的非凡功力。他是一个不知疲倦地用鞋丈量地皮的报人，他说他是在等车和上厕之类的时间里，背下了这些的。那年，他快六十了。

　　他是我精神上的父辈。不到两年，我被安排到《朝花》做编辑。记者的瘾还没过，我请求他帮助，不去《朝花》。他说，一定要去，去对你好。那天，他的脸色很冷，我惊愕一向急人所急的侠义之人，怎么一瞬间不近人情。可我还是听他了。今天，我已经很明白：他真的看得远，待我好。

　　认识他十几年之后，有天他急着找我，说看到了我写的旧体诗。他说他写了篇评论我的诗的文章，要发表在《朝花》上，这又是让我感觉出汗的事。可就是他给当时的总编辑丁锡满写了一封信，信中他引用了一句古语"使李将军遇高皇帝，万户侯何足道哉"，充满感情地提到了《解放日报》历来有才能的许多人，说报社对他们宣传不够。丁总也是个文化人，他也有惜才和成人之美的"软肋"，他批示说，这是对自己编辑的鼓励，也是对社会的一点贡献。由此，评论《朝花》编辑写的诗的长篇文章，破天荒地刊登在了《朝花》上。这对我的人生，影响无法估量。

我是个脆弱的人。知道许寅中风之后的十几年里，有好些次可以去一见，都没去。不是不思念，是怕看见一个英雄的"末路"。感觉这样的末路，最不该属于这个纵横四海的人。我想起了曾经写给他的一首诗："兼是许由唐解元，入时出世两悠然。高人白发公无恙，竖子成名我有缘。廿四史书常下酒，三千狐怪共聊天。相逢一十三年矣，愧试东风第一篇。"诗中"三千狐怪"一句，是说他教我：写文章要学《聊斋》中蒲松龄的批语。他每每在办公室里朗读那些批语，总让人和他一起忘情和神驰。如今他去了，他到底有机会"三千狐怪共聊天"了。

2012.9.19

一个诚实的读书人还是走了

　　人生不是一部长篇小说，人生其实只是一句话。《安娜·卡列尼娜》，这么厚的一部小说，也就一句话：一个失恋的女人卧轨自杀。

　　我的恩师萧丁今晚走了。

　　他的人生也是一句话："一个诚实的读书人还是走了。"

　　1981年，我进报社文艺部，他是我的老师。他讷于言。第一天找我谈话，只是说我原本是工人，他原本是农民，能到报社工作，应该珍惜，接着就无话了。之后，他对我的教导，都是书信。我和他的办公室，门对门，我门上的信件袋，不时有他留给我的书信。清秀和灵气的文字，讲述他的意见。他一直要我学会看昆剧，还有就是学习《红楼梦》。他认为曹雪芹的文字好，写新闻就要这样的好文字。

　　他喜欢请我吃饭。报社离他家不远，中午时分，到他家，他在家对面沽上一斤绍兴黄酒，和我一人半斤，拿天台家乡的土菜下酒。我没酒量，喝完了，就在他家床上睡一会儿。他乡亲有时带来了鱼鲜，他会提着些送我家来。也不进门，给了就走。他从不让我回请他吃饭，他说报社有个规矩，群众吃领导，非党员吃党员，年轻的吃年长的。我问他吃谁的，他说他吃张乐平，就是画三毛的张乐平。他的新闻写得极好。有天宋长荣在中国大戏院演《红娘》，我们都去了。他看得激动起来，去剧场办公室打了个电话，和夜班编辑商量留点版面报道一下，结果只能挤出两百来字的版面。他写了，写得极好。后来成了复旦大学新闻系的教材。他是诗人。他提前毕业来报社夜班编国际版，他以"萧丁"笔名配写的讽刺诗，和《人民日报》的"池北偶"齐名。新闻是没日没夜的活，他失去了游历名山大川、抒写长篇诗作的最好时光。这是他的不幸，但是报社的大幸。

他是浙江天台的农家子，他和母亲、弟弟相依为命。他在报社，他的家人当时都在家乡。他曾经动心回家乡，去任县委宣传部长。他的恩师许寅严厉批评了他，说他太没出息了。许寅说，国家培养你丁锡满，不是为了培养一个县委宣传部长。一些年后，他将任职上海市委宣传部。那天欢送会上，大家说他当不了大官，随时准备他回报社。他也即席朗诵了王昌龄的两句诗："洛阳亲友如相问，一片冰心在玉壶。"

他是个温和的读书人。因为是读书人，他有正直的人品和位卑不敢忘忧国的节操。1975年，他看不见国家的前途，曾经想自我了断，又是许寅多次彻夜长谈，劝住了他。他告诉我，许寅曾对他说，"人总是要死的"。他听懂了。感愤之余，他写了《一瓢赋》等三篇文章，思考着国家的前途和自己的忧思。他这三篇文章，后来在我所编的《朝花》上发表，已经是1984年的事了。

恩师待我，也像许寅待他。编报纸，总会有麻烦。我编"文博"版，是他定下的。我的版面惹了麻烦，他已经退休了，后来他知道了，特地看了惹事的文章，打电话对我说，你没错，如果还有下文纠缠不清，他出面请还在世的上海各家报纸的前辈老总，一起来谈这事。

他生病了，不好的病。他料理了自己的后事。他把文学和字画界朋友送他的书籍和字画，捐给他家乡的母校，建了一个奖学基金。他是读书人，临了，他的所有，留给了后来的读书人。

他在晚报上写了文章，说他准备好了，要到李白的白玉楼工作了。我说白玉楼不是李白的，是李贺的。你记错了，所以你还不能走。他回我说："我手头无书，我相信你超过我自己。"

今天他还是走了。

一个诚实的读书人还是走了。

2015.12.24

今天清晨我泪流满面

　　接到程多多的微信，告诉我：今天清晨，陈明军去世了。微信上，他连连点出了那个流泪的伤心人的脸。猛然，我泪流满面。

　　四十年前，我二十五岁，我最好的同学去世。我泪流满面，那是我第一次感觉到了什么是生死契阔。四十年来，面对很多亲友的去世，泪已被休止。今天清晨，却是泪流满面。

　　明军是公务员，他在他岗位上的优秀，不必由我来说。我能和想说的是情谊和他的为人。我已忘记和他在什么场合初见，也忘记了至今已有多少年，只记得他给我最初的印象、猜十次也只会猜他是乡村教师的印象。而这，足以让我内心敬佩。乡村教师，薪火传人，至少到我这一辈，还是由衷这样认为的。

　　很自然，他喜欢文章和字画，这可能就是我和他交情厚重的又一个因缘。他写得一手好文章，他又是真懂字画。他和程十发、陈佩秋、王伯敏诸位先生都互相引为知己、同道，彼此可以托付肝胆。

　　他藏有程十发先生那个十年里的数十封"认罪书"。记得一个雨天，我在他书房和他一起翻阅。工整秀雅的字迹，极为荒诞的行文，显现出一个时代，同时又显现出那样的时代，一个有良知的文化人、艺术家，对做人的基本道德的恪守。所有的文字里,程先生只认自己的"罪",从不罪及他人。明军说要把它出版出来,还给我看了他写的一个序。这个序写得直白,是经得起推敲的史笔。

仅仅是他比我小几岁,他对我真的是关心备至。平时忙,一到过年过节,他一定来看我。这些年里,他病了,他还是执意由他来看我。病复发了,又动手术,他还是。我住松江,还是他来。我住市区,六楼的公房,他还是来看我。三年前,他刚动了手术,做了化疗,还是来看我。那天好像是"五一"前一天,我在家突然接到他电话,说他已在我家楼下,说六楼走不上来了,让我下楼去见见。

今年2月7日,也就三个月前,他说要来我家,我说还是我去看他,他不允。仅仅是他比我小几岁,他坚持该由他来看我。他来了。我家是13号甲,紧靠着13号。他走错了,先上了个六楼,又上了个六楼,走了十二楼。实在想不出他是怎么走上来的。

到了坐下。他神态自如,笑着说起了他的病,说已经扩散到骨头里了。

那一刻,我萌生景仰之情。我感觉他是一个名副其实的文化人、一个大写的人。我怎么也不会相信,他其实已经来日无多。他以超人毅力,走了十二楼来看我。平生知己,依依不舍。今天清晨,我和他都明白了,那天是永别。

那天,他说到了他新添的孙儿。他说他给他取名"陈正",说人就该做得"正"。我给陈正拟了两副嵌名联,当天微信发他了。一副是:"陈言为般若;正色即菩提。"他说这副可请好朋友觉醒大和尚书写。一副是:"毋忘令伯陈情表;大爱文山正气歌。"陈情表为西晋李密所作,正气歌为南宋文天祥所作,李密字令伯,文天祥号文山,前者为孝,后者为忠。写了后,我隐隐感觉写到了明军。

今天清晨,我泪流满面。在手机备忘录里翻出这副联来。

2016.5.12

悼念冯先生

冯其庸先生今天走了。活过九十，虽然如今不算太稀奇的事，只是一个沉浸在文化里面的差不多一个世纪的生命，是值得珍重的。

我和冯先生交集不多，主要是十年前，去北京见过他。紫砂壶的制作人周桂珍和他比邻。周是紫砂壶大师，她的儿子是壶二代男一号。这个年轻人，指望完成一个大的变革，即把紫砂壶从工艺品成就为艺术品。这对母子所以来到北京，正是冯先生支持的结果。

冯先生家养着一条藏獒，管着家门。我去他家，发现藏獒并不和他亲近，把他视作我辈外人。这一点，我好生奇怪。进了他的瓜饭楼，受到他平易近人的接待，见到他清气满楼的书房，甚至是随手搁置的新仿的汉瓦当。他在家不停地读书、写书，每周消遣的时光，就是逛潘家园，花些零钱，淘古旧的东西。这瓦当，他觉得仿得不错，也便宜，就带回家了。暖和的阳光里，他和你聊的是家常，即使很文化，聊起来还是很惬意。由此，我明白了他就是个敬重文化和古旧的读书人。这样的人，内心敏感、柔弱。所以，他和藏獒不一路。读书人不必都做壮士，甚至是烈士，他们传递文化之星火，他们是他们所处的时代的心灵。

谈到了《红楼梦》，他觉得我可以参加红学研究会。我说红学真可以一直研究下去，不是因为《红楼梦》如何伟大，而是因为写《红楼梦》的曹雪芹，他是个传统意义上的文化人。他进入了许多文化领域，以至让后人呼吸困难，没法轻松地真正地读通《红楼梦》。他听了笑了。他宽容一个后生，在他感觉庄重的研究领域里，说出轻率的话。

之后，他给解放日报《文博》版十周年庆，写了祝福的话。他早年是个失学的人，而他成为了学养深厚的学者，还有他的书法和画都很温文。

之后，我读到了他重走玄奘西行路的壮举。这让我极为感动，我觉得这是比他研究《红楼梦》更重要的人生贡献。读书人的最终目标，我想就是探索有关人本身的哲学意义。他走出了这样的文化步履，我景仰他。

我的学生徐章明，是个诗人。九年前，他拜访了冯先生写了两首诗，寄给了我。当时，我和了他。

今晚，我翻出了我的和诗，遥思哲人，录此为本文作结：

章明访冯翁其庸得句次韵二首：

其　　一

平生旧雨一曹公，前世莫非脂砚翁。

身寄燕郊芳草白，梦回钟阜故楼红。

众人摸象迷浑朴，二马分钗破色空。

日薄鸿蒙何处是，柴门犬吠杖头东。

其　二

石遗青埂忆当时，极似羚羊角挂枝。

瓜饭盘中天养老，枣梨刊外梦追诗。

锦裘补剩方生恨，茹鲞餐完始信饥。

不是丈人珍自扰，此峰到了万峰低。

2017.1.22

今天我很悲伤

丁酉清明祭程十发先生文

维公元两千零一七年四月，农历丁酉清明之日，程十发先生之哲嗣、学子、乡贤、故交祭于淞水之上，枫泾之畔，文曰：

云苍苍以恒常，水汤汤以天长。念杳杳去之十年，哀萧萧竟以独往。家山鹤唳，鹤唳回以清响。谷水鹃啼，鹃啼凄以泪降。旷时之情采，八纪玉成以绚烂。今世之风骨，三生命定以简淡。香草美人，何其幸也。三釜之文孙，遥接三间之大夫。园柳鸣禽，何其荣哉。程门之风雪，若如谢家之池塘。顽石点头，飞天散花之蒲席。小河淌水，远山樵叶之女郎。瘤牛麇鹿，修竹翠苔。画坛龙种，人间凤毛。研黄施朱，泅之不知其何以泅。出水当风，描之不知其何以描。老莲传其技、老缶授其气，青莲教其志、青藤凝其意。晋字元曲，娱其寸丹。明皇龟年，富其胸次。先生在焉，文人之光在焉。先生去焉，文人之光去焉。十年一瞬，心痛无已。唯以遗作、哀思、遥想、绮梦，得见先生。浴先生之德，沐文人之光。殷殷千古，无已无量。

谨此为祭，尚飨！

陈鹏举执笔

前几天，程多多电话我，说他父亲去世十周年了，清明扫墓，得有个祭文，问我愿意写吗，我说，程十发先生生前对我关照有加，义不容辞。

挂了电话，深感时间过得太快。许多往事，还如此清晰可忆，十年竟已匆匆去了。夜不能寐，写就了这篇祭文。

今天，我随着多多，还有松江程十发艺术馆的同仁，一起前往金山枫泾给程先生扫墓。程先生弟子毛国伦读了祭文，祭文烧给了程先生。两根火柴点着祭文，火灭了之后，还剩下一角纸片。国伦细看纸上，还留着两个字"执笔"。大家说，程先生收到祭文了，也知道是你写的。

是的。这张纸上所有的文字里，只有"执笔"两个字是多余的。程先生何等智慧之人，就像他的画从来没有多余的笔墨一样，他自然不在意收没收到多余的字。

在我的认识里，程先生作为一个传统的中国人，他是极喜欢屈原和李白的，他的内心饱含诗意。作为一个画家呢，他又是一个让中国画的种子，结出了属于他的果子的大画家。我非常欣赏他的线条。我感觉它是我时常梦见的线条，而他竟然在他所有的清醒时分，可以随手拈来。他的墨韵呢？总是有意无意地洇出了界线，譬如藤黄和朱红，洇出了画中的鸟喙、花瓣。他是想让读他画的人明白：这是画，而不是现世。

当代画家，像他那样在文化的许多领域都有精彩涉猎的，真的很少见。以至十年前他离去的时候，我感觉传统文人画的最后一抹光辉，已经远去。今天，我依然这样认为。也因此，今天我很悲伤。

2017.4.1

送别周退密先生

庚子五月廿六,大夜风雨不已,更有远雷隆隆。清晨即闻,周退密先生已于子夜离世,享年一百零七岁。周退密先生的离世,可以说是,百年海上文人所存的余馨飘零远去。

周退密不是一个名声卓著的海上文人,也不是一个具有锋芒和斗志的文人。他是一个独善其身,又保存着光明心底的文人。这样的文人,留存于现世的委实不多。所谓隐于市的文人,其实要具有难得的心气和定力。郑逸梅称他是"海上寓公",是真看懂他的。可怜这个雅号,现世更像是个雅谑了。

其实,不是所有的文人,都该是战士。在书斋里穷尽一生的人,并不只属于风花雪月。他们是文化的因缘,是文化的留馨。好的人间,文化是用来完善自己和澄清周遭的。周退密更是这样的一个文人。尤其是这位长寿的人,到了他的晚年,对大多人来说非常悠长的晚年,百年海上的文脉,留着他散发余馨。

他的文化因缘,主要是两种。一是他对古籍文墨的精深探究,他具有灼见的题跋难以计数。二是他是当代诗词大家。他的诗词如常人语,又尽有来历,饱满古意,又自出机杼。大雅之作,可见大雅之心。有人估算,所作已过万首,这也是极为惊人的。

我和他忘年交游,该有三十多年了吧,我记不住年轮,只记得一些会面。

初次是我作为上海诗词学会的一员,新年拜访他,向他贺年。他就坐在他的那张椅子上,也就是一直进入照片和所有拜访的人的记忆的,他和他那张椅子。他满面笑容。经介绍,夫人知道是我,就说《解放日报》上我写的"文博断想"文章,他每篇都看的,哪篇漏看了,还一定要找出了补看。我急忙请他指教。也因此,我和他可以说是一见订了忘年交。

有年,上海文史馆举办全国廿六个省市文史馆馆员诗会,我有幸作为评委,那天评奖授奖。他的诗作当然是占得鳌头,他上得台前,正好由我授奖,令我惶恐。不说诗力,单说年纪,我也无以面对。我赶紧避席,对他说"我愧不敢当"。这位和善的老人,回说"你当得的"。长者温婉,更让我难以释怀。

还有一年,我主编《峰泖行吟》一书,请当今诗家创作松江诗词,用以承接两百年前所编的《松江诗词》,他是作者中年纪最长者。那天,安排松江揽胜,他也希望参加。他基本不出门,而且十来年前,年过九十已是人瑞,大家不免紧张。后来拗不过他的好心情,就请他和夫人同行,还坐车一起上了佘山。那天他兴致很高。中午饭后,他还想参加下午的活动,结果还是请饭后回市区的丁锡满送他和夫人回家了。

我写了本新书《陈注唐诗三百首》,请他指教。他很快回了信,信中说,他刚翻了一下,李商隐《韩碑》一首,原诗有一句字错了。这让我极其惊讶,他已是百岁之人,竟有如此记忆力。随信还附上一叶诗笺,写了首读新书的贺诗。诗力和笔力都是上乘。上苍垂爱,竟至于此。这叶诗笺,此时不在手边,不敢凭记忆录下。

有次去看他,他得了带状疱疹,说他半边头颅痛极。我也不知从哪里听到过,得过带状疱疹,百毒清除,会更健康。我就这样和他说了,也很相信他会这样。他听了也不在意。看得出他对生命从来很有信心。

　　又有次去见他,正好是报载发掘出了曹操墓。曹操家喻户晓,自然对是不是曹墓众说纷纭。我和他的想法一样,那就是这由考古界说了算,即使是假的,也该由考古界更正。记得那天,日暮黄云,他的安亭居室,满是霞光。我们谈到了曹操的七十二疑冢,感觉他对死过于讲究。我和他写了有关阿瞒的诗。

　　如今,他去了,带上了一百零七年的苍茫岁月。我又写了首有关阿瞒的诗,希望他在大梦中读到:"初见忘年即如故,风尘各借一枝安。闲聊七十二疑冢,曾与退翁吟老瞒。"

2020.7.17

嶢嶢集

万荷堂·夏至前一日

戊子暮春，受上海 2008 华人收藏家大会组委会委托和本报文艺部的安排，前往北京采访黄永玉先生。有四年没有面见这位老人了。想起了十年来忘年交往的情谊，想起了这位老人沉雄阔大的人文情怀，成行的前夜，写了一首赠他的诗："吴楚十年长忆燕，昔年想必是今年。万荷池阁新波碧，无数山楼皓月圆。隔世灵均心蓄泪，转生弘一口如鹃。相逢应觉相思苦，万古伤心笔底传。"他不大使用手机，又是各处奔波，很难联系。这次有关方面听北京的熟人说，他前两天刚回北京万荷堂，就匆匆赶去了。十年来，这是第一次没有预约的登访，因为是公事在身，也就去了。

飞机下午一点多到的北京，就直奔通州区的徐辛庄镇，他的万荷堂就在那里。进入徐辛庄镇，车沿着进镇的由西向东大路笔直开进去。很长的一段路，还没看到大路北面的那个标志性的亭子，有些犹疑了。停车问路边小店里的一位老婆婆。"有个画家的院子在哪里？"她说："车往前到路口向南拐，有许多画家住着。"后来知道，那里就是因为房产纠纷，闹得全国都闻名的北京宋庄画家村。我说："是一个画家住的一个大院子。"她问："画家姓啥？""姓黄。"她说："那就往前去，路北面见到一个亭子的就是了。"路是对的,很快就要到了,很兴奋。十年里我十来次到万荷堂,都是由车带来的,这次是自己找来的。想起了十年前第一次来这里,他就在那个亭子前,迎着我。光阴真的很快,已经十年了。

见到了亭子,车就左拐进去一百米,停在了万荷堂前。万荷堂有两个。一个是带有铺首的仿古建筑的门,门已老旧了。早几年来时进出过,后来就走东首的大铁门了。大铁门走人走车都方便。同行的一位,敲开了铁门上的一个可以对话的小窗,说:"我们来采访黄老。"门上人赶紧跑进去了。不一会出来一个中年女子,黑色的休闲服,左耳有个圆圆的耳环,很文雅。她说:"你们事先没约过吧!黄老刚午睡起来,马上要出门了。不能接待你们了。"之前也曾请北京方面的熟人,转告我这天去万荷堂。看来正如所料的那样,这口信没有带到。我对她说:"麻烦你为我报个名,好吗?"

她看了看我,有些惊讶,还是说"好的"。在掌心上比划了一下,觉得不清楚,就跑去车后盖的旅行包里,取出一张名片,给了她。就像古时候,投帖或者说是递上木刺了。她进去了。很快,从那个小窗里,看到门上人奔了过来,把大铁门打开,把我们一行让了进去。

进门见到的前院碧树丰茂,看得出春天很深的样子。十年前第一次来时,满院的树都还清秀,姿态和叶子都很美,他说是从南北好几个省份运来的,多是特色的树种。我问他:"都可以成活吗?"记得他回答是:"树的生命力很强。迁徙的时候,在树上作个原先南北朝向的标记,重栽时按着这标记栽下去,这树就能活了。"现在看来,他的话是对的。

第一进是他的画室，我们绕着树林过去，他已经从画室里出来。先听到他的爽朗的笑声："我想是谁的口气那么大，是你来啦！说是来采访的，我没想要采访啊。原来是你。"见到他了。他身边是那个中年女子，他指着她对我说："她是我女儿啊。""噢。"我很不好意思了。认识他十年，和他的公子黑蛮熟识，就是没和他女儿打过照面。"不好意思了。"我对黑妮说。黑妮也笑了，说"没什么的"。我说："今天是不速之客，不好意思。"他说："你什么时候都能来！"他和大家一一握手，见到后面站着的史小玉，他和他握了手说："长得那么高啦！"八年前，曾在凤凰他们见过。他邀请他以后到万荷堂来玩，说北京可以钓鱼，一种叫十八鳞的鱼，身两边各有九个大大的鳞片，还说万荷堂有许多式样的屋子，可以让他挑着住。谁知真来了，时光竟无生息地流去了八个年头。

万荷堂是明清庭院式的建筑。画室里面很高敞，已经很出名了的六根腰围可以三人合抱、高差不多三米的楠木原木，并排站立在中间。他给它们取名"六根"。"六根"东边，堆满他画展撤展下来的画作。西边是大画案，周遭站着不少人。其中有他的家人，还有远道而来的广东雕塑家。可能是时间紧迫，他径直领我们去参观他的万荷堂了。他边走边问："这次来有事吗？"我说："要请你到上海开个会。"他说："我年纪大了，社会活动我都不参加了。"

万荷池在万荷堂的东院。那天是夏至前一天，夏天来了，万荷池的好时光也来临了吧？他领着我们来到东院。院门打开，他赶紧上前一步，拦住了迎出来的犬。那犬个头高，白白的，就像一头白熊。他高声说："赶快进来，关门。"能看见里面还有几条那样子的犬。它们是东院的犬，和东院门外的犬，犬声相闻，互不来往。我们赶紧进院，随即关上了门。

万荷池的好时光，真的开始了。占地三亩的万荷池花苞没见，满池荷叶铺满。碧绿清绝，正是田田的样子。万荷池正北坐落着一进飞檐高挑的楼台，东南角是一座角楼。沿着东墙是长长的廊榭。我们从西边进院，西边的院墙前，有大理石的长桌和四围的六个圆凳。长桌的西南角上，面对万荷池，坐着铜铸的手里拿着烟斗的他。好传神，真像！他笑了，说："就是刚才那个长着小胡子、和你握手的广东雕塑家做的，上午刚和桌和凳子一起安置好的。桌和凳子是意大利进口的。"他笑得像小孩一样，很快走到铜像边上坐下了，做着和铜像一样的他标志性的手势。我说："那就坐着，我们要一个个和你合影啦。"他显然很乐意，坐在了那里。问我："这几年做些什么了？"我说："也就写书什么的。"还对他说："你那年题书名的《陈注唐诗三百首》已经出版，这次带来了。"他说："你还开了个画展是吧！"这话给了我意外惊喜。说笑着，他一直坐在那里，让每个人称心如意地和他合影。

出了东院，依然是他拦犬，然后关门。循着墙向南，是他西式二层起居的地方。之前是画室后面的一进，这回是向东延伸了，延伸到东院的后边。所以循墙走到底，就是门了。开门时还得拦犬。那是一条黄犬，很温顺的样子，可它太高大了，让人敬畏。他用身体抵住它，很用气力。我问他："这狗会咬人吗？"他说："不咬。不知它什么时候会咬。"他让我们进了他新建的东屋。

这屋高敞，五六米高总是有的。十年前，他七十五岁那年，挂在画室西壁的丈二匹的大对子，挂在了南窗的两边，看上去光芒四射。那是他朋友圈里的一位名叫马华的老太太写的。写的是陆游的名联："楼船夜雪瓜洲渡；铁马秋风大散关。"每个字尺半见方，堂堂正正的，豪迈中间有着俊朗的意气。他说："这字好吧？苗子前些天来还说，这样的大字，除了这老太太，很少人能写了。"

眼光从对联上落下，看到的是大得没了影的桌子和凳子。整块的五米长、两米宽、二十到四十厘米厚度不等的红花梨木，被当作了桌子、凳子、地板和上楼的护栏！他说："它们是一棵树剖开的。这树有多大啊！"他开心地笑了，说："有做家具的说我浪费，这些料可以做多少家具。我说是你们浪费，这料锯开来了，才叫浪费。"还说："丁聪见了说，'你玩得没影了！'"我问："这么大的树木哪来的？"他说"加蓬，加蓬运来的。"

就坐在加蓬的红花梨木上谈话了。红花梨木上还有"沙发"，带有靠背和坐垫、布围里面注满了浑圆的仔石的座位。坐进去，猛然感觉很舒适。我和他并排坐一边，看他时，他侧面的背景正好是大对联最后三个字"大散关"。这字太好了，也就满脑想着字，想到了十几天前看到的他的字。我对他说："我看到你的字了。应该是六尺整张吧？全文是'如果一个人做不了大的善事，他可以怀着伟大的爱去做些小事。'"这张字的落款是："为了汶川 黄永玉二〇〇八年五月。"他说："这字不好吧？"我说："这字很好。血肉模糊，惊心动魄。"他笑了，说："这是一个伟大的修女特蕾萨说的话。"

他看到面对他坐着的史小玉，说："在读什么专业？"史小玉说："理论物理。"他立刻说："好。好。不要读时髦的东西，过去也快。"

团团坐着。这会儿说起了来意。请他今年十月八日，出席上海首届世界华人收藏家大会，请他到场讲话。他说："我社会活动都不参加了。九月、十月要去乡乡凤凰做雕塑。谢谢你们的好意。"大会秘书处的石建邦，问他能不能做顾问，他说："不出席会议，做顾问，不好。"再问他，能不能以大会的名义，写他的文章？他笑了说："鹏举来一秒钟就可以写了。"还笑着对我说："把你拦在门口的事就可以写啊！"

他突然似问非问地对我说："谢蔚明没了？"我说："是。我还写了文章。"他默默点头，对大家说："我上海的朋友，就两个了。一个是黄裳，一个是鹏举。"我说联系不上他。他说他的手机经常就给拿走了。他说他来过上海，找过我。他说："你的手机也换了。"他让人拿来笔，叫我把手机和家里的电话，还有住址、邮编都留给了他。

之后的话，多和上海有关了。他谈起了当年他在上海的伙伴汪曾祺。他说，汪曾祺写给沈从文的那封信原件找到了，是在他北京三里河的老家翻到的。这信和信中说的事，以前他和我说过，汪曾祺在信中谈到了他。大意是：汪曾祺对他表叔沈从文说他的脑袋太好使了。哪个人愿意投资他，自己愿意用脑袋担保，保管那人赚大钱。这会儿原件找到了，有千余字。说到他时还说，冯雪峰见他，会说他的木刻笔力遒劲、刀法精湛。闻一多见他，会对他说：前进、前进。老舍见他会说得很好，林徽因见到他就不知怎么说了。他说第一次见冯雪峰，是在上海四川路那边的蓬子书店。冯雪峰在里间躺着，见了他进去，第一句话是："你是黄永玉？人那么小啊。"他那时人小是出名的。徐悲鸿在中央美院初次见到他时，也说他"小"。还有忘了是谁了，第一次在上海见到他，对他说："上海那么大，你那么小。"他说：那时他叫夏衍、冯雪峰他们"叔叔、伯伯"的，"跟着他们做事，他们说了，就去做了。建国初一段时候，也是这样"。

那天他去蓬子书店，进了店堂，见到一个年轻轻的伙计。他就是姚文元。他对姚说："你可以看好多书啊。"姚回答说："我看着书，不让人家拿去。"他说最近他看到了"文革"中姚文元作了批示的一个文件，这文件是于会咏打给姚文元的报告，报告说黄永玉的画要在全国报纸上狠批。姚文元的批示，一个意见是：不要批。理由是，这样会让黄永玉的画价在国外飞涨。还有一个意见是：就在北京市的报上批一下，不要在全国范围里批。这个文件上，还有张春桥和江青同意姚的意见的批示。他说："姚不在了吧？不然，我想问问他的本意是什么。"

之后他说起了即将去做的家乡凤凰三王庙的雕塑。嘉定时候，土家族的三兄弟帮助朝廷，把反抗的苗族人，全部赶到山上去了。朝廷的人来了，给他们三人一人一杯酒。他们喝了，都死了。他说："他们是朝廷的帮凶。结果都死了。"后来建了三王庙。他说："庙很灵验。家乡人有什么事说不清了。就会说，'要不去三王庙'。理亏的一方不敢去。"这庙老了，三王的三匹马要重新雕塑，他就去做这三匹马。坐在对面的陈仁凤，是驻京的解放报业集团代表，这时她注意到了他背后墙上的画。她问他："是您的新作吗？"大家应声看去。这是两张六尺大画。嫩绿桃红画出的凤凰的梦花，把个春天都搬进屋子里来了。他笑得很灿烂，回答说："是小孙子黄香画的。"满屋的客人也都笑了，仍然觉得像他画的。因为在大家心里，走得再远，他总是凤凰人。活得再久，他总是凤凰的孩子。

黑妮不得不催他了，他要去赴约了。还是他走在前面，抱住

了那条黄犬。他还得换装，反复说："不送你们到门口了。"就此
告别了。这是我和他见面最匆匆的一次。可匆不匆匆重要吗？
当场的人谁也在说："不重要。"

2008.7.6

黄永玉字画

我没多少收藏，可以一说的，大概就是，十年来，黄永玉先生赠我的字和画。

十年前，我第一次上他家，是北京郊外的万荷堂。在此前一年，我在上海认识他。读到他的一本画册，几百字的自序里，透出悲凉和独立的心气。我很喜欢，当时写了一首诗给他，其中有"多少老儿皆错过，桥边红药倩谁扶"这样的话。他很温和地笑了，邀我去他家。

那一夜，在万荷池边喝酒，祝贺他刚过去一周的七十五岁生日。席间有人要我当场写一首祝寿诗。黄老帮我解围，说"诗不是什么时候都能急就的"。我想写。看着黄老新作八尺水墨荷花中堂，和画的右上方黄苗子题着的七律祝寿诗，和成了一首。我说"成了"。黄老很开心，说"到画室里去写出来吧"。于是大家起身，赶到万荷池外院的大画室。我把诗写在一张四尺宣纸上。黄老说"挂起来"，还读了一遍："弘二楼台映碧池，借三亩地水涟漪。曾经海廓风尘醉，不及燕山明月辞。疑是汉壶盈汉酒，痴看唐马忆唐诗。迟来犹有南山祝，万里蟠龙越海飞。"看到他的大画案上叠着几副对联，我一时胆大，求他赠副对联。他说"你挑吧"，我说"我要一副只能属于我的"。他看着我说"你什么时候离北京?"我说"后天晚上"。他说"那你后天上午来吧"。

如约又到了他的画室。他指着西墙上挂着的一副联说,"这副给你"。这副联是:"窗映板桥雪;门开塞上花。"他解释说:"中国画家名对外国画家名。'塞上'和'塞尚'一样,都可以译的。"他还微笑着,让我看联上的题跋:"鹏举仁弟补壁。'补壁'二字,其实是荒唐的。为人写字,首先说人家家里是烂墙。先揭发一通,貌似客气,骨子里包含不少奚落。其实这两个字,从来是不妥当的。古时候这样写,人家也未必高兴。"这时他从地上收起墨迹刚干的一副联,在画案上摊开,回头问我:"这副你喜欢吗?"这联是:"鹏飞万里小游戏;举重若轻大明堂。"

这就是他写给我的"只能属于我的"联了。我不禁连连说:"喜欢!喜欢!"他题款了。写下"鹏飞弟一笑",我在一旁说,"错了",他说,"重写吧"。我说:"不。题些字说明更好。"之间他接着写了:"老来昏庸,一笔写下名字,却让'举'字'飞'了。原想挖补,不如书边申明为好。罪过罪过。"

八年前,我要开个书法展。书展开幕前一个礼拜,黄老正巧来上海,晚上一起吃饭。我犹豫到了散席的时候,还是对他说了。他笑了,说他"已经知道了",说他"要参加开幕式的"。说展览前事多,不要顾及他了。他有地方住,有饭吃。还说:"祝贺书展,要送样东西。花篮太一般了。画个大花篮吧!"过了三天,见到他,他从口袋里,拿出一个信封说:"画在里面了,快去托一下,来得及吧?"书展开幕那天,他来了,剪彩,给电视台记者说了观感。那幅重彩的大花篮,挂在书展开始的地方。画上有他的题字:"鲜花一束。祝贺鹏举诗书展 200 年黄永玉。"后来发现,"2000 年"笔误成"200 年"了。后来和他说起,他笑了,"你加个

0就是啦!"我说不行,"以后还得求你加上"。

书展是在那年年底开的。他问我:"家里是否有风俗,过年要在家里过?"我说没有。他就说:"那就定了。新年就到凤凰过!"两个月后,大年初二,我到了凤凰他的家夺翠楼。窗外有一株盛开的腊梅,他把它画了下来,送我。这画宝蓝底色,他染了一层又一层,墨干黄花,墨是沉静的墨,黄是明亮的黄,和窗外的腊梅一样,重彩、灿烂。画完了钤印,特地钤上了长方的一方木印,印文是"黄永玉于故乡作画印记"。画上题着他端正、遒劲的小字:"辛巳春正,鹏举来夺翠楼。适窗外腊梅盛开,外人当难信此时此花也。乡人平伙狮子龙灯炉塘,糍粑、辣椒、肥肉,仁弟均已尝过。二日后将返沪,年后某日当能重游。藓苔履痕,幽兰梦底,定不相忘也。湘西老刁民黄永玉。"

又一次到凤凰,他已年过八十了。这一次是住他新建的玉氏山房。第一天晚上,黄老画了一幅《白醉图》给我,在画面的左下角画的是他自己,喝醉了酒坐在那里。画面上方题的是:"与子之别,略多白醉;勿我为念,不改朱颜。寿石公句。黄永玉甲申春日玉氏山房。"寿石公的句子,他很喜欢,曾经对我说:"这句子送给朋友真好。"这次他送我了。他在题句后,又加了一个跋:"鹏举静炯甲申春日访玉氏山房,并同游凤城之半作此以赠。"这个跋,说到了我和我妻子,还说到了"同游凤城之半",我想他也想到了下午在沱江边的一段对话。他忽然说:"以后再来,恐怕我无法陪同了。"我答不上话了,说:"不会的。你在北京作八十寿辰,好多人都九十多岁,都很精神啊。"他说:"我是说,以后九十多岁了,不能出门,你只能一个人看沱江了。"还说:"你要每年来看我啊。"这段话,到了晚上,都被他画到画里去了。

到了第三天吧，又围上那张八尺见方的花梨木大画案。我用自己带去的笔写对联。对联是他作的："洞中方七日；世上一星期。"写的是草书。他笑了，特地看了我的笔，锋长四寸半的羊毫笔，说："我就用这支笔给你画张像。"我隔着大画案，抱臂侧立，他铺开四尺整张的宣纸，站立着下笔，他的眼睛放射着光辉，足足有半小时，把整张纸画满了。挂到了墙上。他说这画"可题'至今思项羽，不肯过江东'"，可惜题不下了。他要我以后做个诗堂，自己写一下，和画裱在一起。近看画的左下角，他还是题了一些话："甲申仿鹏举草书笔意。黄永玉，春三月，玉氏山房。"

2008.10.26

往来都是云间人

　　伟大的流水，在松江石湖荡三角渡口，汇成了黄浦江。向来有诗意的记载，说春申君黄歇在这里梳理，泛起了黄浦江最初的波澜，由此孕育了当初的华亭府，以至近代的大上海。这里，学名是黄浦江零公里，文名是"浦江之首"。这里，五年前的中秋，有个难忘的诗会，产生了在浦江之首建造春申堂的最初念想。据说，中国每一条有名的江河边上，都有一支塔，或一座楼。黄浦江也该有。

　　五年了，今天又是中秋。豁然开朗，一座安稳高畅的春申堂，出现了。晚唐风格，全木结构。堂前正中是"春申堂"，左右是"承恩浩波"和"永志初澜"，三块大匾。还有楹联"黄歇何人耶万古开渠吹海水；春申秀水也千帆竞渡忆天人""开府建城昼夜不舍；蔚文润物古今如斯"和"渐晦渐明开合常圆水上月；相望相呼往来都是云间人"。守门的是一对初出夔门的明代石狮，那种通脱和旷达的神态，一定是得了咏过四鳃鲈的东坡先生的神气。

　　堂上是来自三晋的清代木匾："盛德流辉""谊敦桑梓"和"云蒸霞蔚"。中原气度，映衬吴楚丰采。两人高的抱柱联，集的是松江前贤的好句子。出自陆机《文赋》的"谢朝华于已披抚四海于一瞬;启夕秀于未振观古今于须臾"。陈继儒词句:"若非睥睨乾坤一卷黄庭高枕;定是流连光景半瓢白酒初醒。"夏完淳诗句:"春风吹落吴江月;晓气平连震泽云。"杨维桢诗句:"结子蟠桃不论岁;残星破月开天余。"还有陈子龙的原句:"丹枫锦树三秋丽;白雁黄云万里来。"今晚在堂前石栏之边,饮茶赏月。白水、黄土、碧树、渔火、江船、潮音,还有十年不遇的圆月。三角渡口,来来往往的船,来往三个方向。所有的船,经过春申堂,都燃起了爆竹。每次爆竹声响起,堂前一片欢呼。今晚,我想还有所有的夜晚、白昼,无论从哪里来,无论认不认识,来往这里,都是乡亲,都是云间人。我在黄浦江边出生,至今六十多年。繁华的大上海,给予我许多,只是没给家乡的感觉,我只是一个旅人。今晚,我感觉到了水、土、树、月和乡人的挽留和接纳。今晚,我将不再是睡入梦乡,而是开始睡在家乡。

今晚,我最后一遍校勘了我的"浦江之首赋",为本文作结:

天湛湛以开笔,水漫漫以破题。子曰日夜不舍,亘古如斯。舍此何往,至此以栖。黄歇开渠,吴王行猎。浙溪震泽,徽徽乎二水并;九峰三泖,汤汤乎图卷一。辟沪渎于鸿蒙,揽东溟之苍碧。

沙船清浅,江村明灭。九鹿徜徉,四鳃唼喋。清露白云,莼羹菰米。秋风起焉,客子归矣。落日采菱舟,吴娃旧曲子。二陆鹤唳于天,百玉磬警于世。烟云沧桑,肝胆文字。千阕城郭,明月可以咏奇绝;万象元化,碧水可以记锦岁。

议祀春申,功在淞府。己丑中秋,群贤毕聚。停古渡之桡,萦滕阁之序。癸巳中秋,百椽臻矣。斟清光之酿,承岳楼之记。凭栏望远,江山斯寄。泐石流绪,岁月静美。生今之时,而今时之人,胜意未已。后三百三千年也,乃三百三千年后之人,谅亦难足胜意。噫!洪波其始,歌以永志。

2013.9.19

九龙山民

第一次去山西。从年月肤浅的都市起飞，两个小时，飞回了五千年。飞机越过了太行山，降落太原。又两个小时，车轮奔赴，到了临汾。又两个小时，投奔吕梁山，最后在仅容一车的三十里山路，坎坷地推进。惊心动魄。荒无人烟。直逼出发配充军的那种苦困和寒意来。

右首见过了一声鸡鸣叫醒三县的大峡谷，心头现了生机。从西南边山巅上，沿着几乎七十度的山脊缓缓下行，豁然见到了四壁青山中，一脉天光，青龙寺。大抵经验里伟大的寺院，都出现在苦困和寒意之后。譬如《西游记》里的八十一个犯难的故事，多是出现在荒芜人烟的寺院。四壁青山中的青龙寺，也是。

青龙寺是双强母亲造的，寺名是她取的。还有九龙山，山名也是她取的。

荒山莫名。她老人家看出了九个山头九条龙。

九个山头团团护佑着这寺院，护佑着她的家。

四十年前，双强父母拖着背着四个孩子，从陕北一路逃荒，翻越吕梁山，从大路换到山路，从车路换到鸟道，也是沿着今天我来的这条路，从人间流窜到了少有人烟，以至荒无人烟的九龙山。四个孩子两女两男，当时一个十岁，一个八岁，一个四岁，一个两岁。九龙山深处,有个名叫"不兰坡"的村落。只是流民是一种原罪,是不能在人间落脚的。落脚的后果,是遣返原籍。这家人只有一个去处,就是除了林木,只有鸟兽的去处。

终于与世隔绝,作为人,把自己放逐出了人间。那里,就是如今青龙寺的原址。

从山体挖出的窑洞,守林人废弃的窑洞。窑洞口,不及一丈的地方,就是下陷十丈的峡谷。双强二哥从山上移来一棵手指粗的小槐树,种在了窑洞口的峡谷边上。四周是山,高高的吕梁山。

好些天里,可以看见天边的鸟道上,偶尔有人经过。经过的人,也是山里人。在这家人的眼里,那是人。因为,他们是住在人堆里的。而自己这一家呢,和鸟兽在一起。

双强是这家第九个孩子,就生在这破窑里。

那是上世纪 70 年代后了。六七年后,他有机会读书了,到不兰坡村去读。家里还是没有电。他不时说,那时每天回家路上,他都要看西天的火烧云,这让我想起了罗大佑写的歌词。歌词说,不知道太阳落在山的哪边,不知道山里面是不是住着神仙。这歌词,那时双强应该读不到,可他一定也在那么问。

他二哥认定九龙山是天堂。他好像鲁迅笔下的闰土,自由和欢快地活在大山里。冬天的雪好厚,他正好打野兔。那年冬天,他打到二十几个野兔,推着一辆只剩下一个三脚架两个轮子的借来的单车,夜半的寒风里,走到天明,三十里的山路,再搭车去二百里外的临汾,看他在那里读书的大哥。他第一次走出九龙山,野兔是他的旅资和大哥买冬衣的钱。

春天的树林里,他抓山雉。追逐一只被他用石头击伤的山雉,他在四周的山坡上上下奔跑,足足奔跑了十几里,才逮住了那只同样不懈余力的雉。那天,他在掰玉米,看到狐狸扑向山雉,山雉飞身躲避,被雕就势抓住。他也飞身赶去,抓起石块击中了雕,雕丢下雉飞上高空。他赶紧按住了雉。雉的颈部已被雕折断,很快死了。他带着三斤多重的雉回屋。父亲对他说,你飞的东西也能抓了,你有活路了。

这家和鸟兽为伍的人家,有着在大地上踏实地活过的父亲。

从陕北到山西,千里逃生的路途到底有多艰难?父亲想过,或者从没去想过。这千里之外的归宿,父亲想过,但肯定不会想到过。

父亲,给逃生续写了向生。

山路上偶尔走过的人,总会闪出一句话:老王家四个儿,长大了保准是四光棍。

父亲总会这样回应:穷是不扎根的。

他开山造林。他就像传说中的夸父,丢弃了手杖,化出了邓林一片。三年,山西的核桃树漫山遍野,蔚然成林。他家的这个独家村,还是离人间不远。不兰坡村民不干了,他们挥舞着如林的锄头,侵占了山林。

父亲操起斧子想拼命,母亲跪在地上拖住了他。

一夜,他剪破了手指,写血书,卸磨、卖驴,供长子有强读书。

他说,穷不读书,富不办学,家也好,国也好,都没出路。

他只活过六十。临终时候,他对有强说,九个兄弟姐妹,要管好二弟,其他七个管死不管活。他对双强扳起了拇指,相信他读的书有用。他含笑而去,他看到了王家以后的光景。

有强说他父亲不会做买卖,卖山货总会多给人家,怕人家吃亏。有强是这家第一个读书走出大山的孩子,他在临汾煤炭场工作。他一声不吭,干最苦的活。做到左股骨坏死,做到有一天领导感动了,拍了下他的肩膀,重用他了。

双强大学毕业到了上海。父亲说过,富要办学,他在上海创办了秦汉胡同国学馆,十六个馆,有近一万名学生。他写文章,写名叫"文心是佛"的书。

"文"字,在有的古籍里,说是天地的意思。天地的心,就是佛吗?双强应该是知道的。他出生的时候,四周的山上打着雷。他生来喜欢文字,崇拜仓颉。仓颉造字,天雨粟,鬼夜哭。雷大概就是鬼的哭声,雷还是天地的声音。

书里文章的题目,许多是他父亲在节日里贴在窑洞口的对联句子,比如"人有好心福自来"。一个父亲的灵魂能够走多远?双强在文章里对父亲说,千里咫尺,且行且慢。

这家还有和父亲同样接地气的母亲。

有强小时候跟着母亲,到十几里外的村子讨饭。母亲带着打狗棍,可狗总是扑过来。

有强长大出息了。母亲让有强出钱,把原先的鸟道、山路修成了车道。临近村子的最后几里地,县政府愿意出钱。母亲谢绝了,还是要有强出。有强笑了,问母亲为什么,母亲说,你有钱可以吃三代,可你要想到你孙子还会有儿子、孙子,他们也要回来看看的。母亲相信,九龙山住着神仙。

对于文字,母亲和父亲一样有感觉。她对双强说,玉啊金子什么的,其实都是石头开花。石头开花就好看了。石头金贵吗?母亲说,石头金贵。

母亲修造青龙寺,推倒了对面的一个山坡,填平了原先窑洞前的峡谷。青龙寺已经修造了十七年，她说还要修好些年，一直修下去。青龙寺是九龙山民的福祉，是王家的福祉。

那棵当年手指粗的小槐树，如今已长大成材。这棵约莫两丈高的大树，分出了四根粗大团聚向上的枝杈，很奇异地对应着这家的四个男孩。傍晚时分，登上三层高的青龙寺，看见这棵槐树冠上竟然还按着一个鹊巢，喜鹊的巢。这是天意？喜，扎着根。

中国人，或者说中国农民，是中国大地上真实活着的伟大的人。他们从不指望别人的施舍，不指望治理这个国家的人给自己饭吃。他们只是靠着自己的气力和良心硬气地活着。

这是中国历史的一个秘密。

这个夜晚，睡在九龙山青龙寺边上，我发现了这个秘密。

中国历史五千年血脉长续，是因为中国的农民从来不理睬和不奢望治理他们的人。中国的农民，对于统治者，往往阳奉阴违。肉食者鄙，这个道理他们懂。对于统治者，他们又毫无怨言。天地不仁，以万物为刍狗。只要是人，每个个体之间差别并不大，没必要把别人想象成主人和公仆。

这是中国历史的真相。

中国的历史，是那么多代中国农民一步步走出来的。而我们读到的以历代帝王为章回的中国史书，至多是冰山的那一角。

这个夜晚，我难以入眠。我想通了一个问题。这问题我问了自己三十年，这问题是：人的伟大思想、情怀和品格从哪里来？

这个夜晚，我有了答案：人的伟大思想、情怀和品格，从和天地对话中来。

孔子老子庄子，没有经历秦汉唐宋元明清，为什么他们的思想、情怀和品格,这样美好? 还是孔子老子庄子,他们都不是庙堂中人,为什么他们的思想、情怀和品格这样美好? 就因为他们是和天地畅快对话的伟大的人。

命运让这家人家和鸟兽一样,直白地生活在天地之间,这是现代人的苦难,也是一种不期而遇的眷顾。

和天地对话,是人成为大写的人的伟大而致命的前提。

这家人家的所有人因此都无怨恨、不自卑,同时对天地万物感恩不已。

有机会和天地对话的人,都有可能是孔子老子庄子。像这家人家一样,伟大的宿命有可能成就伟大。像这家母亲说的那句质朴的话:石头开花就好看了。

这个夜晚,起身在山色里散步,凑成了两律。

一首是五律:

    山中开气象,历历九龙来。

    猿鹤余微命,虫沙有大哀。

    三层千仞寺,六合独吟杯。

    何事心肠裂,依依见劫灰。

还有一首是七律:

    人已非人声未吞,全凭胆气向晨昏。

    半轮寒夜雉升谷,四壁青山兔扑门。

    东土子遗龙蛰影,西天爱煞火烧痕。

    鸿蒙开辟贱生死,乞命当初藉此村。

我在年月肤浅的都市里生活了大半辈子,天地离我很遥远。这个夜晚,我撞见了九龙山。请以这些个我钟爱的文字,记一遍突兀在了我命里的九龙山。

　　　　　　　　　　　　　　　　　癸巳四月廿五子夜

皎皎集

吃着过年

　　过年在我的感觉里是和吃连在一起的。小时候亲戚多,到了新年初一初二初三初四,一家家轮流吃下来。起先是上好的胃口,渐渐能力不支了。可是还得围在桌前,大多的话还是和吃有关。因为世界上吃饭的问题最大,中国人的心里吃饭的问题最大,这话从小听得很清楚。

　　几十年后碰到黄永玉,听他说新年,他说的新年也和吃饭有关。那是他年轻时候的事情。他在上海流浪,有家人家收留了他。主人是一对夫妇,家里有许多书,好看的书。主人对他说,你有事就去做,没事就住在家里,看你喜欢的书。不过要记住,无论到了哪里,年夜饭一定要回到家里吃,家里人会等你回来。第一年他回家了,第二年他也到时回家了。第三年除夕,天上下着大雪,天很冷很黑。他赶回家去,远远看到飘飘雪花中,家里亮着灯火。正好在除夕的钟声响最后一下时,他推门进屋。看见桌上放着热菜,属于他的那个碗那个碟那双筷,很规整地放着。年夜饭还没吃,一家人等着他回来。

　　几年后,岳麓书院请他讲课。课后有人问他青年人应该学点什么,他说要学会感恩,随后就说了这个故事。

　　我听他讲这个故事,是在2001年的那个春节。大年初二,在他湘西的老家夺翠楼，也是在吃饭。围着狮子灯炉，吃辣肉、粑糍，还有土菜，窗外腊梅盛开。主人说，外乡人恐怕不敢相信，湘西新年会有开得这么好的腊梅。他给客人一人画了一幅腊梅，在给我的那幅上面的题跋里，特地提到了这顿年饭，特地写上了"狮子灯炉""粑糍和辣肉"。

　　眼下又是过年的时候。昨天去了黄渡，看望住在那里的画家朋友陈步兵。一起去的还有我的同事徐生民和作家夫妻楼耀福、殷慧芬。都是老朋友了，又是说好在家吃饭的，自然就有了过年和家宴的气氛。

　　可能是饭吃得年份多了，所有的土菜感觉不到新奇，也可能现在的世界到处都洋了起来，土菜也没法再土了。在步兵家的年饭里，找不到儿时的年味，让大家互相交付的情谊有些淡。但，步兵毕竟生活在比我们更宽更悠久的土地之上。他妈妈用乡里的行灶为我们做了赤豆糕，这糕宽厚、朴实，圆圆的，像蛋糕的祖辈。老人说，是用糯米和些梗米做的。做的时候，要用手掌给轻轻拍紧了，像打桩一样，把整个蒸笼涨满了。据老人的发音，这糕叫"zhang"糕。这让大家为难了。时下的上海话，经过专家多年努力，原先无字的 52 个词有字了。老人说的这个词属不属其中的一个？再说定了的有些字，譬如表示躲起来的那个"迓"字、表示剩下来的那个"挺"字，还真不行。没了美感和生命的名义，这些字的最后存活是个问题。于是我们擅自探讨起那个发音来，结果是三个意见："掌""桩""涨"。最后大家表示，搁起来，以后再议。

　　于是，今年的新年，心里边还是和吃有关。

2009.1.17

那个雨中的秋夜

　　时间过得很快,苏渊雷先生已是百年诞辰了。差不多二十年前,我有幸遇见他。他海样的酒量和天样的诗情,一下子震撼了我。在这个世界上,大诗人都有非凡的魅力,他就是这样的诗人。在这个世界上,所有的奇遇都不如和诗人的相遇,遇见他正是我平生的一大奇遇。我的第一本诗词集《黄喙无恙集》,请他题书名。他看到是诗集,很开心。他提议让他的好友赵朴老来题,为此他特地去了信。赵朴老住院,见信晚了,题字和回信也晚了。他收到题字,立刻通知我去取。没有人能体会那个雨中的秋夜,我在钵水斋所获得的内心快乐和精神涅槃。他给了我题字,还给我看了信。记得他当时说,还以为他是怎么了,原来是住院了。接下来是哈哈大笑。这是我唯一一次登访钵水斋。一次够了吗?一次其实已经足够。一个夜晚,无穷的学问,显然不能求得万一,可无量的春风,足以让长久的心深深浸染。中国人的一生是一个诗的流程,苏渊雷先生教诲我的,也就是有关生命的诗意。

　　纪念苏渊雷先生,轮不到我辈写诗。在此谨以一首习作,以表感念,也望在天诗灵拨正:

　　钵翁百年

　　诗酒烟霞太白杯,凌霜冲雪放翁梅。凤翔碧海虹吹雨,龙跃深渊气薄雷。水钵恒沙经世界，金刚怒目空尘埃。青城天下清幽处，又见昔年苏子来。

2009.2.27

仰望天空

昨天，我们仰望天空，我们经历了五百年一遇的日全食。伟大的天象，不会因为人间的阴晴风雨而改变，也不会因为云层和阴雨的阻隔，而失去震撼人心的力量。这是很少划过我们心中的美丽感觉。我们心中的感觉所以美丽，是因为伟大的天象并没有这样的感觉。伟大的天象所有的，只是无从质疑的淡然，和周而复始的安详。

几天前，我们的文化天空，也出现了相似的天象。季羡林和任继愈相继去世。他们去世的那一刻，和日全食一样。那一刻，因为悲伤，我们的心暗淡了。然而暗淡的心中，划过了他们不朽的文化光芒。那一刻，因为悲伤，我们抬起头来，开始仰望天空，开始仰望已经久久疏忽的头上的天空。

仰望天空。我们发现我们的背脊过于弯曲，一些年来，我们的视野浅近、芜杂。季羡林和任继愈，那么好的文化人，到了他们去世的时候，他们留给未来的文化光芒，才开始震撼我们的心。好些年里，我们在追随什么？我们在敬畏什么？很可怜，我们更多时候在追随时兴和浅薄，在敬畏一些事实上已经不堪的"文化名人"。这个世界什么都可以轻慢，唯有头上的天空和心中的道德，应当和我们不离不弃。文化是人的文化，文化不是某些"文化人"的文化,这个天理,我们低头思考的时候,也不能忘记。

2009.7.22

天地之心

　　浙南海边的玉环是我朋友京南的家乡。因为他，我两次到得那里。

　　十年前初次，是个秋天，见到了那里的文旦树，那是举世无双的文旦树。还有一个独一无二的文旦局，管理着特产文旦。玉环文旦就像天地之心，出奇地美和清醇。带回家里好几个，分放在几个房间里，从深秋一直放到新年，满室清香不去。实验学校建在玉环的最高坡。还应命写了校名，来年被刻在了校门口的一块32吨重的泰山石上。这块泰山石有着帆的姿态，是用载重百吨的平板车千里运回的，可说是"直挂云帆济沧海"。没有忘记的还有大鹿岛。岛头的海滩上，散落着礁石凿成的龟和崖雕的石鱼。它们是浙江美院洪世清教授，花了十几年时间，刀刻斧正的杰作。潮汐非常有信地日复一日，石龟和石鱼，同样非常有信地守候那里。无论人事如何改变，洪世清也已不见。记得在那个下午，在大鹿岛上，还是为大鹿岛，为洪教授，为他的石龟石鱼，还有来大鹿岛的人，写了"候潮听雨"四个字。今年春天又来，那座实验学校，小学初中高中都有了，成了玉环真正的人才高地。没能见到文旦，可在有三个杭州西湖大的湿地里，见到了蓝天下春天的草地和生花的杂树，尤其是看到了梨花。这是一种在古诗里被反复歌唱过的花树。"砌下梨花一株雪,人生能得几清明?""忽如一夜春风来,千树万树梨花开。"这么青春和清纯! 见到玉环湿地里的梨花后,感觉古人的诗句无愧梨花的本色。桃花还有比较粗壮的树干,结出桃子可以想象。梨花的枝干太细弱了,不能想象怎么就能结出硕大的果实来。天地就是这样怀有奇崛和勇敢的心,可以让生命充满奇迹。大鹿岛还是要去的,还住了一夜,静静地聆听不变的涛声。还去看望了洪世清石龟和石鱼,看见崖上的石鱼定睛看着我,很熟稔的样子。这回还去了丫髻山。这座在玉环楚门镇的小山,生成了峰坡回旋的姿态。在山上,可以见到许多摩崖石刻。有叶文玲题写的"祈梦谷",她是玉环人,她一定想起了少年时代在家乡生成的文学梦想。还有作家蒋子龙题写的"洗心潭",画家孔仲起和我分别题写的"杜鹃谷"。见到殷红的字映现在苍苍的山崖和鲜艳的杜鹃花中间,这种把心捧给天地的感觉真的很美。京南题写的一首诗刻在知青岭上:"京楚相呼丫髻山,杜鹃祈梦意漫漫。知青二字载青史,满目晚霞心底宽。"据说北京也有一座丫髻山。这次新到的有一个地方是大麦屿港。大风雨的时节,庇佑着无数的各色的船只,成为一个喧腾和绚烂的港湾。大麦屿港是两岸直航海路最平坦的起点。站在这个航线的起点,每个中国人的心,开阔得就像眼前的天地。

2010.5.6

钱伟长曾经说

物理学家钱伟长去世了。这位几乎活了一个世纪的中国科学家,他为祖国作出的物理学方面的贡献,科学界会深深铭记。在这个时刻,我所能想起的是,22年前亲聆他的一次教诲。

钱伟长这样说:中国西北部开进着工程,只可惜现代化的轮子,碾出了辉煌,也把深藏在土中的历代遗物碾碎了。他说他亲见一个唐三彩骆驼,被炸飞了一条腿。他说他因此一直很伤感。

这话当时听了很惊愕,一个物理学家为什么会伤感于一个唐三彩骆驼?要知道,22年前,甚至没有多少中国人在回望历史。

22年之间,我们渐渐明白了:一个民族的伟大复兴,前提是文化复兴。而文化复兴,首先就在于对过去的五千年文化的敬仰和传承。这种景仰和传承,应该是后人对非凡先民的庄严承诺。只可惜同样非凡的后人往往失信,也因此失去了伟大复兴的底气和力量。

物理学家钱伟长,早年是以中文和历史两个满分考入清华大学的。创造文化和传承文化这两种伟大的使命和能力,使他的人生变得完美。他的有关病骆驼的伤感,应该成为所有中国人的伤感。因为这样的伤感，正是中华民族伟大复兴的底气和力量。

2010.7.31

只如初见

一个场合，一个预计会遇见许多熟识的人的场合，我遇见了许多应该是熟识的人，可我总是等待对方招呼我。不是因为矜持，我想我从来做不到矜持。是因为我刚开了白内障，视力出乎意外地提高了，回到了遥远的童年。我不敢认我原本熟识的那些人，他们的容颜和我一直记得的不一样。我记得他们的，更多是音容笑貌，这音容笑貌像浅浮雕那样，朦胧甚至梦幻。这一刻不一样了。所有的容颜回到了真实，无论阳光还是沧桑都很真切。这让我吃惊，人的容颜其实是这样的。非常美。医生许诺我可以恢复不少视力的时候，我曾玩笑说，在我的世界里，是否会因此减少或消除许多美女俊男呢？这一刻我明白了，其实不管是少年还是盛年还是老人，人的容颜永远很美。作为万物之灵长，人并非浪得虚名。人具有伟大的欢乐和悲伤，最多承载这种欢乐和悲伤的人的容颜，自然美得无与伦比。

只如初见，只如初见的首先是自己。眼前清晰的世界和童年一样。差不多五十年了，家国的变迁也难以估量，何况一个人。五十年是怎么过来的，是不是还可以回到从前？记得自己初写的几篇有点像样的散文，里面写到洞庭东山，好像是说桔子"黄昏中满山看去，就像是满山点亮的灯"；写到天没亮去爬虞山,说言子墓的牌坊"像一匹熟睡的马"。五十年间眼睛很模糊,所有的看法也就不乏模糊了。看书也不容易,也就翻翻。没一本书是看完的。这好像也不错。看书的时候,眼睛不时要休息一会儿。这当口,就把好不容易看到的文字换成记忆,还使劲想记得的句子,直到想到岔路上。强记比不得博学,可人生有一些文字记忆,可能也够用了。想到岔路上了,那儿还真有些别人不知的好风景。朦胧的世界离艺术近,也就喜欢琴棋书画,是朦胧文字里感觉出来的琴棋书画。感动于高山流水,迷蒙的眼前可以有梁尘踊跃的琴音。那棋呢? 实在忘不了烂柯山。静夜想象,甚至可以见出缤纷的桐花和云子。书法是太喜欢了,于是自己写,饱含着墨的长锋笔顺势写去,碰不碰到纸不管它。也画画,也是很勇敢地画去,哪一笔算画完了,靠的还是朦胧感觉。现在,什么都感觉好奇怪。桔子怎么是灯、牌坊怎么是马呢? 伯牙的琴、王质的斧子该是什么样? 还有,只如初见我的字我的画。这字这画怎么是我写我画的呢? 至此冷汗一身,五十年竟换来冷汗一身。

只如初见,最吃惊的是和人的只如初见。也许我该庆幸,五十年的朦胧岁月让我更多看到的是人间的温文和长情。很少人会对一个近乎盲者的人计较什么,一个近乎盲者的人也可能没有多余的心力,在人间计较许多。就像如梦醒来,这一刻,和这么多原本熟识的人,只如初见。吃惊之余,我想起了一位前辈,他描写说"这世界铁石心肠"。这描写我一直以为是一种文学想象。现在我清晰地面对世界,这世界的心肠是不是真的冰冷如铁石呢? 我依然希望这是一种文学想象。何况在我重新面对熟识的人们的时候,我感觉到的还是人间的温文和长情。只如初见,是纳兰性德的词句。评论家说,纳兰为情而生,实在不宜活在人间。我以为这话说过头了。如我,只如初见,我感觉这世界这人间温情饱满。

2012.4.23

蓄芳待来年

"蓄芳待来年",相传是一个名人的词句。那阕词没全记住。当时读到它时,也就留意了这一句。这真是一个好句子。有了这个句子打底,以后诸如"不输在起跑线上"的动人呼吁,听起来就知晓是忽悠。生活还真是留着些、等待些为好。譬如读书,我是从不把一本书读完的。一是一本书的涵义,大都没有它的文字那么多。二是一本书的涵义,不必一下子全部明了它。任何一本书,总有个读它的最合适的年龄。这个合适的年龄,往往不是在当下。1981年,我进了报社,得到第一笔书报费,30元,买了一套中华书局出版的《资治通鉴》。营业员用塑料带把书捆起来,这捆书被放在了报社的书橱里,一直舍不得打开它。直到今年5月9日,忽然兴起,带它回家,才第一次打开它,粗粗看了隋文帝那几页,忽然发现,迟看了三十年。譬如写文章。好些年来写了好些千字文,其实还写了不少书稿、小说之类,不过大都是个开头,感觉要写几十万字的,大都才写了几万字。感觉这样很好,不匆忙。我向往大器免成。造一幢小楼,哪怕是上好的别墅,也就是个完成。不如策划个大建筑,即使打地基打它许多年,留个未来多好。还有写字画画,今天写了画了,感觉不好的,不想立马撕了。有些年头之后,觉得比当初好多了。时间酝酿了美好,人珍贵的就是持有些时间。还有待人。待人要好,这是人的情分。待人还有另一个意思,那就是等待有情分的人之间出现美好的故事来。待人好,仅是美好故事的开始。人不该急于俘获情分的实惠,人间的美好故事,不该在一开始的时候就毁掉它。其实我们可以每一天都生活在美好里,这是生命的赠与,也是人品和人格的赠与。人生的附丽,譬如功名、财富,其实都只是美好故事的一部分,诱人和时常让人期待。它的来临或不来临,都自然而然。就像花一样,它的芬芳和开放,都自然而然。我见到王蘧常先生,是在39岁那年。那一天谈诗。他说他喜欢杜甫,我说我喜欢李白。他说该读杜甫,我不以为然。十年后,我觉得该读杜甫了。想去对他说,可他已故去。这十年,让我觉得渐入佳境。前几天我有缘写了妙宽和尚的纪念堂匾,几天后偶然发现,五年前我和妙宽和尚曾经相遇,还一起留了影。那时候,我们不知未来。今年5月27日,翻阅书稿,翻出了秦来来先生的一个信封。打开才知,是2008年6月12日快递我的。是弹词名家严雪亭仅存于世的五回《杨乃武》翻录光碟,他在信中说这"已是珍品、绝品"。这里,又是四年。迟迟听到人间的绝响,没有对好友馈赠的太多歉疚,有的只是对"蓄芳待来年"的深深一叹。

2012.6.27

山海棠

　　郁红喜欢果树，她在她家的院子里，种了不下十种的各类果树。去她家的院子里看过，记不准是哪些，只知道吃过那里的梅子、石榴、李子、橘子和枣。前两天，一起去双强在七宝老街的书院，中间也有个院子，正要种些树。郁红想起了我的一篇《步韵》，其中说过纪晓岚种的那棵海棠。她觉得学习琴棋书画的书院，如能种上那棵海棠的棠子很适宜。

　　天一有年清明，去了纪晓岚在北京的虎桥坊故居。在院子里，见到一棵高十米的山海棠。这海棠是纪晓岚亲手种的，为了纪念一段爱情。爱情的女主角早早去世，单把纪晓岚留在了世间。记得天一为这棵海棠写了首诗，诗中有"二百年前种玉珍，可知前世是花身""解意当如枝头语，伤心最是梦里人"两联，写得真是好。我被他感动了。步韵写了一首，原文是："此来合是数家珍，曾息虎坊桥畔身。枕上几轮河朔月，砚边一树海棠春。才将不朽随文字，花自无常似故人。二百年来一弹指，又教今世阅微尘。"后来，沧县纪晓岚研究会会长李忠智也步韵写了。更让人欣喜的是，他那首诗的末联"棠子近年传九域，文宗遗韵布寰尘"有个注："听故居纪念馆馆长李新永讲，每年有大量海棠子送给各地繁殖。其子需放置一年方可发芽。"这就引出了一个梦想,许多人可能都愿意参与的梦想。就是在自己家的院子里,种纪晓岚的山海棠。我在《步韵》的文字里,写过一段话:"很可惜我家不能种海棠。将来如有乡村住处,当求棠子数枚以期成树。"

如今被郁红提到了心事,就当场和天一联系了。天一回说,李新永馆长那里还真有,说可以寄给我若干,种植的办法也会告知我。天一还特别说:"故居的那棵山海棠,是纪晓岚从山里运回来的。这么高大英气的树真是稀少。"他还说到,河北还真是文心灿烂。纪晓岚祖籍江南,生在河北。苏轼生在眉山,祖籍在河北栾城。天一也是河北人,自然更感动于和河北有缘的史上文心。

其实,江南人也喜欢纪晓岚和苏轼那样的文化人。也有好些理由,把他俩归在江南。

现在我和郁红和双强都期待着棠子的到达。世界上许多事,和人的心愿呼应,和人的心愿离得很近。人的心愿不只可以托付给人。"树犹如此,人何以堪",是庾信《枯树赋》里的句子。其实,有些树,并没有因为岁月和苦难而枯萎,譬如纪晓岚种植的那棵山海棠。

2012.10.3

文字有脚

　　文字是有脚的。刘备手下有个名士吧，曾经和来访的东吴使臣坐而论道。说到天是有耳朵的，不然的话，怎么会有"闻之于天"的说法？他说得对，因为我觉得这说法和文字是有脚的一样。昨天，和一个有些年没见的朋友通话，他说看到了我写的一个序，在一本北京出的书上。他在甘肃，居然看到了我这个上海人为住在北京的一位画家写的序。三个分开很远的点，文字居然就走得转来。曾听黄永玉说他曾经写在他的《太阳下的风景》一书里的一个事。他说，他在流浪上海的时候，读到了沈从文写他父母的文章。他说，有谁知道，一个十五岁的少年，在上海街头的路灯下，哭着读着写他父母的文章。他是湖南人，流浪几千里外，还会读到写他父母的文字，可见文字是有脚的，会几千里赶来，找它的读者，让一个流浪的孩子哭得很快乐。

　　这是文字可以走过的空间，文字还可以走过时间。早年看到苏武李陵相遇时写的诗，感觉自己就在现场，身份模糊，但真的感觉是在现场，听到他俩吟诗。这就是文字的能力了，时隔千年，怎么就走到了我跟前，让我看见了，听见了。还有李白，文字开出了花来，那么锦绣团簇，那么风华意气。看见了远远走来的李白的文字，感觉什么岁月风霜都可以不管，所有的年代，所有的年龄的人，为着文字，为着如同"床前明月光"那样明媚的文字，都有着青梅竹马般的交情。纳兰性德、仓央嘉措、苏曼殊，还有更早些时候的老子和司马迁，他们安顿了那么好的文字，一个个成了了不起的人。那么好的脚力，清健、不倦地走来的文字，这一刻让他们活在了我们中间。还有"子见南子"那段文字，静定的孔子露怯了，妩媚的南子没了自信。人间许多美的时刻，就这样成了文字的行囊。

于是我倦于远游，也倦于景仰了。这时刻，我在上海西南的一个名叫华亭的湖边，写着这些文字，我感觉这些文字会走远，可能还会走得很久。对此，我期待，我也痴想。因为就像微博，不管你在哪里，说是凭着光纤，不如说是凭着文字，那么多的文字缤纷汹涌而来，好像你就是一个终点，或者说是驿站，一个领奖台，一次践约，一番告知，总之，谁也别低看了文字的行走。也因此谁也别在意自己曾不曾远游，能不能流芳，好生对待文字吧。只有文字，是可以行走的，无论时空，它都可以，因为它有脚。

2012.10.3

一个人的记忆

　　我记起来了。寂寥的是，你不知道。要知道，那是许多年前的一个片刻，在去敦煌的路上，张掖大佛寺，我在拍寺院的壁画，描写西游师徒的数百年前的壁画，你闯入了我的镜头。也是在那次路上，跨过了渭水，见到了渭水边春天的树，杜甫所说的"渭北春天树"。那树好秀。突然间明白杜甫为什么要写这句"渭北春天树，江东日暮云"了。因为只要是春天，渭北和江东的树总是一样的秀。还有，只要是日暮，江东和渭北的云，也都是一样无去无从。这，也是我一个人的记忆，除了杜甫不知道，其他所有人也都不知道。为此，我为一个人的记忆犯愁了。

　　一个人的记忆可以有多远，几十年没问题吧？只是之后呢？这些记忆也就随风而去了。想到这儿，就感觉难以释怀，就感觉文字这东西真好，就感觉当记忆出现模糊的时候，得把一些记忆写下来。让一个人的记忆，化成一些人的记忆。让这些原本是一个人的记忆，从此被记忆得更远一些。

　　譬如，风花雪月。安西那儿的风，从不停息，背着身子倒走，我感觉到了前行其实有另一种方式。甚至相信，倒走的目的不是为了前行，只是为了把过去和昨天看到心里去。龙华寺里出生在咸丰时候的那株牡丹，如今已嫁接成一片了。那天，痴痴望着它许久,看见一片花瓣落在了泥土里。雪呢?那次我在长城之上,好大的雪,真的是冰封雪飘,写出了一句"三千年后谁知我,曾把心弦付雪藏"。我在富春江和寒山寺边的枫桥上两次看月。前一次,我悲伤地想起了郁达夫,后一次,我读出了黄仲则的那句诗:"一星如月看多时。"

再譬如,琴棋书画。我一直感觉,钟子期其实也听不懂伯牙的琴声。他是个厚道人,他不希望伯牙不快乐。他说"高山流水",伯牙听懂了他的苦心,世界上真正的知音是彼此珍惜。还有棋。我见过李昌镐,他在棋枰之外,像一个惊恐怕失礼的小孩,一块白手绢频频拭着额头、腮边的汗,在一把白折扇面上,一笔一画地写下"格致"二字。再说书法。现在书法家的字,我不太经意,我喜欢鲁迅的字。曹漫之先生的家人,因了他的遗言,把鲁迅的"悼丁君"那首诗的手迹,捐给了鲁迅纪念馆。有关这件手迹的沧桑经历,我读到了曹先生女儿的详细讲述。那一夜,我热泪盈眶,我感觉到了人心的温度。画呢?我也画画,更好的说法是涂鸦。其实人在学写字前,大多涂过鸦。涂鸦是人的本能,是天生的喜好。我自觉涂鸦过分,总是在上面写些话,指望可以补救。记得有次写过一句很好玩的话。那是一幅山水,近处的山顶上有个亭子。我写的话是:"这里曾经坐过我的恋人。"

几十年了,要写的记忆很多。这里算是伊始。

2013.1.12

纸拓的上古

中国文字和造像，原先是出现在陶土、甲骨、青铜和石头上的。

陶土和甲骨上的文字和造像，隐约和飘渺，真个是雪泥鸿爪。

青铜器缔造了商周的体制和礼仪，让王者和子民，都体面和珍贵地作为中国人。祭天、尊王、会盟、设宴、行乐、巡狩，等等，所有的天地人之间生发的尊严和威仪、壮阔和卑微，都被青铜器记载了。

冷兵器时代，能造多大的青铜器，就有多大的武力。那年楚王盘问周鼎的大小，其实是直截了当地盘问周的武力。

青铜器必然承载中国人的文脉。伟大的青铜器何尊，第一次出现了"中国"字样。"宅兹中国"的宣示，开启的是这个世界一种亘古长存的伟大文明。还有周厉王所铸的胡簋，体量和气势的重大，实在出人意料。中国人曾经这样横绝四海地活过，让后来的人，感动莫名。

石刻是天地对于中国人的隐忍和膜拜。

泰山上的"经石峪"，那些浑然和天地同在的中国文字，那些用心气凿出的伟大的文字，像一群中国人舒坦地仰卧在千峰之上。香草美人，螭龙夔凤，多美的中国文字，让时光消磨了意志，甘愿漫漶得比石刻要快。

还有伟大的碑碣，浑如中国人的英雄肝胆。譬如著名的断碑《瘗鹤铭》，不知年代，不知作者，甚至和历来所有的法书迥然不同。历来不少论家断言，此等奇崛，只有王羲之才写得出。还有汉魏、六朝的造像，让中国人的人生和性命，满含悲怆和壮烈，经久不摧。

　　差不多两千年前，中国出现了纸，可以用毛笔在上面书写、描画、传拓文字和造像的纸。纸的出现，和中国文字的出现同样"惊天地、泣鬼神"。纸的出现，造就了中国人历史上，继出现文字之后的又一个伟大的互联网。

　　从此中国文化的一切发生了巨变。

　　纸让中国文字和造像有了别样的温文雍容的家园。纸让陶土、甲骨、青铜和石头上的文字和造像，都有了转存的机会，还有传世的更多可能。

　　纸是如此亲切和万能。六舟和尚用纸传拓了青铜器，还有陈介祺等人也庄严和虔诚地那样做了。石刻的传拓，更是历代都有，纸出现以后，更是互为呈现。历来的传拓，大多有名士甚至帝王的谦恭题记。百余年间的陈介祺、吴大澂、吴昌硕、吴湖帆、褚德彝各家所题，至今也已弥足珍贵。陶土、甲骨、青铜器和历代石刻传拓，已然造就了伟大的文字和造像的殿堂。有机会景仰这个殿堂的人，必然气定神闲，心雄古今。

　　好些年里，我们生分了中国文字和造像。至今才明白，离开了中国的文字和造像，我们黯然失去了内心的温文和气宇的轩昂。我们相见了所谓的锦衣玉食、宝马香车，内心却一无所有。于是，内心呼唤我们要上溯远古，去寻找陶土、甲骨、青铜和石头，寻找中国文字和造像出生的行踪。

远古如此遥远，幸好我们有上溯的舟楫。那就是纸，那就是传拓。

我见到了好些传拓，曾经这样题下我的念想。

题北朝供养之残石拓："我之泪缓缓流出。前尘往事无从记起，前尘情分无从忆起。面对此永在之女子，所有都无从诉说，无以言说。美丽如歌乎？人世如歌乎？此等镌刻，此等铭心，缓缓而至，擦肩而去。"

题北朝之石拓："闻奇香如碧莲花。癸巳之冬。""拈花微笑，凝香生思。生已无已，死莫能之。北朝者，佛之生生之时。虽之后千秋，莫如此矣。故国已旧，江山无尽，日月循行，人事若鸟偃花开。春秋若剑气，冬夏无琴心，是谓仁人否？禅居否？一如万类风尘纷纷，仆倒几度君我。泱泱矣，隆隆矣，天涯歌哭，莫衷于心，衷于文字耳。遥夜如洗，凉星朗照，书此兢兢。千余年轮，可于古椿见之。忽矣。我心悲切，若历千年，抑或一瞬。默然而笑，一如此双供养者。古香闻之若亲戚，当为前世之旧屑。人生若此如当初，亦如他生也。癸巳岁嘉平月随笔书此，心茫茫乎。万喜楼头之晴窗。"

题北魏平城长庆寺塔砖铭拓："此北魏之名刻矣。甲午战争之际，由中村不折携去，藏之东京书道博物馆。骎骎百二十年。今归海内藏家，始有此拓。此前曾无拓流行矣。见者得者都宜宝爱之。癸巳岁梢谨识。""静爱偈文闲爱僧，尘中一息我何能。永慈趺坐平城寺，曾有菩提神暗凝。甲午岁朝万喜楼头敬题永志。"

题北朝安阳慕容氏观音供养石座："此来沧海几番秋，星斗无端抱隐忧。怀剑书生厌杀伐，弥音大士静含眸。春风桃李一声笑，秋雨谷粮万户收。诸女持花窈窕至，青春犹未雪堆头。癸巳中秋。"

题北朝安阳宣王妃胡造像残石朱拓："自度曲一首。最难将就是年华,檀郎不在万事赊。道是浓情化开去,旧时罗裙对流霞。博山炉,呼雷豹,一一开作石上花。怕是年年清秋节,看朱成碧泪交加。"

题汉造像双马并辔拓："汉赋骈文。是为阴阳天地合之,可见大痛快、大因缘、大欢喜,于梦中曾遇、诗中曾诵,古道残阳曾照耀。二子同道,揽辔而行,无始无终、无来无去,飞驱不动,对之若见君我耳。庚寅识。"

题北齐供养之残石拓："没有能力,用别的方式想念你,除了眼泪。太短的梦里,走不完千里,遇不见你。甲午暮春。"

纸和拓本,上溯远古的舟楫。我在舟楫之上,追溯和期待同样不禁心动。

2015.2.18

陶马和石狮

无论金石和陶瓷,如是雕塑,是更见珍贵的。

这里面有一个推崇艺术的问题。金石、陶瓷在更多时候和书画不一样。书画是艺术,或者说是比较纯粹的艺术品。金石、陶瓷在更多时候是工艺,或者说只是在很少的时候,才是艺术。当然,还得着重说一句,当金石、陶瓷成为艺术的时候,它鼓足的力量,往往惊天动地。而这些很少成为艺术的时候,多半和雕塑有关,譬如青铜麋鹿,譬如龙门造像,譬如汉魏、六朝陶马。

在朋友家见到了一匹北魏的陶马,立刻被它感动了。北魏的陶马,单是马腹两边挂满了敌人的头颅,就见出了它的壮烈苦厄。北魏乃至六朝,草菅人命。生命在了刀边,极可能短促到了顷刻之间。也因为这样,生命出现了张力,难以置信的张力。古龙小说里写到的那种瞳孔突然紧缩的状况,在北魏,是人的常态。生命出现了张力,生命的潜在的壮烈和奇诡溅出了光芒。北魏的艺术,陶、石刻等等,都到达了巅峰。生命不是生来被草菅的,尤其是人的生命。顷刻之间可能消失的人的生命,生来具有被长存的能力。于是陶,还是石刻那样不朽的雕塑出现了。生命被孤注一掷,这一掷表白了生命的含义。人啊,非要面临这样的时刻,才会让生命开花吗?想到这里,不免涕泪交加。

"萧瑟归来赋，凋丧横绝诗。浑如陶靖节，恍若李隆基。照夜烟尘白，追风龙雀随。犹闻振铜骨，万古在奔驰。"这首诗是写给这陶马的。它让我想起了之前的陶渊明，还因为他姓"陶"。也想起了唐玄宗，因为他也尝到了生命的苦厄。

今天，又在微信朋友圈里，见到了藏家安思远所藏的唐白石狮子。端坐的姿态，就像是高山的堕石，生根开花，长成了狮子的模样。唐代，人安逸了，都想着法子挥霍生命，所谓壮志和梦想高飞，诗酒和舟马飘摇，前生后世都不在话下。看这石头的狮子，也是开怀怒吼，一股脑儿把它的生命停顿在盛唐的那一刻。在这里，生命出现了悖论。安逸好呢，还是困厄好呢？安逸，让生命松垮，失去了巅峰状的精彩，困厄，让生命莫测，失去了起码的尊严。生命的真相到底是什么？至少，生命的真相一定不是现实中的人生。生命的真相只在艺术中可能呈现。很明显，就艺术而言，不，应该说就艺术呈现的生命真相而言，北魏的陶马，远在唐石狮之上。伟大的悖论出现了，这悖论太让人心痛如绞。"文王牧于野，诸子授其雅。衣裤如其居，乾坤如其厦。万古龙虎心，争之荐诸夏。盛唐怒吼狮，北魏肃杀马。苍昊不得聋，厚土不得哑。长沟泻黄云，春秋俱不舍。明月一相呼，金樽醉白也。王风坠诗文，香草羡来者。"这首诗因为这石狮而写。总是在想，艺术到底不会被辜负。我们期待和平，期待光明，期待公正和正义，花了数以千年的代价，难道还要花失去艺术的代价？如果没有艺术，如果失去了好的艺术，生命还有多少光芒和精彩？

2015.3.10

指鹿为马

指鹿为马原指一桩史实，说的是秦赵高力压群僚的气焰。早年我也是信的，如今感觉或许不是这档事。史上确有一种鹿极像马的，所谓马鹿。赵高以及群僚都不是动物学家，由此大家疑惑也是有的，只是赵高更自信些，位子也高了些，依了他的所言，也是可以理解的。坏人也不是分分秒秒是坏人，写史的人大抵都有归纳情结的，行文方便有力些，我想码字的人都会会心笑过。

说这个好听的所谓史实，只是见到了如今的艺术家的风行的作派。譬如，有了钱可以作画写字，自诩绘画书法，以为不小心窥破了艺术的户牖的，人家气壮如牛，让鹿扮一回马，轻易得很。还有找错人生行当的，画了写了一些年，寂寞透顶了，也就目中无人了，也让鹿扮起马来。由此黄钟即使没毁弃，瓦釜忍不住也雷鸣了，糟糕的只是鹿和马在人间身份，时不时没个准儿。

其实细想起来，写字作画是遇到了好时代的，史上任何一个时代没有如此完备的前人和历代的字画信息，今人见到了几乎无遗漏的有关中国字画的史料。何况每一茬人的出生，天才的比例该是相差无几的，由此期待大家的出现是极真实的期待。每个时代都有自己的伟大艺术家和伟大作品，当代应该也是，而且有理由相信会出现旷世少见的伟大的人和作品。

可惜，期待，如此言之成理的期待，至少至今还是落空的。当代，人生的出路太多，有无数的通道可以让今人人生饱满，或者说饱满得无暇旁骛，即使选择了艺术，也可以毫无艺术地去来，名贵到上林苑的鹿，都被无挂碍地看作了马，有没有真马，还是问题吗？

对于意气飞扬的有钱的指鹿为马者，还有放弃了艺术的初心自甘堕落的指鹿为马者，我不忿忿，因为艺术从来和他们无关，或者说不指望和他们有关。伟大的艺术，从来是极少数人的事。人生是一个大场面，每个人各司其职，就像鹿和马一样，原本是两回事，不必指望，也不该指望非艺术家完成当代艺术的使命，不然要艺术家干什么？

二十年前，我曾预言，所谓当代艺术，即至今已存在二十年的脱胎于西方的当代艺术，并无生命迹象，三十年后当有论定。至今过去了二十年，我不改变自己的看法。同时，我也不犹豫地认定，三十年间，代表当代的伟大艺术家和伟大作品一定会出现。他们是一批饱读和洞察了中国艺术的历史路程、硕果的人，是在当代无数的人生出路中坚定和充满热忱地选择了艺术的人。他们不辜负当代所赐，他们带着当代的温度和气质，和可能完成的梦想走向未来。

鹿只是鹿，马永远是马。开张天岸马，是说马其实是天上的龙。

2016.12.22.

偶尔左笔

　　写字，绝大多数人是用右手的，人类的习惯吧，左撇子少。只是写字的人，把字写俗的人不少。原因有许多，用熟练的右手，恐怕也是原因之一。就像人生一样，人人都在盼望成长、成熟，殊不知人生最圣洁、灵性时其实是孩提时候。人长大了，就像用右手写字惯了，就俗了，就一路下坡般地走远了。于是，有时感觉有电光一闪，有人用左手写字了。

　　数十年前，有个费新我的，左笔字，出奇地漂亮。他怎么会左笔呢？据说是右手出了病况。真不知上苍毁他还是眷顾他。我在一家报馆编副刊，同事有个老师，陈诏先生，他和费先生有旧，就组到了他的书法稿件，"醉墨"二字，写得真好。字见报了，原件就在陈先生那里了。有人喜欢，他就送了。谁知又有朋友求这字，他没办法，只得去信求费先生书写。字寄来了，谁知那朋友不满意，说是原先那张好。失去的东西一定好，尽管他原先没得到。费先生算是白写了。那时字还是秀才人情，也就秀才人情才是佳话。至于是否因为只是人情，所以反而写得好？别人未必信，我信。

　　再说，左手对人类来说，大抵是青涩的，也就这青涩，正合人类在宇宙、天地间的真实状态。也因此算是一种正名了，所以能把字写好。身边的字画家，后来用左手的，还有杨正新。他怎么用左手了？我感觉是他右手字，满意不了，感觉俗了，就指望左手能帮他。他同样做好了。他是画家字，需要灵性，而灵性在日渐成熟的画里画外，被明显侵削了许多许多。

再有就是近十年遇见的龙华寺方丈照诚和尚。见过他右手写的字，很早。也可以说是第一时段见他换左手的，甚好。他是槛外之人，原本无须于俗世学字。左手该是人类远古的一个记忆。那时节，人还没有夸张、扩张的成熟心气。伟大的生灵，脆弱本真的意志，就像青涩不已的左手，保持着人的本相。照诚和尚的左笔我是喜欢的。这不是字不字的问题，而是心不心的问题，是初始本真的问题。烟霞供养的字，感觉应该是这样的字，我在写本文时，偶尔抬头，见到的便是他写给我的满纸一个"福"字。好些年，见着它总觉得福至心灵。

写本文，正是感觉福至心灵，我也左笔过，当然是偶尔左笔。十多年前就写过，去年石香整理旧物，翻出过一副我写给他的左笔联："奇石难寻艾叶绿；清香长忆桃花红。"这是佐证。年前，在福社的驷马堂小聚，趁兴左笔写了两联。记得一联是："远山澹似雪；落叶静如花。"不只是敝帚自珍。那晚，写了几联感觉字俗气，就换了左笔，虽然感觉心手颉颃，就像学步的孩童，扯着风筝的手，和飘摇的心。字是什么？人们这么多的有关字的写法、说教，真的窥破了字的本意，还有人的本相吗？哪里！当我偶尔左笔的时候，我心里很明确地这么说着：哪里！教化久久的有关字的写法和山水、天地，和初心如花的人不合。

2017.1.3

无事铭砚

有事作文，无事呢？见砚台素着，就想到铭砚了。史上文人多有铭砚的。想些好句子，好感慨，以为可以面对一段时日的，也就铭在砚上了。每天伏案，看着也受用。由此，近期忽然有机会见了不少。有些名头超大的，如阮元、袁枚、翁同龢之类，不管是否其本人所铭所书，铭在砚上了，只要好，也是有些名贵的。

当然，砚若是新近的，就不太好玩了。我辈铭砚，似乎新砚也不必铭。总得借些旧气，借些岁月，让所铭的文字也有些从前的气质。自知光景不够，尊下古旧，也是应该的。

自然，说旧砚，也不是太旧，百年前就可以了吧？六七十年也可以接受。这类砚台不说相貌平平些，还真不贵。这里有个悖论，大抵旧砚比新砚好玩，价格呢？还是新砚比较贵。旧砚是淘来转手的，原有之物，估价心轻些。新砚呢？人家石料、人工都明摆着，便宜不来，这也让玩旧砚的心思有了很喜悦的落点。

于是有一方五十元买来的凤纹砚，欢喜地铭了一首七律新作。这是把砚当作诗稿本了，不太好，原铭，哦，该说是原诗，就不录于此文了。再由老乡送我一方普陀山寺畔的莲花塘石砚，我称它观音砚。极坚密的石质，正好又刻了石榴花，我生于榴月，自然就更喜欢。铭了这么几句："榴月砚，不过尺。乞士钵，莲花泽。思之无住，持之过隙。樗斋客中所铭。丙申七夕。"这铭由启程刻了。此文所要提及的铭，都由他刻的。只是这铭，他刻得苦了。观音砚太硬，我老家称它是玉的。

我的名字有个鹏字，鹏和凤原是同一个字。所以见到凤纹砚，我是亲切的，因为亲切，凤纹砚就又来了，我也又铭了："龙尾在水，凤味在几。我本朝露，承之未晞。拳拳其姿，苍苍其顾。笔墨加持，燕瘦环肥。樗斋铭。"还在砚盒上铭了"凤兮"二字。之后，找出了二十年前购于冷摊的井栏纹端砚一方。也铭了："聆青檀，书素纨。思鲈脍，食马肝。新须发，旧井栏。飘零何寄，嗟乎一端。樗斋。"砚的左侧还铭了："清秋露凝依旧"一句。李白有"床前明月光"的句子，这床字说的就是井栏。李白说井栏，说的是他的思乡。我的人生都是在客地度着的。见到井栏纹，甚至比凤纹更揪心。我听着琴声，写着思乡。好多时候，我写了有关鲈乡的思念。我弄不明白了，乡思究竟是什么呢？从此我不再提思乡的苦味，就像不食马肝，不说马肝的滋味一样。只记得李白诗中的井栏，记得这一方砚上的井栏纹，听凭自己的须发变白，白得像雪。

2017.1.3 于云间

琅
琅
集

李白　早发白帝城

《读李白早发白帝城句》:"千里下江陵,猿啼哀不胜。青山冰破裂,白水月奔腾。骚客多孤立,君王每废兴。何曾销猛志,老死望觚棱。"

这篇是写读李白诗的,读的是家喻户晓的《早发白帝城》。七言绝句,全文是:"朝辞白帝彩云间,千里江陵一日还。两岸猿声啼不住,轻舟已过万重山。"李白在流放夜郎途中,遇赦而还,欣喜之中写了这首诗。为盛唐留下了最伟大诗篇的李白,这时已经老去。脆弱的心,获得这样的欣喜,欣喜是加倍的。天赋的神采,这时是在为自己的侥幸飞扬了。英雄末路,想起来还是教人悲哀的。

可是,李白很欣喜。这时的李白真的很欣喜。对他来说,他除了写诗,还渴望做个史诗的经历者。他做到了。无论结局如何,他确实做成了史诗的经历者。

千里江陵,其实船的行走是很慢的,即使是顺流而下,又能行走多快呢? 我们是被李白的文字感染了,以为李白的船,真是可以一日千里的。李白太伟大了,也就二十八个字,就让他的欣喜,欣喜了千万人。

他的诗里,其实提到了猿啼。可叹我们只是注意到了"不住"二字,体会船行走的快感,却都忘了,或者说都不会去想,猿啼是哀伤的。猿啼的哀伤,甚至是不能让人忍受的。内心藏着大哀伤的人,更是难以忍受的。记起了,或者说想起了猿啼,就会明白李白的欣喜,是交集哀伤的。大欣喜,大哀伤,诗人做大了,也就什么都大了。

还有两岸的山脉,飞快的船,也该看见它凌厉的冰封,和恣意的雪化,还有流水、明月。闪亮的白月,落在了奔腾的流水里,它的粲然和轩然,又有谁能与它比试?

算算也就李白了,也就永远在诗句里活着的、哪怕已是晚年的李白了。这种有关山川日月的凌厉、恣意、粲然和轩然,除了李白,还有谁的心胸可能吐纳,可能和它相生相克?也就李白了吧?我这个感觉,也是近来才有的。甚至活过李白写这首诗的年头了,他的诗情和诗性,他的异于常人的感受,还是能感受到一二了。

历来多说,李白有报国的宏愿,却无报国的能力,这话由好些人不屑地说了好些年,其实是苛刻李白了。李白有这非分之想,更教人可敬、可爱。建功立业,对男人、对文人而言,永远是梦寐中事。只是家国废兴,王者功罪,历来难以评说。由此可能流芳的人,历来也少。因此,男人、文人,到底徒劳一场,本是常事。何必轮到了李白,就踊跃了起来,就纷纷嘲笑呢?李白是伟大到独孤求败的诗人,对于他,我们有资格和能力,嘲笑他吗?

下江陵的船上,照李白自己说是一日千里的船上,李白想着什么呢?我猜想,他仍然是想着他的非分之想。诗言志,诗的疆域太宽、岁月太长,大诗人李白,刑天般的猛志,不会毁灭。伟大的盛唐,和他太相像了,伟大到就像他的非分之想。家国可能如此伟大吗？过了盛唐，许多人都从梦中醒来，明白伟大已然渐行渐远，只有李白，他不信。他不可能相信，因为他在诗的国度里，毫不费力地成就了伟大，他相信曾经经历的伟大，可以归去来。

2018.3.22

李商隐　瑶池

　　《读李商隐瑶池句》："四海说清浑,清浑在一尊。歌声动黄竹,日色启天门。人许万人敌,天教独病存。何如穆天子,冰雪走昆仑。"

　　这篇是读李商隐七言绝句《瑶池》后写的。《瑶池》全诗是:"瑶池阿母绮窗开,黄竹歌声动地哀。八骏日行三万里,穆王何事不重来。"这首诗写了上古的事。周穆王看望西王母,说是神话,其实不是。中国人的思想里,所谓神话,也都是人的故事。这首诗里,不说诗人有什么别样的寄托,其间透出的只有人才有的欢乐和悲伤,还有无奈和深情,就已是遗世独立的神采了。

　　人生在世,猿鹤虫沙,风花雪月,原本就是在梦醒之间,混沌一片,难以明辨的。所以活在当时,清醒的感觉多是自以为的,所谓常态,也就是醉酒或写诗的感觉了。都说喝醉酒的时候是不清醒的,写诗的时候也是这样,其实,人有多少时候是清醒的呢? 还不多是混沌的状态,醉酒或写诗一般的状态? 所以举起酒杯,是人生的乐事。李商隐呢? 他是大诗人,写着清澈和绵邈诗句的大诗人,他打量和沉浸人世,自然也会举杯的。他的酒杯就是他的诗句。

　　他在《瑶池》里,写到了黄竹的歌声,还有阿母的绮窗。黄竹那地方,是冰雪之地,住着一批饱受苦寒的人,他们的歌声是悲哀的,感天动地的歌声,感天动地的悲哀。绮窗边上,是美丽的西王母,她是个永恒的人,她有没有悲伤呢?李商隐含蓄地说了,她也是有的。寂寞地打开绮窗的西王母,她也是悲伤的。

男人,大多想活得壮烈一点。项羽是个武夫,他学武的时候,抱着一个决心,就是要学"万人敌",说要学力敌万人的本事。他学到了,成为盖世的英雄。李商隐似乎也有万人敌的想法,作为诗人,他也做到了。他是飘零之人,历来多说,他原本宦途平顺,只是他娶错了太太,关乎了党争,上不了青云了。这说法,说过头了。李商隐很早就结识令狐家了,他如是王佐之才,有足够的机会施展。他官不过九品,其实是公道的。他人生的主要成就,应该是诗。晚年他写的那句"茂陵细雨病相如",悲伤动人。那句子,也是后人惋惜他的来由。李商隐是经过和思量过大悲伤的人,他消解悲伤的能力,是旁人难以估量的。

应该可以说,悲伤是人的一种可能更珍贵的情感。世上伟大的文学作品,更多是描写悲伤的。伟大的人生呢?好像也是悲伤的。人和万物不同,人可以享受情感,包括享受悲伤,享受值得享受的悲伤。周穆王乘坐八匹骏马,日行三万里,去看望昆仑山上的西王母,可惜他天命不永,只去了一次。西王母可以天长地久地活着,可她没机会再见周穆王。欢乐是瞬时的,悲伤却是永远。可以想见,他俩的心魂,定然沉浸在悲伤里。这种悲伤的情感,可以让周穆王含笑离世,也足以让西王母内心静定。多说李商隐是悲伤的,可他写了《瑶池》。大悲伤多好。冰天雪地里,前往昆仑山的,这回是李商隐了。

2018.3.24

杜甫　江南逢李龟年

《读杜甫江南逢李龟年句》："沉郁圣人诗,苍凉杜拾遗。忝登高府第,独咏落花时。国破家何处,城春病不支。盛唐望不见,开尽万千枝。"

《江南逢李龟年》,是杜甫最好的诗篇,全诗是:"岐王宅里寻常见,崔九堂前几度闻。正是江南好风景,落花时节又逢君。"

唐诗以李杜并称,是件非凡的事。唐代的底蕴,或者说向度,太梦幻了。如果说唐代是个梦想,李白则是在这个伟大的梦里,更深地坠落在自己梦里的那个人。杜甫呢?恰恰相反,他是在伟大的梦里,从不入梦的那个人。李白天生自闭,表明他确实是个谪仙人。杜甫是真切的在世之人,世间所有的人事,都是他心之所系,也因此明察秋毫。李杜,这两个毫不相干的人,竟然并称了。

天可怜见,适时出生了杜甫。如果杜甫早生十岁,唐诗可能就没有杜甫了。盛唐属于李白,不属于杜甫。成就杜甫的代价太大,这代价是折一个盛唐。

沉郁苍凉,不属于盛唐。盛唐真是一个梦想,一个竟然实现了的梦想。梦想不需要沉郁苍凉,然而沉郁苍凉是杜甫的命相,所以杜甫在盛唐是无所适从的,这可以在他和他人同题诗作里感觉到。即使他说他是如何飞扬跋扈,他的所说,和他人相比,也只是小巫而已。所以他在数十年后,江湖流落之际,遇到李龟年,写诗说起往事时,也只是说着逢场作戏的事。他说当年岐王和崔九家里,你我经常见到。出入达官贵族的家里,唱歌和写诗的人,所能触摸到的,恐怕也就是盛唐的背影了。

然而盛唐折了,杜甫成为杜甫。杜甫写给李龟年的这首诗,写出了一个足以被后世尊为诗圣的杜甫。或者说,仅是这首诗,杜甫就无愧诗圣。这首诗里,他说了他在盛唐多少有些虚荣的事后,只是说了春天还是那个春天,你我还是你我,这样再平常不过的话。要知道,折了一个盛唐,就换来杜甫这二十八个字。什么叫沉郁苍凉,这就是。什么叫国仇家恨,这就是。什么叫现实中永远醒着的诗人,这就是。什么叫诗圣,这就是。

说是说折了盛唐,成就了杜甫,所谓家国不幸诗人幸,其实诗人哪里能幸? 安史之乱,杜甫从此流亡,以至他最后的岁月,是在漂泊不定的船上度过的,最后死在船上。上述他写给李龟年的诗,是他生命的绝唱。要说诗人有什么幸,是他有机会写出属于他又属于家国的诗。

唐诗以李杜并称,坦率地说,真正代表唐诗的应该是李白。唐诗是以盛唐诗为美的,李白的诗便是最好的盛唐诗。杜甫呢? 杜甫的诗好在他写的是史诗,他无与伦比地写出了唐由盛转衰的那段历史,所以,他完全有器量和李白并称。同时在杜甫之后,中国历史的不幸,无从制止,盛唐那样的时期不再重来,杜甫在他去世后五十年,被尊为诗圣,是情理中事。杜甫的诗篇,不但不朽,而且功不唐捐,至少他开辟了宋诗的大门和道路。宋代的大诗人,多承受了杜诗的恩惠。

还要说到的是,年轻时我在李白的梦里飞了很久,之后,经历了好些,就跟随起杜甫了。文字、诗篇,到底还是要攸关家国庶民的。家国的美好,庶民的安好,杜甫渴望到死,也因此不死。

2018.5.2

杜牧　将赴吴兴登乐游原

　　《读杜牧将赴吴兴登乐游原句》："蜡烛替人哀，无心泪自来。万年新酿酒，五夜旧楼台。南寺埋烟雨，东风吹锦灰。昭陵云似雪，那得一麾开。"

　　杜牧的《将赴吴兴登乐游原》，原诗是："清时有味是无能，闲爱孤云静爱僧。欲把一麾江海去，乐游原上望昭陵。"这首诗是杜牧晚年，大概是他去世前一年写的。英雄老去，雄心不会老去。杜牧对于盛唐的向往，到死不变，可以说，他在心里，和盛唐厮守了一生。

　　杜牧是个高贵的人，无论是他的出身，他的才情，他的志趣和他的胸襟、气度，都表明他是个高贵的人。他说他很闲，闲得像天上孤独的云，他说他很静，静得像无住无心的僧人，他又说他自个儿活着些情趣，是对不起所在的清平时光的。这话他说得很委婉。可是到了下一联，他的俊爽的锋芒还是闪耀了。他说他还是去地方上做点事吧，他说他离京的时候，还是登上高处，远眺了伟大的昭陵。

　　杜牧内心其实是有泪的，凡是英雄免不了内心有泪。可他的泪，即使面对佳人，还不会流出来，他曾在他的诗里，让樽前的蜡烛，替他流出来。

杜牧是京兆万年人，也就是现在的陕西西安人。他那一年是在东都洛阳中的进士，他曾说他家乡的年轻人特地酿了新酒，祝贺他。他开始了他的仕途。他面对的曾经伟大的陵阙，已然萧瑟、衰落。外放官员的俸禄多，他又为养家所累，索性自请外放。远离京城，他眼中更多的是明月玉人，和风雨楼台了。

他思索着王朝的兴替，写了旷世奇文《阿房宫赋》，其中"楚人一炬，可怜焦土"，让人确信他所说的是史实。同样还有他的绝句《赤壁》。他的文字的力量太强大了。"东风不与周郎便，铜雀春深锁二乔"，让后世无数人宁愿相信它是真的。《赤壁》这首看上去就美不胜收的文字，其实说的是悲伤的史实。这史实不关乎二乔。这史实说的是战争和乱世中的女子的命运。女子和财帛一样，永远是王者的战利品，乱世的牺牲品。自古英雄爱美人，杜牧的诗，写出了对天下所有女子的大悲悯。杜牧的大英雄本色，至今幸存在了他的诗篇里。

登乐游原，杜牧还有一首诗："长空澹澹孤鸟没，万古销沉向此中。看取汉家何事业，五陵无树起秋风。"这首诗，字面是写汉家五陵，恐怕也是写他心中的昭陵。字里的意思呢，自然是他对盛世挥之不去的向往。杜牧比杜甫晚生九十一年。杜甫去世后三十多年，杜牧才出生。奇异的是，老杜小杜，似乎先后颠倒了。老杜生于盛唐，最后他活在中唐。小杜生于晚唐，却像活在盛唐。人离不开他所处的年代，然而有些诗人，譬如杜牧这样高贵的诗人，他的心，会被别一年代的箭穿透。而他，忍着彻骨的痛感，跨越年代，甚至跨越万古去。

2018.7.7

韩愈　左迁至蓝关示侄孙湘

《读韩愈左迁至蓝关示侄孙湘句》："雄文旷世希,王者在京畿。石鼓凭歌赋,韩碑任谤诽。云横盘硬语,雪拥感寒晖。何事来萧寺,黄昏蝙蝠飞。"

韩愈的《左迁至蓝关示侄孙湘》原诗是:"一封朝奏九重天,夕贬潮阳路八千。欲为圣明除弊事,肯将衰朽惜残年。云横秦岭家何在? 雪拥蓝关马不前。知汝远来应有意,好收吾骨瘴江边。"

韩愈在唐宋八大家中排名第一,不只是按出生前后排列的第一,更是他的文字无愧第一。中国人历来看重文章华国、诗书传家。所谓的文章,不只是说文采,而是说见地、说思想,和有关国事的策论。而韩愈正是这样的大文人,这样的好文字。韩愈多次科考落榜,多次过不了博学鸿词科这一关,可以认为他的文字,已经走过了时代。他之后来到了帝王的跟前,是他个人之幸,也是时代之幸。他握有伟大的文字,这样的文字足以让时代为他昂扬。

韩愈写过平淮西碑,他从国家统一的层面上,盛赞了平淮西的主持者、宰相裴度的历史功绩。后来前线战将、雪夜入蔡州的李愬家属不服,韩碑被磨掉了。李商隐因此写过名为《韩碑》的诗作,支持韩愈。李商隐的《韩碑》也是千古名篇。可见,文人的大小，文字的高下，最终是由见地决定的。

韩愈的文章，无人质疑，同样是文字的他的诗呢？历来的评价，多是看低了。韩愈写过一首《石鼓歌》。他在诗的伊始，说可惜李杜不在了，只能由他勉为其难，来称颂石鼓文了。他说先秦时期的石鼓文，是有关史迹、古文字，和文学的伟大物证。可惜它的文辞，《诗经》没收入。原物甚至直到唐代，依然流落民间。他在诗里写出了"孔子西行不到秦"的名句。他很感慨地说，这么伟大的石鼓文，连孔子也给疏漏了。试想一下，这样的《石鼓歌》，李杜可能写出来吗？应该不能。李杜没这样的见地。再说，《石鼓歌》的文字，极其生猛奇谲，和石鼓文一样，凡大文人，总有一种天纵之姿。这一种天纵之姿，李杜也是没有的。

韩愈最让人熟知的是他的七律《左迁至蓝关示侄孙湘》。他因谏迎佛骨事，触怒了唐宪宗。朝夕之间，他被贬潮州，而且是立马启程。他因忠获罪，还是非罪远谪，妻女还待随后赶来，他的感慨自然是五内俱焚。他写了这首堪称忠烈的诗。这首诗有杜甫一样的沉痛，更有他以文入诗独到的坚贞。尤其是第三联，十四个字，情境阔大，真气淋漓，抵得一篇大文字。这样的句子，只有韩愈这样干得九重气象的大文人，才能写出来。末句说他必死他乡，他过命的小辈韩湘会埋他。韩湘就是之后传说中的八仙之一韩湘子。人中麟凤，也以类聚。

少年时最早读到的是韩愈的《山石》。记得读到"黄昏到寺蝙蝠飞"一句，心就被他震撼到了。

10.7

刘禹锡　酬乐天扬州初逢席上见赠

《读刘禹锡酬乐天扬州初逢席上见赠句》："桃偶归何处，刘郎去复来。废兴余故垒，弃置蓄沉哀。联辔柳司马，酬吟白傅杯。青雕开睡眼，万木绝尘埃。"

刘禹锡《酬乐天扬州初逢席上见赠》原诗："巴山楚水凄凉地，二十三年弃置身。怀旧空吟闻笛赋，到乡翻似烂柯人。沉舟侧畔千帆过，病树前头万木春。今日听君歌一曲，暂凭杯酒长精神。"

刘禹锡天赋诗情，髫龄又受诗僧皎然、灵澈亲炙。二十一岁中进士，可谓青春得意。旋即遭遇八司马事件，宠辱弃置，困苦交加，终生贞心不移。贬谪十年归来，作玄都观看桃诗，再度被贬。再度归来，在扬州初遇白居易。这时候，刘禹锡已是极为完好的诗人刘禹锡了。雄心气概，吞吐謦欬，并世少见。

唐诗有什么？唐诗人有什么？我想是有那种骨子里的高贵和从容。刘禹锡是真正具有的。无论春风顺水，还是秋霜紧逼，他都是刘禹锡。他是中唐之人，贵族的心气，还多了一份凛冽。然而真正的唐人，真正的唐诗，金刚之身终不能为外力所坏。刘禹锡是真正的唐人，他写着真正的唐诗。他的心饱满如初，他甚至没感觉他的心有伤口，他也不屑于他的心有伤口。

刘禹锡和韩愈、柳宗元不止诗文之交，由此也可见他是什么样人。他还写过《天论》，下得一手好棋。他的胸襟太大，他的诗，自然会以一种俯视的感觉，静观万类，好像他生来就是盘桓空中的雕。他的诗，基本不用生僻字，文字畅晓直白，他的诗，字、句、篇，都是虚实相生，就像朗朗天空，星罗棋布。这种开阔，这种高华，对他而言，一定是命里带来，而不是生死契阔，艰难玉成。

那首《西塞山怀古》，是他倚马之作。那一场灭吴的战事，在他掌心重现，由他乘兴比划。"人世几回伤往事，山形依旧枕寒流"，气象阔大到无从赞起。可见历史像极了他的诗，让人感觉到了伤感，又感觉到了无法伤感。

回头再看酬白居易的那一首。他和白居易初见，诗心相激，他直言自己遭罪二十三年。他说向秀怀旧的《闻笛赋》，写得再短，也是虚空，他又说自己好比烂柯山上的王质，恍如隔世。接着，他突然写了后世极为著名的一联："沉舟侧畔千帆过，病树前头万木春。"之后，他又突然说，他只是在听白居易歌唱，品尝席上的美酒，全诗至此戛然而止。

这首诗写得真是好，不只是某一联好，而是整首诗好。好在哪里？我看至少有三个好。一是大丈夫滔滔心潮，起止自如。二是所涉之典如"闻笛赋""烂柯人"，不是诗人刻意用典，而是典太契合，径自闯了进来，不能不用。三是虚实的感觉太好。第二联看是用典，很虚，却是极美的大实话。第三联呢？写景，感觉很实，其实不是眼见之实，而是诗人想象之实。这是诗句所谓虚实的伟大范例，明白这一点，理解唐诗，理解刘禹锡，虽不中，也不远了。

2019.2.3

李贺　梦天

《读李贺梦天句》："金辔高轩过，锦囊红豆篇。摧城阵云黑，斫节楚辞妍。承露铜人泪，团光老兔眠。玉楼何所记，天上葬神仙。"

李贺《梦天》原诗："老兔寒蟾泣天色，云楼半开壁斜白。玉轮轧露湿团光，鸾珮相逢桂香陌。黄尘清水三山下，更变千年如走马。遥望齐州九点烟，一泓海水杯中泻。"

人类的思维和灵性厚重到了无法估量，以至每个时段、每个领域，都会出现极其灵异之人。譬如唐诗中的李贺，便是。李贺极其灵异，大小李杜盖不住他。四人中李商隐和他略似，真能和他放在一起说的，恐怕也就李白了。只是李白和李贺也不一样。一个是极致，一个是极端。一个是徜徉殊胜，一个是流连绝境。一个似神形迹，一个却似鬼唱歌。一个是生无旁骛死不了，一个是置之死地而后生。这就是李白和李贺，为人为诗的差别。

李贺的灵异，读他诗的人随时可以触及。这么多奇诡的句子和感觉团在一起，好似一连串惊雷闪电凭空而来。声色俱厉，排山倒海，震撼的感觉，让人一下子振聋发聩。只是这种美到无解的震撼，平常人能经得几回？所以说到唐诗，说到唐代诗人，单单喜欢李贺的人，恐怕没有。喜欢三李是有的。为什么呢？只为三李是连在一起的一片大地，人们向往这片大地，自然不想割舍寸土寸金。

成千上万个中国字，组成不同词组的可能性几乎无限，而人生对美的承受力却很有限。李贺突破了人生这一种承受力。他的"谁知死草生华风""腻香春粉黑离离""塞上燕脂凝夜紫""忆君清泪如铅水"这类句子，太酷，太高冷，生生拷问人生关于美的承受力度。这个只活了二十七年的诗人，和光同尘，齐生死的感觉，想来是生来独有。他喜欢背个诗囊出门，一路捡他的诗，灵光一现，诗就来了，诗囊就鼓鼓的了。捡诗的状态很美，捡到的诗呢？美得出人意料。不要说是平常的人，即使杜甫、李白，也会很意外。

看看《梦天》这一首。李贺说他做了个梦。他看见天色阴暗，像是月亮上老兔和寒蟾哭泣的样子。一会儿云起了变化，投出了一斛光亮。月亮湿漉漉的，缓缓、圆圆地滚动着。在芬芳的桂花树下，他碰见了嫦娥。从月亮上俯瞰，三座神山下人生的去处，也就是一些黄土和河流。这些黄土和河流，千变万化，一刻也停不下来。人生常说的千年，实在是一眨眼的功夫。所说的九州呢？远远看去，只是九点烟尘，所说的大海，只是一杯水的量。李贺活得窘迫，按常理，不会有清闲去考虑飞天。可是他有这份清闲。他原本不属于大地，不属于尘世。当他写出"天上几回葬神仙"的句子后，他应该也明白自己是不属于大地、不属于尘世的人。他临死时，说玉帝造了白玉楼，要他去写美的句子。他说的是心里话。他应该是会心笑着走的。他是带着自己的心走的，带着一颗远比所有的人生更渴望美的心走的。

2.5

王维　送元二使安西

《读王维送元二使安西句》："佩声宫阙久，积雨辋川迟。芳草新年绿，王孙终古期。阴阴诗有画，漠漠画能诗。无处逃禅去，伤心凝碧池。"

王维《送元二使安西》原诗："渭城朝雨浥轻尘，客舍青青柳色新。劝君更尽一杯酒，西出阳关无故人。"

王维出身贵族，又居高位，自有天人之相。入世和出尘，是他同时具备的两种起居方式。无论在天阙，无论在辋川，在朝在野，照他诗里写的，他的心期，总在人烟之外。时序和生命，总让他推及天地。

说到唐诗三大家，人们常说是李白、杜甫和白居易。其实，应该是王维、李白和杜甫。甚至唐诗选一家，王维也是可能的。所谓唐诗，自然说的是盛唐诗。杜甫有中唐气。李白是盛唐诗人，但他是历代大诗人中唯一凭文采成名的天才，自然就不只属于盛唐了。而与李白同年同月同日生的王维，正是代表唐诗正格的那个人。

王维以最精简的字句，表现看似真实、实为心造的景象。之前，诗的赋比兴，三者是很分明的。譬如《诗经》第一首，先写"关关雎鸠，在河之洲"，后写"窈窕淑女，君子好逑"。到了王维手里，赋比兴浑然一片了。看似写景，同时写了情。就像雨后的霓和虹，两者无从也无须分开。这种盛唐诗独有的高华雍容，在王维总是信手拈来。

历来对王维著名的赞美，是说他"诗中有画，画中有诗"。"画中有诗"，自然不错。他是大诗人，即使笔墨不够好，诗意也是跃然纸上的。"诗中有画"呢？却是说低了。诗比画高明得多。王维诗中的"画"，画画画不了。"漠漠水田飞白鹭，阴阴夏木啭黄鹂"，怎么画？如说画得出，一定不是好画家。即使是"明月松间照，清泉石上流"，看似曾见之景，也是百工难绘的。

王维高贵的生平，晚年被渔阳鼙鼓玷污了。这让王维很痛苦。还好，他写过一首《凝碧池》，让他保存了诗人最后的尊严，也保存了诗的尊严。

《送元二使安西》，是他最著名的诗，他写的送别诗。他说他在长安清早的雨中，送别出使的朋友。是春天了，柳色青青的。柳是管人别离的，只是这会儿它却很好看。还请再干一杯吧。出了阳关，那里就没有相识的人了。

王维认为，所谓离别，就是身边没了对的人，就是尘心孤独。如有挚友在侧，朝雨尘土，就无所谓离别，无所谓路途远近、境地优劣，甚至世态炎凉了。王维中年之后，几无至亲，字句里这番隐约的感慨，旁人是难以体谅的。

这首诗就格律而言，失律。二、三句失粘，是所谓折腰体。如第一、二句互换，改为："客舍青青柳色新，渭城朝雨浥轻尘。劝君更尽一杯酒，西出阳关无故人。"格律就对了。只是首句奇峰突起，是杜甫作法，王维似不为。再说，诗的格律最后是在杜

甫手里完成的。大诗人王维、李白,就格律而言,还在路上,或者
是甘心在路上,就诗而言呢? 早已登峰造极了。

3.5

王昌龄　芙蓉楼送辛渐

　　《读王昌龄芙蓉楼送辛渐句》："上国诗天子，高歌莫与争。边关飞将重，宫阙美人轻。日带寒鸦色，月清金柝声。龙标五溪下，生死有荣名。"

　　王昌龄《芙蓉楼送辛渐》原诗："寒雨连江夜入吴，平明送客楚山孤。洛阳亲友如相问，一片冰心在玉壶。"

　　王昌龄，是"诗家天子"还是"诗家夫子"，似无定评。夫子也好，如孔夫子，还有李白诗里称孟浩然的孟夫子。只是王昌龄，理应是"诗家天子"。

　　王昌龄原本是个农夫，可他活在盛唐，又天赋诗心，自然就不缺鸿鹄之志。他来到了边塞，他成了边塞诗的开创者。他的边塞诗一经问世，即是巅峰之作。天才问世的第一声啼哭，大抵和他人没什么不同。而天才诗人写出的第一行诗，必然不同寻常。除了边塞诗，王昌龄所作的宫怨诗，也是盛唐绝唱。

　　王昌龄的边塞诗，写的是男人的苦难。他的宫怨诗，写的是女人的凄婉。战争从来让男人生死无常，战争又从未让女人走开。王昌龄伟大的诗篇，写的是他不好战，也不反战，战争既然不可避免，那就用男人的苦难和女人的凄婉去经受。边塞和宫怨,这两个题材,显然是站在高处,评量盛唐。王昌龄的心胸和诗境同样开阔,甚至他的诗心几无旁骛。还有,王昌龄的诗,在众家诗里明珠独朗,圆润蕴藉,玉振金声,全然是皇家气象。据上种种,足见他是"诗家天子"。

王昌龄擅长七绝,是所谓"七绝长城"。写七绝能与王昌龄齐名的,只有李白。现存世的初唐七绝,不到七十首。盛唐有四百七十余首,其中王昌龄占六分之一。可见七绝,王昌龄用力最多。中唐后,七绝成为通常的形式,王昌龄是功不唐捐。

七绝是诗最好的形式。七绝回转腾挪,胜过五绝,气象开阔,胜过律诗。律诗看似字数多,中间两联对仗,其实是往小处、细处去了。七绝写的是大树模样,律诗除了写树干,还写枝叶,反而有碍气象。从格律上说,删去律诗中间两联,律诗成了绝句,格律也是对的。可见律诗只是复杂化了的绝句,容易损伤诗情。

王昌龄诗好,功名却不好。他是"诗家天子",却是屡屡遭贬之身,最后竟被亳州刺史闾丘晓杀死在大街上。诗是盛唐之心,诗人是盛唐之日月。试想,如果没有诗和诗人,何来后世人心中的盛唐。诗人和诗不能屈死。果不其然,结果是唐人张镐处死了闾丘晓。

唐七绝最好的一首,是王昌龄的《出塞·秦时明月汉时关》。要说是,第三句"但使龙城飞将在","但使"二字,在这句子里,不是假定,而是直叙,是诗人感觉飞将从没缺席,边塞历来坚固。本文特别要说的是,王昌龄的另一首七绝《芙蓉楼送辛渐》。一个孤独的人,感觉连夜寒雨、平明楚山,和自己一样孤独。这个孤独的人,还是要说,他有一片冰清玉润的心。时至今日,读者也难免动容,感慨一个盛世失意之人,用四句二十八字,执着地宣示他的光明心地。

3.7

王勃　送杜少府之任蜀州

　　《读王勃送杜少府之任蜀州句》："秋水滕王阁，落霞在翠微。长天共一色，孤鹜与齐飞。最是江山阔，谁期儿女归。唐诗正年少，勃也弄朝晖。"

　　王勃《送杜少府之任蜀州》原诗："城阙辅三秦，风烟望五津。与君离别意，同是宦游人。海内存知己，天涯若比邻。无为在歧路，儿女共沾巾。"

　　初唐时期，王绩的《野望》，五律初定。杜审言五律《早春游望》、张若虚七言《春江花月夜》、陈子昂古风《登幽州台歌》，都以他们各自的力量，迎接唐诗的到来，尤其是"初唐四杰"王勃、杨炯、卢照邻和骆宾王。称他们杰出，原本是称赞他们的骈文和赋。之后，人们发现，他们同时改变的，还有诗的面貌。杜甫极其钦佩"初唐四杰"。他曾写道："王杨卢骆当时体，轻薄为文哂不休。尔曹身与名俱灭，不废江河万古流。"在这里，杜甫所说的"当时体"，更是指诗了。他认定，是"初唐四杰"开了唐诗的先河。要知道，杜甫比王勃晚生了六十年。他是看到了唐诗伟大的行进的，而"初唐四杰"，是一开始就认定了这个方向。

　　历史有一个现象，就是诗的行进，到底是诗人自己实现的。唐开国之初，圣君名臣，管领诗坛，风云一时。然而，开辟唐诗先河的，却是"初唐四杰"。诗到他们手里，从庙堂、宫闱吟唱到了江河湖海、边塞大漠。这群年少位卑的人，以他们蓬勃的朝气、清新激扬的文字，尽力扫除齐梁绮靡，率先宣示了唐诗的声律和风骨。

令人唏嘘的是，"初唐四杰"个个身世坎坷，或溺水，或郁死，或自杀，或伏诛，结局凄惨。他们的人生几无是处，除了不朽的诗文。譬如王勃，十四岁凭才情入仕，二十岁再度入仕，后获死罪，幸逢大赦，可惜父亲连坐，被贬交趾。而就是他，在看望父亲途中，写下了《滕王阁序》，其中名句"落霞与孤鹜齐飞，秋水共长天一色"，仅文采而言，就足以整顿初唐。

王勃才活了二十七岁。诗人的成就，不必以平生苦难计，也不必以年龄计。不朽的诗文，不会因为年少之作，更加不朽。诗人的寿数，也是可以忽略不计的。诗人以诗不朽。历来的后人，大都只记着他们的诗，不会记得他们活过多少岁。王勃在有生之年，完成了他的绝唱。即使英年早逝，也无甚可惜，他已经不朽。

王勃有一首绝好的诗，五律《送杜少府之任蜀州》。他在诗中写道，我在三秦大地的长安，送你去五津风烟的四川。我和你的心思是一样的，谁让你我是浪迹奔命的人呢？我相信四海之内总有朋友，天涯之远也近在左右。不必在临别的时候，儿女情长，伤心落泪。

王勃说好是写送别的，结果是写了自己。他写了自己的游子宿命、漂泊行迹，还有少年意气。就这样，他极为坦率地写出了自己，一个独立风烟的自己。可见，伟大的唐诗，尽可以旁若无人。

3.8

蒼蒼集

李白与杜甫

　　这个题目,以前有郭沫若作为书名,写成了一本书。数十年前成书之后,被人讥为趋炎之作。我以为未必。郭喜欢李白,所谓扬李抑杜,其实是他习性使然。李杜两人的诗性差异太大,历来拥有各自的读者。同时喜欢李杜的,历来不多。郭和李习性相近,郭的那本书,不外是夫子自道,自说自话。我以为它是很好的文字。譬如考证李白的生地,还有杜甫的死因,就很见神采,读来饶有滋味。

　　以下是我说李白与杜甫。

　　在中国诗的历史上,李白与杜甫,不必说是最好的诗人,但一定是说到诗的时候最绕不开的诗人。为什么绕不开?我想,首先因为他们是与生俱来用诗来思维的伟大的人。这样的人,这样的诗人历来少见。这就让中国诗的历史获得了一种高贵和尊严,或许也因此,中国有理由称之为诗的国度。

　　人的一生在诗的思维中度过,这是何等奇异的人生状态。而李杜就是这样在一千多年前一生记录着他们诗的思维。譬如李白的成名之作《蜀道难》。可以想象和确信,这是李白兴之所至吟成的。同时还可以想象和确信,如果李白再写一遍,甚至是当时连写两遍,一定是不一样的。李白哪里是写诗,他只是听凭蓬勃驰荡的思维,喷泄在笔底纸端而已。也因此,李白的诗,特别是他最擅长的古风,气势非凡,来时排山倒海,去时击溃重围。世界上最纷繁芜杂的是思维,最难以安置的也是思维,李白的诗就是这样的纷繁芜杂和难以安置的状态。《蜀道难》一开始十几句时的李白,凭空成就文字的奇崛和崔嵬,读来不由你不惊为天人。而之后的"一夫当关,万夫莫开。所守或匪亲,化为狼与豺。朝避猛虎,夕避长蛇。磨牙吮血,杀人如麻"这些句子,实在是劈头盖脸得没来由。之后又是没来由的突然煞尾。李白的一番思维,乘兴而来又乘兴而去了。他的诗,即使是像《蜀道难》那样的伟大的诗的行进也不得不戛然而止了。千百年来,很少有人注意到《蜀道难》中"一夫当关,万夫莫开"之类的文字是多余的。原因想来也就一个,就是李白才气太大,自然可以英雄欺人。

不但是李白,杜甫也是这样。譬如杜甫的《茅屋为秋风所破歌》,起先说"八月秋高风怒号,卷我屋上三重茅","南村群童欺我老无力,忍能对面为盗贼,公然抱茅入竹去。唇焦口燥呼不得!"到结尾竟是"安得广厦千万间,大庇天下寒士俱欢颜,风雨不动安如山!呜呼!何时眼前突兀见此屋?吾庐独破受冻死亦足!"这就难免让郭沫若嘲笑了。你家好富裕的"三重茅",给受冻的"群童"拿去,你就咬牙切齿了,怎么相信你会甘愿"吾庐独破受冻死亦足"呢?问题也就在郭没明白杜甫和李白一样,也是以诗来思维的。这首诗里,他怨恨盗他三重茅的群童,是当时的真实想法,接下来突然想起"天下寒士",也是当时又真实地想到了。就这首诗而言,前后可能不切,然而,一个伟大的人的思维,可能纷繁芜杂,但到底不会沦陷于平庸,何况这个伟大的人还是诗人。

李白与杜甫注定与众不同,还因为他们出现在历史和诗的伟大拐点,和必然会到达和站立在那儿的诗的坐标上。李白注定和盛唐连在一起,杜甫注定和中唐不可分离。

盛唐是古代中国的一个伟大时期,唐玄宗开创的开元盛世,还是古代中国的一个伟大的文化巅峰时期。李白是盛唐诗人,他为盛唐贡献了最伟大的,同时具有史诗意义的诗篇《清平调辞三首》:"云想衣裳花相容,春风拂槛露华浓。若非群玉山头见,会向瑶台月下逢。""一枝秾艳露凝香,云雨巫山枉断肠。借问汉宫谁得似,可怜飞燕倚新妆。""名花倾国两相欢,长得君王带笑看。解释春风无限恨,沉香亭北倚阑干。"杨玉环天宝四载被封贵妃,天宝三载,沉香亭前牡丹盛开,唐玄宗和她前往观赏,她的身份还是女道士杨太真。李白应命别创新词。这是一次旷世的会见,历史上站在最高峰巅的帝王、最美丽的女人,和最伟大的诗人的会见。李白四十三岁,他来到了帝王的身边,觉得从未离自己报国的梦想这么近。第一首说,牡丹和云彩,都渴望像杨太真的容颜和衣裳一样美。因为她就住在群玉山、瑶台那样的仙境。第二首说,赵飞燕要精心、出彩地梳妆,才可能和杨玉环相似。杨玉环时年二十五岁,从这里开始了她十二年的惊艳。相传就为这个比拟,高力士进了谗言,李白当年离开了长安。其实美是无从谴责的。譬如杨玉环,到今天,人们不是还念着她的美吗?第三首说到沉香亭赏牡丹本事。是名花,更是美人,让君王笑颜常在。这年唐玄宗六十岁了。这位伟大的帝王渐渐老去,他平生的波澜,在这时候,谁都会觉得,已经离他远去了。他在晚年得到杨贵妃这样的知音,是对往日所有的消解。《清平调辞三首》,当场就谱了曲,由唐代伟大的歌者李龟年歌唱,唐玄宗吹笛伴奏。当时的盛况,这样的盛唐,真是千载难逢。李白《清平调辞三首》，自然可以不朽。

　　同样，杜甫也为他的中唐写下了最伟大的，也是最具史诗意义的诗篇《江南逢李龟年》："岐王宅里寻常见，崔九堂前几度闻。正是江南好风景，落花时节又逢君。"大历三年，杜甫从四川奉节乘船回故乡，路过潭州时，遇见了阔别多年的开元著名歌手李龟年。杜甫当年在洛阳岐王李范和唐玄宗近臣崔涤的家里，多次听到过李龟年的歌声。那时正是大唐盛世，谁都怀抱着光辉的愿望和灿烂的人生。不料盛世有时比人生要短命得多，重新相见时，两人都已是沦落天涯、行将就木之人了。杜甫流传到今天的诗有一千四百多首，其中绝句不到十分之一。这首七绝应该是他的最后一首。而这首诗的字面出奇地平静，杜甫汹涌了一辈子的诗的思维，被江南的不置可否的好风景，看上去淡淡消解了。这就是到达和站立在了中唐的杜甫。中唐就是这样，除了好风景可以敷衍，所有的悲凉和沉痛，都已失去了诉说的必要。杜甫很少写绝句，甚至绝句被认为是杜甫的短板，然而这首《江南逢李龟年》不可替代也无从替代。甚至可以说，单单就这首诗，杜甫就可以被称之为杜甫。

　　李白与杜甫诗的思维，也让诗获得了至美的成果，也让诗在诗的本义上到达了更高的境界。这里就产生了一个问题，那就是哪些才是李白和杜甫的最不应被忘记的诗？我以为，不该忘记的是反映了李白和杜甫的思维美感的那些诗。李白具有梦幻般真实的那些五古，实在可能让读它的历来的读者和李白本人一起梦幻歌哭。苏东坡曾经抄写的李白的《上清宝鼎诗二首》："朝披梦泽云，笠钓清茫茫。寻丝得双鲤，内有三元章。篆字若丹蛇，逸势如飞翔。还家问天老，奥义不可量。金刀割青素，灵文烂煌煌。咽服十二环,奄见仙人房。莫跨紫鳞去,海气侵肌凉。龙子善变化,化作梅花妆。赠我累累珠,靡靡明月光。劝我穿绛缕,系作裙间裆。挹子以携去,谈笑闻遗香。""人生烛上华,光灭巧妍尽。春风绕树头,日与化工进。只知雨露贪,不闻零落近。我昔飞骨时,惨见当涂坟。青松霭朝霞,缥缈山下村。既死明月魄,无复玻璃魂。念此一脱洒,长啸登昆仑。醉着鸾皇衣,星斗俯可扪。"苏东坡的字和李白的诗,如此神不守舍地交融在一起。那种出神入化、行迹无常的墨迹和笔调,无疑是两个酣醉的人瑰丽梦游。这样的诗,还有由这样的诗赢来的这样的字,像江流一样,流去了就永远无法重流一遍。李白还有一首《静夜思》,也是不能忘记的:"床前明月光,疑是地上霜。举头望明月,低头思故乡。"这是明代的版本。宋代的版本是:"床前看月光,疑是地上霜。举头望山月,低头思故乡。"两者相比,宋代的版本似乎朴素些。后来流传的是明代的版本,然而明代的版本也是无敌的。李白的纯净无瑕的诗的思维,把故乡和明月看成了一体,这种李白的诗意的错觉,再过一千年,也是中国人的内心的感觉。这首再朴素不过的诗,不但是李白诗的极致,也是中国诗的极致。

杜甫也有他的不该被忘记的诗。不过,他的不该被忘记的诗,我以为不是历来说的"三吏三别"。"三吏三别"不太像是本义上的诗,更像是报告文学,或许更具有史料价值。如果以为"三吏三别"是杜甫作为"人民诗人"的依据,那么"人民诗人"的意义也许狭窄了。杜甫的好诗是《秋兴八首》:"玉露凋伤枫树林,巫山巫峡气萧森。江间波浪兼天涌,塞上风云接地阴。丛菊两开他日泪,孤舟一系故园心。寒衣处处催刀尺,白帝城高急暮砧。""夔府孤城落日斜,每依南斗望京华。听猿实下三声泪,奉使虚随八月槎。画省香炉违伏枕，山楼粉堞隐悲笳。请看石上藤萝月，已映洲前芦荻花。""千家山郭静朝晖，日日江楼坐翠微。信宿渔人还泛泛，清秋燕子故飞飞。匡衡抗疏功名薄，刘向传经心事违。同学少年多不贱，五陵裘马自轻肥。""闻道长安似弈棋，百年世事不胜悲。王侯第宅皆新主，文武衣冠异昔时。直北关山金鼓震，征西车马羽书迟。鱼龙寂寞秋江冷，故国平居有所思。""蓬莱宫阙对南山，承露金茎霄汉间。西望瑶池降王母，东来紫气满函关。云移雉尾开宫扇，日绕龙鳞识圣颜。一卧沧江惊岁晚，几回青琐点朝班。""瞿塘峡口曲江头，万里风烟接素秋。花萼夹城通御气，芙蓉小苑入边愁。珠帘绣柱围黄鹄，锦缆牙墙起白鸥。回首可怜歌舞地，秦中自古帝王州。""昆明池水汉时功，武帝旌旗在眼中。织女机丝虚夜月，石鲸鳞甲动秋风。波漂菰米沉云黑，露冷莲房坠粉红。关塞极天惟鸟道，江湖满地一渔翁。""昆吾御宿自逶迤，紫阁峰阴入美陂。香稻啄余鹦鹉粒，碧梧栖老凤凰枝。佳人拾翠春相问，仙侣同舟晚更移。彩笔昔曾干气象，白头吟望苦低垂。"这里之所以录下了全部八首诗，是因为《秋兴八首》是个整体，真正地大开大阖、时空交叉和天人合一。这样的诗，是杜甫那样的具有天地之念、家国情怀的伟大诗人，才会和才能够有的伟大思维和伟大歌唱。《秋兴八首》写在大历元年夔州，杜甫五十五岁了。律诗杜甫写得最好。律诗到了杜甫，到了《秋兴八首》，写绝了，也写完了。杜甫的《秋兴八首》，是律诗最后的景致和境界。《秋兴八首》写了对长安的思念，也就是写了对天地家国的无尽的眷念和感慨。《秋兴八首》触目都是沉郁和壮丽的景象和梦想，可见杜甫在写它的时候，思维和生命一起怒放，一个垂垂老去的诗人，在他明白自己的使命的时候,他不会些许保留他的最后的思维和生命。我以为,这八首诗不像历来评论所说的,具有严谨的先后顺序和布局。这八首诗是杜甫纷繁汹涌的思维的恣意流泻。也只是因为纷繁汹涌,才无法分割。谁能分辨一个以诗为思维的伟大诗人的刻骨铭心之作,哪一句是多余的,哪一联是出位的,哪一首又是游离的呢?夔州和长安,在杜甫心里是装得下的。两处不管相隔多远,都可以在转念之间来去。所谓律诗作法的起承转合,在杜甫那里,在杜甫的《秋兴八首》那里,都无足轻重。《秋兴八首》不能承受之轻的,只是杜甫伟大地思维着的一颗诗心。杜甫的《秋兴八首》不该被忘记。杜甫不太写绝句,但写得和他的律诗同样好。绝句原意就是"截句"。如上面说到的《江南逢李龟年》,就像是截了律诗的下半首。杜甫还有一首名为《绝句》的绝句,像是截得律诗的中间两联:"两个黄鹂鸣翠柳,一行白鹭上青天,窗含西岭千秋雪,门泊东吴万里船。"杜甫既然站立在了律诗的巅峰之上。那么,"截句"对他而言应该不在话下。这首《绝句》是杜甫在成都浣花溪草堂闲居时写的。全诗四句,写了四个景色。每一句都写得像画一样。看起来写的都是实景,其实哪一句都是他心里的念想和以为。这是杜甫以诗思维的一个例证。历来的读者为什么都喜欢这首诗?原因可能谁都没去细想过。我以为,是因为它是杜甫的一个思维片段,是一个伟大诗人的思维片段。世界上什么文字最感动人?我想就是真实的思维吧。在真实的思维里面,往往有真情流泻,往往有纯净的美感出现。而这种真情和纯美,让读它的人内心会很痛快。

2012.1.29

诗人李商隐

　　李商隐原是个平凡的男人，只是因为他对文字、韵律和尘情的极度敏感，他才成了在后世所有人心中的那个李商隐。

　　李商隐的一生和令狐家族瓜葛很深。令狐楚是唐代重要的政治家和骈文大家。他是少年李商隐的伯乐。可惜李商隐也就是一个诗人，到底也只是令狐楚诗文方面的知己。这对知己也是旷世少有。即使经历了许多年的不见，到了生命的最后时刻，令狐楚还是请来了李商隐，让他代写了自己的政治遗书。由此可见，令狐楚深深感佩李商隐文字的力量，也因为有这个知己而内心很快乐。这篇骈文被收在《全唐文》，题为《代彭阳公遗表》。

　　李商隐有首《寄令狐郎中》：

　　"嵩云秦树久离居，双鲤迢迢一纸书。休问梁园旧宾客，茂陵秋雨病相如。"

　　写在他三十一岁那年，在洛阳养病。令狐楚之子令狐绹出任右司郎中，感念旧情，去信问候。李商隐用这首诗作答。应该说李商隐见信的心情很悲伤。人间的情谊原本是会出现意外的，可李商隐为此付出了毕生的代价。在这首诗里李商隐以高贵的诗人品性，用蕴藉、委婉的感叹，恳切地说出自己的悲伤：两人一在长安、一在洛阳，很久不见了，不想收到了像古时候一双鲤鱼传书一样珍贵的信。不必再问当年一起舞文弄墨的李商隐,他现在就像病倒在汉武帝墓边的司马相如了。全诗没有说悲,可悲情字里行间都含着。历来说诗可以一唱三叹,这首诗真是一唱三叹了。第二句原本该是第一句,是一唱,其余三句就是三叹了。

历来评家多以为李商隐一生的悲情,是因为做了"牛李党争"的牺牲。李商隐娶了李党的王茂元之女为妻,而对他有知遇之恩的令狐楚,属于牛党。由此牛李双方都视他为异己。其实这话可以商榷。重要的问题是,李商隐牺牲了什么?如果说是宦途的前程,那么又要问,李商隐具不具备政治家的潜质?显而易见,他不具备。如果李商隐具备,那么在和令狐楚结识之初,就会显现出来,就不可能只是令狐楚诗文方面的知己。

由此可说,李商隐并没有因为婚姻失去他的未来。反而是李商隐因为婚姻获得了爱情。爱情对一个诗人来说,远比他陌生的所谓前程要紧得多,何况是对一个注定要把自己的诗写进历史的大诗人来说。

李商隐的那首著名的《夜雨寄北》,就沉浸在爱情里。

"君问归期未有期,巴山夜雨涨秋池。何当共剪西窗烛,却话巴山夜雨时。"

这首是李商隐寄给妻子王氏的,在他三十五岁那年秋天,游巴蜀时候,所以也有题为《夜雨寄内》。这首诗美得出奇,是一种时空交错的美丽。两个"巴山夜雨",前一个是当下亲眼所见的,后一个是将来可以想见的。第一句是说当下不可预见将来,第三句又说将来是可以期待的。全诗的意象"巴山夜雨",回还往复,其实是情分的悱恻辗转。剪烛是伉俪之间的情致,给全诗开一个生面,也说出自己对家的迢迢念想。人的生命和情分都是由往事确立的。因此,把自己的往事留给自己、交给对方,是人生最大的事情。李商隐感觉到"巴山夜雨"这情景,注定不能忘记。他写在了诗里,写给了自己的亲爱,他是在做一件人生的大事。而这,其实也就是这首诗永远让人喜欢的原因。

总之,可以说,李商隐的人生悲情,不是来自前程的失落,而是他与生俱来的人文悲情和诗赋悲情。没有悲情的诗人,注定不是大诗人。而这种悲情并非来自后世、来自他所遭际的尘网,而是他天生具有的。

李商隐只是一个平凡的男人,一个诗人,而这并不妨碍他关心国是。这样的人关心国是,自然和政治家不一样,他只是从公道和天理上作出自己的判断。

譬如他写的七古《韩碑》。宪宗元和十二年,名将李愬雪夜突入蔡州,结束了中唐五十年的淮西割据。次年,行军司马韩愈奉诏作《平淮西碑》。韩碑对招讨淮西叛镇的统帅、宰相裴度的赞美,胜于李愬。李愬妻子进宫陈诉碑文不实。作为政治家的宪宗,权衡之后,诏令磨去韩碑,命翰林学士段文昌重撰勒石。可诗人李商隐是赞同韩碑的,他特意用韩愈体,从"元和天子神武姿,彼何人哉轩与羲"起始,写了《韩碑》。在诗中再现了当初宪宗称裴度功勋第一,和命韩愈作碑文的廷对情景。诗中还特地说到"句奇语重喻者少",意思是:韩碑的论断少人理解,还有韩碑的文字欣赏的人也不多。平淮西碑到了宋代,陈珦令人磨去段作,仍立韩碑。这种改变自然与李商隐无关,只是说明历史总要在沉淀之后,才有可能倾向诗人,而不是政治家。

李商隐的那首《贾生》也一样：

"宣室求贤访逐臣，贾生才调更无伦。可怜夜半虚前席，不问苍生问鬼神。"

汉文帝在未央宫前的正室，召见原先被贬的贾谊。一代明君和大思想家，因为是在祭祀后的谈话，很自然就谈到了鬼神的事。谁知贾谊的才气大出汉文帝的预料。谈到了半夜，汉文帝听得出神，不觉双膝移向贾谊。这是屈尊的举动，说明这一刻双方都进入了忘情的境界。李商隐的诗，让读它的人，看到了这忘情的境界。末一句李商隐说"不问苍生"，可能原意不是讽喻，而只是调侃。汉文帝怎么就不可以问问鬼神？贾谊也未必要时刻谈他的《过秦论》吧。不过，李商隐把一张弓挂在了墙上，人家在酒杯里是很容易见到蛇影的。这就是李商隐咏史诗的力量。这种力量也是仅仅来自一个诗人，而不是政治家。

既然李商隐是个诗人，他对生命本体的思量，必然是挥之不去的。

他的《嫦娥》：

"云母屏风烛影深，长河渐落晓星沉。嫦娥应悔偷灵药，碧海青天夜夜心。"

诗里说了嫦娥奔月，结论却出人意外：嫦娥应该后悔，因为待在天上太孤单了。李商隐认为，女子应该无时不在亲爱里。

还有《登乐游原》："向晚意不适，驱车登古原。夕阳无限好，只是近黄昏。"

夕阳、黄昏，还有就是生命迟暮。前一联，他的原意是说来到乐游原，心情有些难过。可下笔之际，他把上句和下句移位了,把难过的意思"向晚意不适"放到了上句。因为,这诗写的就是心里的难过。下句呢,无足轻重,只是说难过发生的地点。

李商隐最美的关于生命的诗是《瑶池》:

"瑶池阿母绮窗开,黄竹歌声动地哀。八骏日行三万里,穆王何事不重来?"

生命的珍贵和活跃,是以必然的不长久为代价的,生命的来龙去脉,又是生命本身难以知道的,由此可知,生命的底色注定悲伤。这首诗说的就是人的生命的终极悲伤。周穆王去瑶池见西王母,临别的时候,西王母说"将子毋死,尚能复来",周穆王应允三年后再来。黄竹是周穆王归途中经过的地方,在那里碰到风雪天,周穆王为当地受冻的人们,写诗三章。周穆王有赤骥、华骝、绿耳等八匹马,相传可以日行三万里,可怜他还是没能再到瑶池。西王母永远快乐,黄竹冻人永远悲伤。西王母的快乐是人所祈求的,而黄竹冻人的悲伤是人所经受的。诗里"何事"二字,不止是"周穆王已死"的委婉说法,还该是有关生命结局的真正设问。这首诗写得真的很美。能把人的悲伤写得这么温文敦厚,这个人自然可以称他为诗人了。

李商隐的美名和他的七律"无题"诗不可分离。把诗题直白地称为"无题",李商隐是第一人。与其说出自匠心独具,还不如说是因为无从说起而无奈得之。

试说李商隐六首《无题》:

"昨夜星辰昨夜风,画楼西畔桂堂东。身无彩凤双飞翼,心有灵犀一点通。隔座送钩春酒暖,分曹射覆蜡灯红。嗟余听鼓应官去,走马兰台类转蓬。"

倘使诗只是一段思维的实录,题目也就不是必要的东西了。这首诗就是"走马兰台"那会儿的思维片段。逢场作戏,从昨夜的事儿说起。那星辰,那月儿,还有和画楼、桂堂差不离的地方,有个女子,说话还很投缘。这些就是前四句,李商隐说着自己的流连。后四句呢?是说流连中的溃退。欢场的游戏肤浅、热闹,也很灿烂,一夜就那么消受了,又一个日夜的轮回开始了。这首诗里最美的是第二联。没在你身边,心是和你相连的。这一联饱含情分,历来被读成了心里话。可在这首诗里,这一联的本义,可能只是:不是比翼双飞的那一位,说话竟然很投缘。诗就是这样,形象永远大于思维,何况是李商隐的诗,自然是会美意延年了。

"来是空言去绝踪,月斜楼上五更钟。梦为远别啼难唤,书被催成墨未浓。蜡照半笼金翡翠,麝熏微度绣芙蓉。刘郎已恨蓬山远,更隔蓬山一万重。"

这首诗是写一种等待,等待一份可能已经丢失了的恋情。人走得无影踪了,说是要回来的承诺,看来已是空话。今晚剩下我一个人,和着月光,听得钟敲五更。刚才梦里,是远别那时候的情景,我同样哭了,可梦也去了。梦和你一样,哭不回来。想写给你一些话,可墨还没磨浓。能再相见吗?金绣被,芙蓉帐,还有红烛和麝香。我已经知道那里离我很远了,甚至相信那里比我知道的更遥远。这首诗也是四句一流转。第一句的美,和它的字面一样,不知何处来何处去。第二句,也只有李商隐能说出来。不相关的地方捡来个去处,竟把前一句稳稳当当托住了。第二联又是好句子。远别的梦、催成的书,结果是啼难唤、墨未浓。尤其是墨未浓,梦一样的眼光,提醒人家,这书到底是未催成。后四句是真真切切的梦想,对缥缥缈缈的现实。李商隐的绝妙本事,又存一例。

"飒飒东风细雨来,芙蓉塘外有轻雷。金蟾啮锁烧香入,玉虎牵丝汲井回。贾氏窥帘韩掾少,宓妃留枕魏王才。春心莫共花争发,一寸相思一寸灰。"

这首诗,很明白是意识流了。也因此,这首诗历来费解。这首诗的四联,甚至是各不粘连,是诗律上的粘连,诗意上的不粘连。第一联是景色,很自然的景色。细雨和有声响的东风,荷塘和殷殷雷声。这景色,是一个人突出人烟的去处。是李商隐这一段思维开始的地方。第二联,是意象。怀香启锁和牵丝汲井,不像是同类的活,只是同类的意象。这意象,字面是再难的事也有机会做到。第三联,是典故。两个两情相悦、云里雾里的典故。末一联,是说理了。是说人也就是花草了。也透露了第二联内里的意思,是许多事原本就很难做,做不好。这个世界上,平常的人,往往很勇敢。而出众的人,总是很怯懦,尤其在他一个人流落水天之间的时候。譬如李商隐,譬如这首诗。

"凤尾香罗薄几重,碧文圆顶夜深缝。扇裁月魄羞难掩,车走雷声语未通。曾是寂寥金烬暗,断无消息石榴红。斑骓只系垂杨岸,何处西南待好风。"

这首诗写女子情思。也是四句一流转。前四句是写幽会。"扇裁月魄"是古诗"裁为合欢扇,团团如明月"的意思。"语未通"是说分别的时候,没有后约。后四句是说寂寥的心情,说时时等待着他,像西南风那样归来。有说这首诗别有深意,怕未必。

"重帏深下莫愁堂,卧后清宵细细长。神女生涯原是梦,小姑居处本无郎。风波不信菱枝弱,月露谁教桂叶香。直道相思了无益，未妨惆怅是清狂。"

这首诗写女子对情爱的渴望。前四句是说一个青春女子，在独自一人的清宵。后四句是女子的心绪。第三联，不像李商隐写的，文字、意象都欠美感。很像是对男女欢愉的想象。末一联说，相思其实是一种渴望。清代何焯说这首诗是李商隐"无题"诗中自伤不遇的"直露"者。"直露"二字是对的。也因此，这首诗明显不是李商隐的佳作。

"相见时难别亦难，东风无力百花残。春蚕到死丝方尽，蜡炬成灰泪始干。晓镜但愁云鬓改，夜吟应觉月光寒。蓬莱此去无多路，青鸟殷勤为探看。"

这首诗写一种思念。第一联，上一句是穿透所有人心的实在话，因为通透，所以是诗。就像水墨，因为好，就有了五色，对人心来说，是五味。下句是说出现这个想法的时节和景色。让这水墨有了着落，有了拖累和质感。第二联又是旷世好句，两个生命过程，两个意象，"丝"是"思"的意思，还有一个是"泪"，想到了春蚕和蜡炬，是李商隐的慧眼和慧心。律诗第二联，性命攸关，如果第二联束手了，往下就一筹莫展。像李商隐这样四句一流转的做法，第二联同样紧要。李商隐总是在这儿放出胜负手，又总是光前裕后。后两联又是一流转。末句，前人说是希望对方有信息送来，恐怕未必。前句有"此去"字样，应该还是由此及彼，是说自己想去探望，想象青鸟会殷勤引导。

李商隐那首可能是最著名的七律《锦瑟》，似应归在"无题"诗里：

"锦瑟无端五十弦，一弦一柱思华年。庄生晓梦迷蝴蝶，望帝春心托杜鹃。沧海月明珠有泪，蓝田日暖玉生烟。此情可待成追忆，只是当时已惘然。"

　　这首诗以开头的"锦瑟"二字为题。"锦瑟"二字，是李商隐诗思的开端，放在了开头，是这首诗前行的起点，也是这首诗生来的宿命。用来作题目，应该是这首诗的诗心规定了的。看起来很现代，其实很古朴。这首诗写什么呢？写虚幻的生命，带来的不虚幻的心怯和胆寒。中两联，四个意象，只是"色""空"二字，末一联看似一言说破，其实是变本加厉。第一联上句是全诗总要。锦瑟二十五弦，怎么看上去有五十弦呢？是因为琴码，把二十五弦折成了五十弦？这情状，让人隐隐心折，很痛。这锦瑟弹出的音色，就像悲伤的人的思念，美得难以经受。

　　唐代写诗人中，诗圣杜甫，诗仙李白，诗佛王维，诗鬼李贺，写出了尘情绵邈的"无题"诗的李商隐该怎样称呼呢？我以为应该是：诗人李商隐。

　　　　　　　　　　　　　　　　　　　　2012.4.10

五个前人

　　"修身"，是个大课题。按理轮不到我来写。只是，觉得这个课题，人人都该做一做的，也就做了这篇作业。大家都知道，"修身"这两个字是国学里面最基础的。"修身齐家治国平天下"，说的是人生的一条正道。走这一条正道，就得从"修身"开始。这话，自然是对的。但是，我还想说。修身是中国人人生的开始，同时也是终结。我们活在这个世界上，所要做的，其实是从一个天真的孩子，最后成为一个有教养有文化的中国人。所谓人生的意义，也就是这一点。我们离开这个世界的时候，我们总该问一问自己：你是不是一个完整的合格的中国人？

　　在这里，我提五个前人。

　　第一个是陆游，宋代的诗人陆游。陆游是诗人。在中国文化里面，诗是最高的境界。读书时学到的"唐诗宋词元曲明清小说"这个提法，以前是相信了，后来觉得像是一句口诀，可以应试得分的口诀。这种文化进化论的提法，当时可能是给白话文一个出现的理由。因为进化，文言文就可以进化为白话文了。中国是一个非常诗意的国家，而词是个人的情感的东西。我们习惯讲唐诗宋词，其实诗词不是一回事，历来是以诗为最高境界的。诗到了宋代，诗还是极好。即使到了清代，到了晚清，诗还活着。甚至一直有学者说，晚清的诗，比唐诗还好。现在来看陆游这两句诗，"王师北定中原日，家祭毋忘告乃翁"，就不得了。他是临终时写给自己孩子的。就十四个字，直接讲出了中国人人生的大道理，讲出了"为国尽忠，在家尽孝"的大道理。中国这个国家是没有宗教的。五千年了，为什么没有打散？就是我们有人生的大道理。这大道理，一是为国尽忠，所以是至死相信一个"王师北定中原日"，二是在家尽孝，"家祭毋忘告乃翁"。我死了以后，我们国家还是要统一，我的孩子会告诉我。陆游相信，一代一代中国人的气血是传承的。附带说一下，没有宗教，中国人是用什么解决生死观的呢？不是"天堂"，不是"来世"，是我们有子孙后代，所以我们是不死的。理解陆游的这两句诗，我们明白，"为国尽忠，在家尽孝"，其实是我们修身的标准，也是中国人修身的底线。

第二个是苏东坡。简单分析一下苏东坡。他的官位不是最高，论策论，甚至是诗文，在唐宋八大家里，苏东坡也未必能放在第一位，既然如此，为什么他之后的历代文人，都喜欢苏东坡呢？你可以说是喜欢他的才情、诗意盎然，喜欢他活得通脱，甚至是活得非常通透。尽管经历苦难、贬谪，他还是那样通脱，活得诗意盎然。读他的文字，总是在说那些奇警、超迈的话，齐万物、齐天地的话。这一点，确实感动了文人、读书人，甚至是所有的文人、读书人。上文说到过，我们中国人的修身底线，有一个叫"为国尽忠"。苏东坡一家"三苏"，早年即是当时蜀地的文坛领袖，之后走到了国家的政治中心，他们不会改变的正是"为国尽忠"的人生使命，或者说是宿命。而这，是和所有的文人、读书人一样的。我们中国人活在这个世界上，都想为这个国家做些事情，为社会做些事情,如果这是一种与生俱来的使命,这种使命一开始就和这个国家的命运连在了一起。千难万险,百折千回,"为国尽忠",不是随口一句漂亮话,而是一种恪守、一种坚持、一种忠贞不渝。所以说,苏东坡真的不是一个通脱和通透的人。他永远讲得很通脱,甚至很通透,其实是自己在和自己对话,自己在说服自己。"我与我周旋久",这就是苏东坡。如果真通脱了、真通透了,还要说什么,还有什么要这么纠结地反复说呢?这一点,太容易击破文人、读书人的心了。中国的读书人,或者说每一个中国人,一生中间最大的纠结就在这里。永远在努力地为这个国家做点事情,永远努力成为一个比较好的中国人,所以谁都愿意喜欢苏东坡。谁让他在伟大的文字和行迹里,能把纠结的心,整顿得那么好?苏东坡的意义就在这里。不是说他的才华如何盖世,如何比别人好。他留给我们的可能通脱,甚至通透的精神,是超越他人的。他保存了中国人"修身"的一种本真,他是对国家永远想作出自己贡献的一个人。

第三个是伯牙,就是"高山流水"故事里的那位琴师。伯牙弹了许多年古琴,给了许多人听。据说谁也听不懂,谁也没听懂伯牙到底弹了什么。后来有一个名叫钟子期的人,听懂了。说伯牙一曲弹的是"高山",又一曲弹的是"流水"。伯牙说他听懂了,说他说的是对的。我们来细想一下,伯牙真的是弹了"高山"和"流水"吗?其实是可疑的。伟大的音乐,甚至比伟大的诗篇,更加高天厚地。我们国学里面讲"与天地参",说人是和天地并立的,而音乐和诗,真是人得以和足以和天地并立的最后的力量。诗是无解的,有关诗的所有解释,都只是和解释诗的那个人有关,和诗本身无关。音乐同样如此,甚至更无解。由此可以猜测，钟子期即使说中了"高山""流水"，也未必被伯牙认可为知音。只有和伯牙那样极力"与天地参"，在天地面前，显示出人的力量的人，才是伯牙的知音。而钟子期真是那个人。他理解伯牙的想法，所以他俩是知音。我们现在生活的时代，是非常繁荣的时代。我是六十几岁的人，在上海出生，有时候回忆起来很可怜，我看见和留意月亮的时间很少。而我们前人，孔子、老子，他们所有的思想都是上天下地，太阳、月亮，所以他们的想法非常大。人只有在自然里面会成为一个非常大的人。中国人写了几千年的文章，为什么还是孔子、老子他们的文章好？不谈文思和立言，仅从文章来说，他们是一口气数十句，甚至全篇一气呵成。后来的即便是苏东坡，也最多七八句连贯一气了。到了我们，写了几十年的文章，也就三两句相连，已是满心灿烂了。很难说后人的智慧和才情不如孔子、老子，只是时代变了。孔子、老子时代的极其开阔的顶天立地的成长和生息的环境，已经不在。他们见惯的是参天大树，我们能见的是小片枝叶，甚至只是树梢和叶尖。人和天地不在并立，甚至人的梦想里也很少出现天边和地角了。到这个份上，人还有机会认识天和地，进而认识自己吗？至此，修身之事，恐怕还要关联"与天地参"的观念。到这里，讲了三个前人。小结一下，前两个，陆游和苏东坡，是"家国之思"。后一个伯牙，是"天地之念"。这个"天地之念"，也是中国人修身的一个底线。

接下来就是曹雪芹。曹雪芹的《红楼梦》，大家认为非常经典。其实要说经典，更经典的，是曹雪芹这个人。他是一个非凡的人，他让我们感觉到，一个中国人、一个文人、一个读书人，曾经都是学识渊博、充满乐趣的人。从《红楼梦》里可以得知，曹雪芹什么都懂到了极致。既然小说是表现人生和社会的,人生和社会的所有细节,都该毫无陌生感。无论《红楼梦》完整还是不完整,它都无可争议地不只是活在纸上,而是连接上了人生、社会。读者都会以为,《红楼梦》里的人物就在左右,场景也是确实可寻的。至于建筑、美食、服饰、手艺,都有精到的描写。还有葬花那些事,也都是可以深信的。这就道出了一个问题,现在的人、文人、读书人,能像曹雪芹那样无所不晓吗?还是上文提到的状况,我们现在多的是专家,少的是传统意义上的文人。哪怕三百年以后,我认为,一个完整的中国人,一个读书人,还是该学识渊博,在各领域都有独特的自己的见解。可惜像曹雪芹这样的人,无所不晓的文人、读书人,原先常有,现在是凤毛麟角了。一个完整的人,在各个领域都该不陌生,都该有自己的理解。整个中国文化林林总总的东西,我们都该理解的。我在北京见过冯其庸先生,他是《红楼梦》研究会的会长吧。我们聊天,我请教说,我总觉得《红楼梦》里,曹雪芹写了几百个人,都很真实,只有林黛玉不真实。曹雪芹可能把一只画眉鸟写成了林黛玉,不然后来"天上掉下个林妹妹"这个比喻哪里来?"黛玉"这名字哪里来?林黛玉对人间的难以治愈的陌生感哪里来? 由此,我说《红楼梦》可以一直研究下去。我说我们这些人,包括我本人,我们知道的东西都非常少。读《红楼梦》,我们只能读懂其中一部分,我们不像曹雪芹什么都懂,所以我们很可能不知道《红楼梦》真正在说什么。而作为一生的努力,在各个领域,我们都能够有自己的理解,都能认识。这样,我们的人生充实,充满美感,对人间事的理解会常带感情、富有良知。我曾作为记者访问过邻国,看见他们对自己的文化极其珍爱,百把年前的一口井,就被视为珍宝了。我感慨他们的情感，当时想到了两句话，就是"此生有幸，生在中国"。我们的历史保存了无数的美和诗意，作为一个中国人，很荣幸能感知无数美、无数诗意。为此，我们将努力，将无愧作为一个中国人。

最后再讲一个文人张伯驹，他是收藏家。他收藏了陆机的《平复帖》。我们说书法，自然要说到书圣王羲之。王羲之留下的字，真迹几乎没有。而陆机比王羲之早生五十年，陆机的《平复帖》至今还在，而且这字是真。张伯驹还收藏了隋代展子虔的《游春图》。我原是解放日报的记者，文汇报有个记者谢蔚明，是我尊敬的前辈。他认识张伯驹，而且还是好朋友。他在落难的时候，曾经写了一封信给同在难中的张伯驹。信中说，现在传说《平复帖》和《游春图》当时是无偿捐给故宫的，其实一件当时国家是给钱的，原价给的，关于收藏这两件字画的经过，要对历史有一个交代。张伯驹也是非常的人，他真的非常认真地用毛笔写了一个手卷，详细交代了两件字画的收藏经过。这件手卷，我见过，看了真的感动。张伯驹为了买下这两件字画，最后一贫如洗。张伯驹晚年的生活也清贫。黄永玉先生也跟我讲过张伯驹。他说他和女儿儿子到北京西餐厅用餐，突然看见走进来一个人，他讲得非常形象，他说那人是像鱼一样游进来的，衣服穿得非常朴素。见他买了两个面包和一份罗宋汤。他坐下来，吃了个面包和罗宋汤。然后把另一个包好，起身走了。他该是带回去给他的夫人吃的。黄永玉跟他的女儿和儿子说，你们看看这个人，你们知道他是谁？他是张伯驹。你们要记住这个人，他是一个伟大的人。贫富的差别，在人品上不重要，人品重要的是贵贱。我们现在的社会，许多人是富了，但是缺少一个"贵"字，缺少高贵的气质。我们要成为一个非常高贵的人。有可能我们没有钱,没多少钱,但是我们可以成为高贵的人。如果你是富人,也要成为高贵的人。"修身"两个字,说到底,就是我们要经过自己的一生,成为一个高贵的人。

"修身"是人生的起点,也是终点。"修身",要有家国之思、天地之念,还要感知更多的美和诗意,成为一个高贵的人,一个完整和无愧的中国人。

2016.9.29

范滂有母终须养

　　先前读《宋史·苏轼传》，读到一个名叫"范滂"的古人，第一眼就被"滂"字吸引了。感觉"滂"字单独出现很好看，比"滂沱"之类更有古意。赶紧想了解范滂这人，就去看了《后汉书·范滂传》。

　　范滂官阶不高，风骨出众，有"登车揽辔，慨然有澄清天下之志"。他曾被太尉黄琼征召。黄琼是当时的名人，"峣峣者易折，皎皎者易污。阳春白雪，和者必寡。盛名之下，其实难副"，这么好的句子，就出自著名的李固《遗黄琼书》，至今脍炙人口。范滂调查有关官吏行状的歌谣，弹劾了二十多个刺史和享有二千石俸禄的权贵。

　　延熹九年，范滂获罪"党人"结党，被押黄门北寺狱。中常侍王甫奉旨过堂。范滂一行颈、手、脚戴枷锁，布袋蒙头，排列阶下。范滂越序前行，面对王甫责问，坦荡陈词。最后他说，古人求善道能求得多福，今人求善道竟然身陷死罪，我死后请埋首阳山下。王甫听了很哀伤，当场解除了阶下所有囚犯全部的枷锁。

　　三年后，朝廷决意捕杀范滂。督邮吴导到了范滂乡里，在驿舍抱着诏书，闭门伏床大哭。范滂闻讯说，他一定是因为我，随即去监狱自首。县令郭揖宁愿弃官，和他一起逃亡。范滂说，我死了，事情就了了，不敢连累你，还让我老母亲流离外乡。

《范滂传》接下来的最后一段文字，让范滂和《范滂传》不朽：

其母就与之诀。滂白母曰："弟仲博孝敬，足以供养，滂从家父归黄泉，存亡各得其所。惟大人割不可忍之恩，勿增感戚。"母曰："汝今得与李、杜齐名，死亦何恨！既有令名，复求寿考，可兼得乎？"滂跪受教，再拜而辞。顾谓其子曰："吾欲使汝为恶，则恶不可为；使汝为善，则我不为恶。"行路闻之，莫不流涕。时年三十三。

他母亲和他诀别。他对母亲说，弟弟孝敬，会供养你。我随父亲命归黄泉。生死各得其所。还望母亲割舍难舍的恩情，不要再悲伤了。母亲说，你今天能和李膺、杜密齐名，死也无憾。有了好名声，再求长寿，这两者可以兼得吗？范滂下跪受教，拜别母亲。回头对他儿子说，我想要你为恶吧，恶实在是不可为。要你为善吧，我不为恶，竟是这般下场。边上的人听了，无不流泪。这一年，范滂三十三岁。

《宋史·苏轼传》，是开篇就提到《范滂传》的：

苏轼，字子瞻，眉州眉山人。生十年，父洵游学四方，母程氏亲授以书。程氏读东汉《范滂传》，慨然太息。轼请曰："轼若为滂，母许之否乎？"程氏曰："汝能为滂，吾顾不能为滂母邪？"

苏轼才十岁，母亲就教他读《范滂传》。他问母亲，如果他是范滂，母亲允许吗？他母亲说，如你是范滂，我难道就不能是范滂的母亲吗？

在我印象里，苏轼在意两个人，陶渊明和范滂，一个是真的归去来兮，隐居了，一个是那样壮烈地赴死了，都是怀抱澄清的人。苏轼一生效仿的大概也就这两人。只是这两人现世中的行状区别太大，苏轼想合一为之，很难。事实上，苏轼一生使劲的就是这合一为之的努力。他锲而不舍。也就这点，他有了人缘。当初和如今的许多人，都和他有相似的努力，所以和他很投缘。

再回到范滂。范滂对儿子说的话，该是他的人生遗言。前一句，人不可为恶，说出了人之为人的底线和尊严。后一句，为善竟没好下场，说出了世间的无情和悲凉。《金瓶梅词话》里有一句："好人不长寿，祸害一千年。"这小说的作者无论是谁，一定练达世故。他说这话，可见一脸诡笑和冷嘲。

苏曼殊有首诗，也提到范滂。《束装归省，道出泗土，会故友张君云雷亦归》："范滂有母终须养，张俭飘伶岂是归。万里征程愁入梦，天南分手泪沾衣。"苏曼殊在诗中依着归省的思绪，提到了人子得其所的问题。诗中除了范滂，还提到范滂同代人张俭。张俭名声也好。他被追捕，到处逃亡，见有人家就躲进去。人家都会收留他，甚至愿为他遭难。所谓"望门投止"，说的就是张俭。苏曼殊说，即使是望门投止的张俭，也是不得其所。而范滂，作为人子，母亲终是要赡养的。范滂有母终须养，说出了范滂有母难养的彻骨悲凉。苏曼殊这首诗，字面上是说范滂，还有张俭，其实也说他自己。他是诗僧，也只三十几岁的寿命，飘摇家国，悲欢莫名。

有母终须养，说起来做起来都平常不过。范滂有母终须养，竟是难题。

2020.2.22

木渎蕲王万字碑

1928 年 9 月,于右任往木渎探望李根源,谒灵岩山韩世忠墓,写了一首诗:"不读蕲王万字碑,功名盖世复何为。江南苦念家山破,我亦关西老健儿。"

历史上五人有过"蕲王"名号,除韩世忠外,四个都是皇室血亲。然而岁月尘封,历来提到"蕲王",指的是韩世忠。还有,墓地碑文时见,碑文过万字的,大概也就韩世忠了。

韩世忠是延安人。于右任说,功名盖世还能怎么做? 时下也是家山破碎,我和你一样,也是关西出身的大丈夫!

按说于右任也是有福之人,他看到了原碑。八年后,1936年,高三丈有余的万字碑,在狂风中断裂,碎成十余快。直至1946 年,灵岩寺住持妙真收拾残碑,把它分成两段,排在一起,仍有数人高。若说人有肝胆,天地也该有肝胆。天地肝胆,就是星斗和石块。纵使星斗陨落,石块破碎,也是天地肝胆。

韩世忠,南宋中兴名将,比岳飞年长 13 岁,时以"韩岳"并称,所谓"诸将中尤称韩世忠之忠勇,岳飞之沉鸷,可倚以大事"。

《宋史·韩世忠传》中说:"韩世忠,字良臣,延安人。风骨伟岸,目瞬如电。早年鸷勇绝人,能骑生马驹。日者言当作三公,世忠怒其侮己,殴之。年十八,以敢勇应募乡州,挽强驰射,勇冠三军。"这传记一开始就说韩世忠是一条奋勇和果决的性命。之后他一人单挑千军的事，也真是层出不穷。

韩世忠平生干过三件事。

一是，建炎三年三月，苗、刘兵变，吕颐浩约韩世忠、张浚等大将勤王，平息叛乱，以解救高宗。其中韩世忠功劳最大。顺便说一下：吕颐浩是高宗重臣。现今青浦金泽颐浩禅寺，就是高宗恩准他建的。高宗曾驻跸金泽，指挥抗金。

二是，建炎四年初，他率水师八千，从今天的上海地区进入镇江，在黄天荡，截击完颜宗弼所部的十万人。困敌四十八日，是南宋抗金最接近活捉敌酋的大仗。

三是，怒怼秦桧。《宋史·岳飞传》记载："狱之将上也，韩世忠不平，诣桧诘其实。桧曰：'飞子云与张宪书虽不明，其事体莫须有。'世忠曰："'莫须有'三字，何以服天下？'"

韩世忠当面诘问，秦桧回了"莫须有"三字。韩世忠怒斥，"莫须有"三字能服天下吗？他的怒斥是对的。直至今日，"莫须有"三字，仍是千古奇冤的代名词。

韩世忠这三件事，最难做到的可能是第三件。他怒怼秦桧，谁都明白，其实是向高宗发难。要知道，韩世忠救过高宗的命。他向高宗发难，就攸关性命了。庙堂所赐的功劳，都不是让你躺的。要是天大的功劳，更是跪着也不能倚靠的。譬如，韩世忠勤王的功劳。

绍兴十一年四月，朝廷收了岳飞、韩世忠、张俊三人的兵权。以求自保，韩世忠献上了积蓄的军储钱一百万贯、米九十万石及酒库十五座。然而，韩世忠还是怒怼了秦桧。

同年腊月二十九，岳飞遇害。两个月后，韩世忠让儿子韩彦直写了一个碑文。这个出自年仅 12 岁的少年之手的碑文,全文是:"绍兴十二年,清凉居士韩世忠,因过灵隐,登揽形胜,得旧基建新亭,榜名翠微,以为游息之所,待好事者。三月五日,男彦直书。"翠微亭在飞来峰的山坡上。韩世忠重建翠微亭,应该是想到了岳飞。岳飞在池州时作过《登池州翠微亭》诗:"经年尘土满征衣,特特寻芳上翠微。好水好山看不足,马蹄催趁月明归。"我曾见过清代六舟和尚亲拓的碑文拓片。韩公子一手颜体大楷,堂堂正正,令人动容。

史称韩世忠"自此杜门谢客,绝口不言兵,时跨驴携酒,从一二奚童,纵游西湖以自乐,平时将佐罕得见其面","解兵罢政,卧家凡十年,澹然自如,若未尝有权位者。晚喜释、老,自号清凉居士"。

就是说,韩世忠从此不见熟人、部下,不谈战事,也就骑驴携酒,一两个小仆随从,游西湖,还喜好释道。在家过了十年,看不出是有庙堂经历的人。他学着写诗。《题云居壁》:"芒鞋竹杖是生涯,老鬓今年玩物华。为爱云居松桧好,不须更看牡丹花。"就是他写的诗。他当然知道,诗和远方,其实是苟且。所有的正史里,从不记载诗人。哪怕是李白杜甫,也几乎是零记载。当英雄看上去不再像英雄的时候,他有机会的,也只是在这世上苟且。

高宗常命他与家人进宫饮宴,"眷礼深笃",赐他名马、宝剑,等等。绍兴二十一年秋,韩世忠病故于临安,享年六十三岁。十七年后,宋孝宗赵眘追封韩世忠为蕲王。

我在很年轻的时候,曾去找过蕲王万字碑。可惜我爬错了山,爬上了一边的天平山。蕲王肝胆,神往久矣。

2020.2.23

霏霏集

腕下真羊

报界前辈谢蔚明曾告诉我,50年代,郭沫若去齐白石家,请他画个和平鸽。不想齐白石面有难色,郭大不解。几天后,齐画好了,大家都说好。齐说,他和鸽子陌生,没仔细观察过,画得不好。之后,齐还特地养起了鸽子。齐白石画虾出名,虾对寄萍堂老人来说,一直近在左右。见过他画的虾,我对虾的记忆,就是他画里的模样了。那年我和春彦陪潘九收画,他收了幅齐白石的《柳牛图》。竖条,一株疏柳,柳下背卧一牛。春彦打趣说,八万元买了个牛屁股。这画后来重裱了,春彦见了说,真好。只见牛背上,两笔墨晕透了出来,体相毕现,还能感觉它在呼吸。

画中活物,鱼虫鸟兽之类,最好的是李公麟画的马。精准笔力,满纸真气,千古不见。李公麟的马,是传统的中国画,可以垂范后世。大概在董其昌之后,画家画写意画了。画得好的,也好。八大的鱼和鸟,白眼向上,这就是八大的心力和眼界。什么样的鱼和鸟,大概都在他心里活着。

张善孖画虎,他家里还养了虎。虎行似病,是说虎不怒自威。张深谙其道,他画虎,题上《西厢记》唱的词,诸如"临去秋波那一转""羞答答不敢把头抬",竟然不损虎气。徐悲鸿画他感觉中激昂战斗的马,他也是心中有真马。他学生沙耆曾对我说,老师画马，可以先画四蹄，再完成全马。

我曾问刘海粟，好字该怎么写？他说，把字写正，就是好字。后来我看他画画，也是这个道理。他画的牛，拙朴静定，生根大地。八八年，他在散花精舍，画墨牡丹，题了一首诗："清露阑干晓未收，洛阳名品擅风流。姚黄魏紫浑闲见，谁识刘家穿鼻牛。"这首诗，后来广为流传。但"谁识刘家穿鼻牛"一句，大都不解。袁拿恩告诉我，他当时和端木在场，听刘逐句解释了。最后一句意思是，"谁识我的墨牡丹"。他说："墨牡丹为何比作穿鼻牛，老先生没具体说。大概意思是，牛是很厉害的，但只要鼻子上穿根绳子，就老实了。是说他画墨牡丹，得心应手罢。"袁是刘海粟弟子，他还顺便说："刘家小女儿小名小牛，'小妞属牛'，很得家里人喜欢宠爱。"

最后要点题"腕下真羊"了。程十发画《二羊图》，满纸温良有情采。并跋："赵松雪初写二羊图，世为神品。余日日涂鸦，不成半器。乃松雪以察马之法，以察百兽，腕下即有真羊。余胸中只知一羊，不知百兽，如是，腕下无羊矣。辛丑二月十发又记。"

程是说，赵孟頫先生当初画二羊图，世人都认为是神品。我天天作画，却难以画好。赵是用相马的方法，观察了各种走兽，他的笔下就有了有真气的羊。我只知道了羊，而不知道各种走兽，这样的状况，笔下连羊也没有了。

这段话极其精彩。腕下真羊，求之于体察万类。"真作假时假才真"，便是绘画之大道、正道。许多年前，我读到这画，感觉这段话，是他深宵一人，默然题下的。唉，大家的真言，历来能有几人知，几人当回事？

2020.2.26

人间佳果

说是人间佳果，其实是说寻常果实。

感觉里，果实应该是木讷一点的好，譬如近年多起来的丑橘，好看，也好吃，我是很喜欢的。还有些其实也很好，只是外貌陌生，超出了我狭窄的审美能力，不敢吃，譬如莲雾。那年在香港，一起去南丫岛，见到了莲雾。新鲜，据说水分多，也好吃，就是不敢吃，觉得它不像果实。

按说西瓜，来自异域，少了些乡情。只是认识得早，就亲密无间了。好些个夏天，都是啃着西瓜过的。有年大暑，过西湖黄龙洞。洞里一潭清水，赶快冰上了西瓜。多好的际遇。某人说："瓜可以入诗吗？"我说："今日此瓜犹姓西。"两人大笑。姓西，多好。美人姓西。

后来想明白了，我喜欢果实，更在意好看。一类是名字好看，譬如葡萄，最初的译文是"蒲桃"，字形好看。另一类就是模样儿好看，譬如柿子和石榴。

那年秋天去北京，见了一些人，走了一些地，还浑然不忘的，是认识了大磨盘柿。风吹过，雨打到，随时都会磕破的样子，好大，美满，好温婉。红和熟，都到了最好的时候。我不吃柿子，但已不是问题。能有的纠结，只是如何捧回江南。

还有石榴,我也不吃,怕麻烦,但特喜欢。石榴上市,家里必须有。临潼石榴,名气太大,在枝如朗星,在案如拳石。"断无消息石榴红",那是说,石榴闯进了记忆。去年发现,松江家院子里,有棵野石榴。秋深了,满树结果。北风吹过,榴叶掉了,果子渐渐干枯。我每次路过,采上两三枚,揣在兜里。有次遇见殷慧芬,送了她一枚。她还要附上诗,也就想了两首:"雨果风花神笔勾,近年寄迹楚山丘。忽然一日寒花尽,满树空余紫石榴。""临潼秀色久缤纷,聊撷一枚赠使君。廿载神交如水淡,当年记得石榴裙。"入冬前后,采下了近二十枚。轻轻一折,果子就脆脆地离枝了。留着过年。如今轻轻一摇,沙沙作响,该是榴籽已干透。

　　浙江玉环县,出产文旦,该是天下最好的,个大如斗,清香醇甘。京南是玉环人,一连几个深秋,送我文旦七八个,有次过十个。我喜欢吃,又舍不得。每年留着,听凭它清香满宅,到达春正。有个秋天,随京南去玉环,见到了文旦树。树不高大,枝干也不壮,悬着累累果实。果实实在是太大了,感觉很震撼。就像妇人怀抱、背驮着孩子,恩情深重。玉环县有个文旦局,文旦树下,见到了局长,一个很精干的汉子。我问他:"贵局干何事?"他笑答:"文旦事耳。"大家都笑了。为一种果实,设一个局,原先闻所未闻。

　　80年代,去城西新康花园,看颜文梁先生,还看了他晚年名画《百果丰收》。那时的果实,知晓时节,老人画了四季。他是心情和蔼的人,心情是他的果实。他母亲去世前,给了他一个苹果。他一直留着,放在枕边。后来苹果烂了,只剩下几颗籽。几颗籽,依然放在枕边。我看望他时,他已年过九十,枕边还留着那几颗苹果籽。

2020.2.27

西湖小记

七岁那年,我随父母游西湖,在虎跑,见到了一个长者。那天下着细雨,游人稀少。就在层层石阶下,他握了我的手,还和我母亲说了话。母亲对我说:"你好福气。他是一个伟大的人。你要记住他。"我记住了他和虎跑,忘记了西湖。

再次去西湖,大概二十岁。车子近了,柳浪里看见西湖,感觉是梦见。之后去了好多次,每次若如初见。审美不倦,只能说是天堂了。到得西湖,只要有空余,都会独自绕着西湖走一圈。六公园、白沙堤、苏堤,到南山路、柳浪闻莺。大概一个时辰,穿行烟水,捡拾芳苾。郁达夫有句"西湖只是小家容",我很赞成。西湖不大,历代有品的人,经营了这么多年,天堂和人间已分不清。

白蛇和许仙,一场雨,一把伞,一条船的功夫,结成了人和妖的因缘。妖没什么不好,妖比人聪明。妖也只是一条命,盗草昆仑,也会死。可惜许仙不懂。他是本分人。没有法海,他也会让她饮雄黄。白娘子永镇雷峰塔,话本没读全。塔倒了,我却好喜欢。喜欢西湖夕照里,不再有先前的雷峰塔。白娘子,不管她现在哪里,都愿她安好。

岳飞,总要瞻仰的。他一身忠烈。《宋史》说"飞事亲至孝",谁知他就死在母亲嘱咐的"精忠报国"上。秦桧,自然是要唾弃的。不光是我辈,他的后人拜谒岳飞墓,也写过"人从宋后少名桧,我到坟前愧姓秦"。《老学庵笔记》有记载,说到秦桧的大意是,秦桧和亲近聊勋业。他问亲近,他是什么样的勋业?亲近回说,是"去不得的勋业"。活着没事,以后就难说了。秦桧听了,只是叹息。可见秦桧有自知之明。他这辈子做人做坏了。学问好、官位高,有什么用?唯上逢迎,没得好下场。

苏曼殊坟茔,在西湖边,还是孙中山题的额。可惜不在了。"春雨楼头尺八箫,何时归看浙江潮。芒鞋破钵无人识,踏过樱花第几桥?"是他最有名的诗。他是归看浙江潮了,可惜他的芒鞋破钵,还真无人识。千百年来,西湖边坟茔多了。几十年前,有说西湖被死人占据了,不好,接着大量坟茔迁走了。死者为大,能在西湖留下坟茔的,都是大事,也都事出有因。人,其实是齐生死的。西湖由谁来占据,不是在不在世,可以说事的。清除了过去,活着的人很单薄。不论过去、不敬先人的人,一定很浑噩。

张岱写过《湖心亭看雪》。我没见过西湖雪,只是在西湖划过船。湖中央有个小瀛洲,洲头有桥,栏杆九曲。桥边有大块顽石,旧刻"虫二"两字。郭沫若说,字意是"风月无边"。就地坐下,斜望西子湖,还真是风月不见边。小瀛洲不远,湖中还有三石塔。塔身是圆孔,天上圆月大小。月圆时分,在圆孔中央,设置灯火。一湖水光,十分山色,凭空多出三轮圆月,这就是西湖一景"三潭印月"。曾在六月十五夜,坐上船,环绕三潭,转了一圈又一圈。传说李白醉酒,常在水中揽月。那一夜,我也揽月了,一遍遍,一遍遍。那一夜,我相信,李白的传说是真的。揽月的感觉,真是好。

2020.2.28

大明木作

　　木作，就是木匠活、木作坊。大木作，指的是建筑，殿堂屋宇。梁思成说，现今还能见到的，最早是唐代的建筑。小木作，指的是家具了，椅案几柜。王世襄说，小木作，明代是最好的。木作，也是到了梁、王手里，才上了学术层面，有了第一部中国建筑史，和明代家具研究。

　　大明木作，最上乘的，用的是黄花梨料。明代黄花梨，色淡黄，有果香，年代久了，温文近人。黄花梨，又以海南产的最好，所谓"海黄"。海黄原树，现今仅存数十棵。七十年前，上海小木作行家，排的上名字的，也就十来人。这拨人，在意的是花梨木、紫檀木，在意的木作，年份上到晚清。他们说，黄花梨质地不硬，感觉羸弱，是"黄胖红木"。其中国兴，后来去了欧州，认同了黄花梨。他还知道了，极品小木作，正是明代海黄的。他的欧洲店铺，也改名叫"明清阁"，我还给他写了店招。我去过他上海的家，看他的收藏。明代海黄大圈椅六对、罗汉床一架。圈椅尺寸宽大。罗汉床三面围栏，云纹通透，用料足。说实话，罕见。汪氏笑称，一旦知道了，眼光还是有的。还说，好东西，要带回来。

　　小木作，江南苏作，北地晋作，都是好的。苏作黄花梨案，身价已是百万、千万金。北地不产黄花梨，最好的料，也就是核桃木了。晋作核桃木案，明代、或清早中期仿明，形和韵也是上佳。二十年来，收入些核桃木条案、画案，大都是崇徽堂留我的。

明代松木龙纹雕小条案，是我母亲看中的。这条案，店主自己在用。母亲说："今天正好是我生日，能不能把这个条案，让给我？"他笑了。二十年前，新房入住，去虹桥路剑明那里，配了些案、柜。其中有个大画案，两米长，八十厘米宽，不知木料，就是喜欢。后来认识顺富了，请他指教。他说，这画案，好诶。柏木案，松木面板，松柏配，开门是明代的。

所有椅子里，圈椅是文人最喜欢的。坐着不失礼仪，又感觉萧散宽松。曾在冷摊淘到几把。苏作，榉木的。其中一个圈特别大，格局好，可能到明。有天到东台路，进一家书画铺。看见院子里有个圈椅，清早期苏作，榉木，包浆好，藤面坏了。我出了个价。店主说，就收入价给我。他说他是做字画的，字画是他的饭碗，他不能要第二个饭碗。他的收入价很低，我只能依他。

明代"面条柜"，是柜子里最好的。形制上小下大，感觉挺拔、稳当。两扇门左右开启，会自行缓缓关闭。九十年代末，在吴翟路，我找到了一个。明代苏作榉木。年份长了，足底有点烂了，柜身略略低矮。两扇门是一木剖开做的，花纹相同。成器后，相映如屏。指甲圆门沿，温文得体。传世三百多年了，精气积聚。和摊主熟了，再让他去觅。觅来了好几个，都感觉不好。摊主想不通了，有天特地来我家，看原先这件。到今天，我还记得他当时的反应。他嗒然落座，吐了口气，说，"细看原来这么好"。

大明木作，榫卯结构，不用钉和胶水，可以拆卸保存。王世襄收多了，就拆卸了放起来。渐渐地，把自己的家，变成了大明木作的家。

2020.2.29

闲聊三国

三国是男孩的功课。十来岁读三国，竖排繁体的。生字，还有不懂的地方，跳过去读。再加上戏文、书场里看的听的，父兄辈说的，发小吹的，没多少时日，三国的事儿，少说也有三分熟了。发小在一起，还要推选五虎大将。本人义昭日月，又知道《春秋》是部书，自然就是关云长了。

桃园三结义，是家父告诉我的。三人义结金兰，要定个弟兄名分。云长年纪比玄德大，又不愿做兄长。桃园有棵大树，他提议，三人爬树，以高下定名分。翼德窜上了树顶，他爬到一半，玄德站在树下。他就说了"树由根生"，从此排行刘关张。后来我发现桃树长不高。家父的话，该是个传说。

十七岁上做学徒。隔壁是打铁铺，常听刘铁匠聊三国。某天，玉帝说，汉家天下，魏蜀吴，各占三分三。左班龟丞相上前一步问，蜀不能得四分吗？玉帝说，当然不能。龟丞相奏请下凡，说要助蜀夺四分。玉帝笑了，说你去试试。龟丞相化身诸葛亮，在上方谷伏兵，火烧司马懿。一时火光冲天。玉帝见了，来不及翻江倒海，随手泼下御砚剩墨。火灭了，司马懿逃遁。这就叫"天不灭曹"。诸葛亮看玩不转了，称病死在五丈原，变回了龟丞相。刘师傅说，上方谷一带，到现在还说，那天下得是阵头雨，雨点大,墨黑。

罗贯中一心贬曹操。他贬得利落,反而写活了曹操。曹操自惭相貌不好,让替身见来使,自己扮侍卫。来使眼毒,说一边"捉刀人是英雄"。祢衡裸衣击鼓,当众骂他,他始终声色不动。张松说他的《孟德新书》,川中小儿能背诵。他怀疑和"前人暗合",赶紧烧了。他对云长上马敬、下马迎。云长出走,还赶上赠袍,听凭青龙刀挑袍别过。关云长对他说过一句"新袍罩旧袍",感叹恩义难忘,恩义无奈有先后。

诸葛亮草船借箭、借东风,八阵图、空城计,还有木牛流马等等,不过是知天文地理,识千器人心,才大欺人。诸葛亮最大的亮点,是他的隆中对。他让云长放曹操,是大智慧。赤壁时的刘玄德,身无立锥之地,如捉住曹操,免不了要被天涯追杀。放走曹操,隆中对所说的三足鼎立,才有可能。他接受云长守荆州,是大失误。关云长忠烈神勇,说他是武圣,不为过。只是武略文韬,他文韬不够。文韬和读《春秋》,还是两回事。"大意失荆州",是戏文和书场里的说法。关云长失荆州,不能算是"大意"。荆州失去了,隆中对所说的统一天下,已无可能。诸葛亮心里清楚,他之后所有努力,如他所说,是"知其不可为而为之"。

更悲凉的是姜维,他是诸葛亮指定的继承人。他行伍出身,远不及诸葛亮的声望和地位。但他九伐中原,坚持着绝望的争斗。最后大败,全家被魏军杀死。他死后被剖腹,他的胆大如鸡卵。罗贯中写的三国,诸葛亮死后,少有人看。聊到姜维,是感觉英雄末路,天可怜见,也该有人遥闻芳烈。

2020.3.1

红楼一瞥

　　《红楼梦》，说不喜欢它，实在无处去说。说喜欢它，实在是被写书人的才气吓坏了。人间万象千器，他都知晓，这等天资和阅历，人中太少见了。曾在京郊瓜饭楼，和冯其庸谈红学。我说，红学难做。天资和阅历不够，无论谁，都像是瞎子摸象。说了感觉失言。冯雅量，对我淡然一笑。

　　《红楼梦》是本读不完的书。不只它原稿不全，还在它精微。曾计划每天读一页，读它一年。谁知就一页也感觉读不完。感觉它的文字，总是意犹未尽。这种书，读起来太累，"怕无心绪读红楼"。

　　前辈陈诏，二十几岁落难，去了大西北。过上牧马人的日子。风雪寒灯，眼前除了美丽妻子，还有就是一部《红楼梦》。这部读不完的书，他读了二十年。二十年后，他回来了，一无所有，只是成了红学家。邀我加入红学会。我问他，宝玉母亲，不叫"贾夫人"？他还真答不上来，自嘲说，"怎么有这个问题？"他为人风雅，还真把这当问题了。

　　张大根，老家是西湖边的燕南寄庐。爷爷盖叫天在世时，住屋有三十四间半。那年抄家，家中长物，车载数十辆。这样的家境，说起《红楼梦》，他还是说，一般人说不好。想来钟鸣鼎食之家,毕竟是另一个世界。人物事体,曲折迂回,不是个中旧人,很难通晓。贾府下人焦大,喝醉了酒骂人。说贾府上下,除了门口的石狮子,都是脏的。想来不论身份,只要是旧人,都是通晓贾府的。

刘姥姥进大观园,大家都笑话她,鄙夷她。刘姥姥不太在意,她是活在她的世界的。不同的世界,无所谓高下。贾府败落,王熙凤女儿巧姐,还是被刘姥姥抱走,才活了下来。

中国小说,是话本、传奇,讲故事,是有关生活和心情的诗意叙述。所谓读不完的《红楼梦》,更是。除了诗意叙述,这本书里,还把少男少女,直接写成了诗人。他们有自己的诗作。精彩的是,他们的诗,都是诗如其人,不像是写书人代笔。有些极好的句子,也没让人生疑,譬如"寒塘渡鹤影,冷月葬诗魂"。这种举重若轻的能力,缘于写书人本身是诗人。如今,还能读到他自己的残句"白傅诗灵应喜甚,定教蛮素鬼排场",奇气逼人。

写书人写了几百人。无论有情有意,还是没心没肺,都呼吸顺畅。他还写了林黛玉,他把她写成了画眉鸟。她是他的最爱,他知道她在人间没法活,不久就让她飞走了。同时飞走的,想来还有他的心。还有一人,感觉很像他,那就是宝玉。宝玉活不好,最后出家了。

书的结尾,这样写着:"(贾政)写到宝玉的事,便停笔。抬头忽见船头上微微的雪影里面一个人,光着头,赤着脚,身上披着一领大红猩猩毡的斗篷,向贾政倒身下拜。贾政尚未认清,急忙出船,欲待扶住问他是谁。那人已拜了四拜。"这时才看清是宝玉,至此俗缘尽了。

每次读这段文字,心情说不清好不好。想起去年春读后写的诗,录此作结:其一:"一十九年沦世尘,悲欣啼笑去来身。猩猩一领茫茫雪,难得令尊明白人。"其二:"青埂峰前天坠石,毗陵驿外雪漫舟。尘缘未了终须了,无有尘缘不到头。"

2020.3.2

梦见冷摊

　　五六十年前,我家家徒四壁,但求温饱。所谓书剑飘零,只是饭后说说。人生太短,厚度、力度都不够,得仰仗前人的书剑。前人的书剑在哪里?四十年前,街头出现了文玩冷摊。我兴奋不已,我感觉,文玩是前人的剑气,和书卷气。

　　我得到的第一件文玩,是个粗粗的宋碗。阿申送我的,他是我同事的兄长。这碗不值钱,但它改变了我的去向。年份是伟大的艺术家,它让一千年的光尘形迹,照射你的眉心,还有心灵。这是个阳光温暖的午后,触摸着粗粗的碗口,看着街上浮动的人烟,我感觉,我可以上溯千年。

　　城南福佑路。每个周末清晨,夜船和长途车到了,渐渐满街都是地摊。天蒙蒙亮,打着电筒沿街晃悠,来回看。一圈又一圈,待到天大亮。之后,再逛到中午。有好几年,几乎每个周末都这样。市声嘈杂,说是冷摊,只是说懂行的人少。认识了卷毛,只知道他住在附近。每次到了找他,跟着他,听他现场指点。他看陶瓷眼光好,人头也熟,知道哪家作假。

　　有个卖家来晚了,当街迎面见到。他抱着一个宋影青梅瓶,出价二百元。卷毛眼睛也亮了,示意我拿下。我手指扣着瓶口,侧过来看通身划花云纹。谁料瓶口有隐裂,吃不住分量,落地碎成几瓣。碎声脆如清磬，内壁有条状旋纹。真是宋影青，还是梅瓶。我悔极了。赔了钱，拉着卷毛就走。今晚想起来，还不是滋味。

孙仲威是博物馆老人了，我拜访过他。他有时也来福佑路。某天，他特地找我，说转角处有几个彩陶，是真的，叫我去买。下一个周末，他又找我，问我买了没有。我说我去了，已被人买走了。他说，还好没买。这人今天又拿来十来个，好像不会是真的。他说，彩陶有一个就很难得，哪来这么多？老先生是旧眼光了。那几年搞建设，到处动土，有彩陶出现，已不足怪。

说到到处动土，还真是个事。那年拜访上大校长钱伟长，他就说起，西北地区大兴土木，他亲眼看到，出土断了腿的唐三彩大骆驼。他说这话时，眼神很伤感。

我常常在梦中，想起文玩冷摊那些事。我的书案上，有个汉陶猪。二十年前买到的，五百元。这头猪，长嘴削肩，荒腹肥臀，气壮如牛。我让雕刻家赵志荣看过，他说："汉代的。现在很难想象，猪能是这个样。"我还会梦见一片明瓦当，是同好送的。洪武年间宫廷物。色明黄，十分堂皇。尺寸大，盘龙纹。龙首直面天地。尽管已是飘零落叶，还不改气定神闲。

后来，福佑路拆迁了，搬往方浜路。我写了篇：《告别福佑路》，这一页翻过，我对陶瓷也没大感觉了。

有天，大成告诉我，方浜路上藏宝楼，新进了一副金农木联。已有买家出过价，店家没卖。我去了，细看是金农四言金丝楠联。联是："君子慎动；吉人寡辞。"木联皮壳沉凝，字浅刻，施黑漆,漆微微开裂。"慎""辞"两字,别体写法。很喜欢。就买了下来。从此,我和冷摊大多是在梦里得见了。

乱石如云

四十年前，上虞山言子墓。天没亮，山道隐约，满眼乱石如云，至今难忘。

二十年前，黄永玉来沪上，在一幅奇石图上，添了个红衣米芾，要我题几句。我想了四句："人亦千秋，石本万寿。其人其石，亦师亦友。"

石和玉是一回事，只是事有巨细。君子比德于玉，我不大喜欢玉，算不上君子。石呢，磊落冥顽，我倒是很喜欢。我想我只是个匠人，一个和石交集，会有许多文字离愁的人。雕刻家张充仁曾书"匠心独妙"四字送我。我想是他内心独白，也希望我能读懂。他的汉隶写得像石刻，很动人。

在龚仲龢家里，见过一方昌化石，满石活血，真所谓"大红袍"。他是陈巨来弟子，绝顶聪明，也有藏珍的福分。只是我感觉，印石还是青田好。青田石，素淡天然，极像楠溪江村姑，天然纯朴。永嘉人潘九和我有深交，曾送我青田石十数方，色纯，韵足，个大，多为六方。他和我都觉得，历来神工少，印钮尽可不要。有一方青田竹叶青，石香看了，也连声说好。他是印石专家，我催促他写一部《印石名典》，至今已有好些年头。这方也是潘九送我的。他说我该有个称心的印章，可请名家刻一个。只是此石真好，我见犹怜，不忍倩人走刀。

寿山出田黄。九十年代，皋兰路小王，收得明代荷叶状田黄笔添。他说，初见时，是准备动迁的阿婆，用兜发髻的丝网裹着的。他收来才九百元，数千元给了我。我正和潘九吃茶，笔添就给了潘九。不久，秦工去鹿城雪山潘宅征集拍品，带走了笔添。当年秋拍目录上，笔添材质注为："高山黄"。开拍时，竞价至二万七千。潘九想起阿婆只卖了九百元，悯然一笑，听任成交。来年，香港春拍图录又见到它。上写："笔添，田黄，重八十三克。估价十五万元。"离阿婆卖出，不到一年。浮华多事，不宜上心。

那年，朋友约我去川沙，看灵璧石。主人邀茶，还送我太湖石。石不大，玲珑剔透，宜案头清供。平白受惠，心里过不去，就挑了尊灵璧石。石高五尺，能感觉风云气概。买下后听说，邻寺的方丈来看过几次，说是隐约有双龙盘桓。那天没带钱，钱还是亚鸣付的。双龙灵璧在家放了几个月。和人梁聊天，说起他夫妻俩都属鸡，鸡是人间的凤凰。一时开心，说是要祝福双份的龙凤呈祥，双龙灵璧就送他家去了。再说太湖石。来年年初二，带到湘西夺翠楼，贺了新禧。主人笑了，说："哪有这么远路，带上石头的？"

曾题北魏佛造像残石四字：天地肝胆。乱石如云，历来有肝胆的人也如云。称得上人间好石的，必有心声手泽，斧痕字迹。云冈石窟、马踏匈奴、泰山经石峪、龙门十二品、瘗鹤铭，无论兵燹天煞，漫漶崩裂，石仍是石，还是灿烂的星斗，滚烫的肝胆。可惜说这个，也要有肝胆，要有大力量，要积蓄久了才能说。本文说不好。

行文至此,蓦然有泪。时庚子上春,荆楚失守,九州大疫,殁数千人。恳待勒石以记。

2020.3.4

前人书简

苏轼留下很多书简。那么多的书简，只有《功甫帖》，真假有争议。大树下满地落叶，很难说，哪片落叶，不是这棵大树的。

曾读苏轼的《渡海帖》："轼将渡海。宿澄迈。承令子见访。知从者未归。又云。恐已到桂府。若果尔。庶几得於海康相遇。不尔。则未知后会之期也。区区无他祷。惟晚景宜倍万自爱耳。忽忽留此纸令子处。更不重封。不罪不罪。轼顿首。梦得秘校阁下。六月十三日。"

苏轼流落海南多年，赵梦得常伴着他，还为他奔走中州，探望家人。患难之交，委实难得。苏轼写道，此番我要渡海，去廉州赴任，经过澄迈你家。你孩子说，你已北上。希望我们能见到。不然的话，真不知今生能不能再见了。没什么要说的。只是你年纪大了，要加倍保重。匆匆留了这纸，在你孩子那里。信也没封。见谅，见谅。

这时候，苏轼已是晚年。想象他怆然离去的样子，止不住泪如雨下。

藏友手里，还读到阮元的书简。见他从容清雅，风华老成。平白写来，就是山河万里："梅梁年兄寄册有余幅，写近作二首奉政，可知此间光景也。"

两首诗分别是,《滇南伏日》:"中伏新秋两不争,薄绵衣服过三庚。华山昆海风才暖,冷雨轻雷气又清。九夏竟无炎热苦,四时常得暑寒平。遥思殿阁微凉处,笑我如怀献曝情。"《登西台》:"登台终日见昆华,恰好楼台住一家。玉岭西横皆是翠,彩云南见半成霞。千村绿稻真秋色,一角清滇是海涯。更比乐天州宅壮,惜无元九寄诗夸。"

阮元,"三朝阁老、九省疆臣,一代文宗",古稀之年,还任云贵总督,保一方清平。吴杰字"梅梁"。史书说他"少能文,为阮元所知",一代学士、名臣。阮元说,云贵尽管天僻地远,还是能和白居易的州宅有一比。你有元稹之才,还望写诗夸一夸。

前些天,见继平谈到刘承干,记起藏有他一叶书简。翻出来,细看,不禁诵读再三。"毅成先生勋鉴:昨奉寄示竺司令函。知敝镇驻军事,已蒙台端转请,竺司令转电于专员,设法劝让,免驻书楼。仰见关怀文化,维护缥缃,莫名感佩。近得敝书楼函,称廿九军官总队陆续抵镇,书楼当可幸免。承贶《胜流》二册,体裁精审,内容赅备。至谢至谢。肃此敬请台安。弟刘承干十月二十一日。竺司令处乞致谢忱,原札谨缴。"

刘承干,南浔嘉业堂藏书楼主。鲁迅称他是"傻公子"。他只管花钱买进宋版典籍、珍本孤本,又让天下读书人来藏书楼读书、抄书。这叶书简,是他请求军队免驻藏书楼。国民革命军先后有过五个廿九军。曾在南浔一线阻击日军的是军长陈安宝的廿九军,时间是1939年春。至于"竺司令",当时竺姓的将军,只有竺鸣涛、竺秋兄弟俩。曾见过竺鸣涛写的诗句条幅,想见是个儒将。是不是这里说的"竺司令",无从考。

乱世能不能守贞？是每个读书人要回答的问题。不敏尘世的"傻公子"，他相信他能，他手无寸铁，但他有一字不苟的笔。

2020.3.5

周岁抓笔

抓周时我抓了一支笔。家父很高兴，他是商人，他希望我将来是个读书人。伯父爱算命，说我这命陈家没有过，会出人一头，敢情他也相信我会读书。我对文字有兴趣。四五岁时，就认识许多字。也不是有人教，是看到字，譬如店名、路标，就会问，接着就记住了。没上小学，就可以看连环画、演义小说了。当然，只是大体懂。真喜欢笔，先握的是铅笔。能把字写平稳，也想写平稳，觉得平稳好看。四十年后，看到刘海粟的字，还听他说，端正是好字。暗笑所见略同。

小学里也上过几天毛笔课。没临帖，写自己的字，还是草草的。老师不给圆圈，有次还打了红叉。毛笔字打红叉，据说从来没有，我想是她忍无可忍了。

钢笔字我写不好。后来我把笔尖前拗，触纸面积大一点，果然好些。中学了，喜欢苏东坡的字。拗头的钢笔，一捺下去收住，还很像。后来知道，苏用的是鸡距笔，鼓腹短锋，触纸面积也大的。学得最好的是周刚，他是一等坡粉，现在是汉语言学家。

进了报社，写文章。钢笔还是写不好，满纸狼藉，排字师傅拒排。萧丁找我说，你写得慢一点。我说，写慢了，后面的话记不住。他看了我一眼，说："嗯。也是。"幸好有个惠玲，她能看懂，每次能排出九成六七。谢天谢地。旁人问她怎么认得出，她说，他都是常用字，句式熟悉了，没什么难处。说来有些尴尬，我把留存的原稿出书，自己认不得的字，还请教过她。

那年，我出了第一本散文集，给家父看。他已经老了，他看了看封面，笑了。在他那一代的眼里，文字变成了铅字，是一种神圣。

赵冷月和我是近邻。他说我该写毛笔字。他说，正楷不要学了，行书开始吧。半年能行了。我说我怎么能写好？他说，写字要的是文化和胸襟，你可以写。在丁香花园，叶维忠的美工室，开始学写毛笔字。带个小阳台的顶层，无论何时，都是满室清芬。可我的字写得好难看。

我想，赵先生劝我写毛笔字，是教我有厚古之心。至今写了三十年，除了毛笔，其他笔我极少提起。自知笔力，这辈子至少，到不了宋元。狼毫用得少，常用羊毫。没记住哪位友人，在杨振华笔庄，看到一支齐头羊毫，锋长四寸半，价格两百元，买了送我。用了顺手，之后就多用长锋了。

二十二年前，家父过世。我请拿恩写了碑铭。他是海粟弟子，字好。我写了首诗，刻在墓碑后。家父一生仁义，唯恐待人不周。我想他是为我积德。我要磊落做人，做个好人，让他在天之灵，相信善有善报。

有年春天，在玉氏山房聊天。主人说，人生苦难，有时躲不过。随口作了一联，"洞中七昼夜；世上一星期"。我用那支齐头长锋，写下了。主人看见了，说，就用它给你画张像。大概半个多小时，四尺整宣画成了。他还题上"仿鹏举草书笔意"的字样。

还嘱咐我说,可自写一个诗塘:"至今思项羽,不肯过江东。"他有些神秘地说:"上一句我们不说出来。"他看重的,和愿意心照不宣的,是上一句。

2020.3.6

纸寿千年

　　读陆机的《平复帖》，感觉是沧桑邂逅。一个纸片，匆匆文字，谁知它会流传下去？又有谁知，它的大限，竟不止千年？

　　王羲之写了《兰亭序》，可惜失传了。《兰亭序》是用鼠须笔，写在蚕茧纸上的。当时的茧纸，我后来见到了。三年前，满室春光里，翻开楠木封面的大册页，合肥龚氏所藏的三张晋代茧纸，赫然入目。三张茧纸总共近七方尺。屏息细看，经纬调理，极易清折。史上所说的"紧薄如金叶，索索有声"，隐然可信。真是纸寿千年。有说《兰亭序》年久纸烂，以至失传，看来是想当然了。见到了晋代茧纸，我甚至愿意相信，《兰亭序》有可能还存世上。

　　南唐徽州地方创制的一种纸，好处是"薄如卵膜，坚洁类玉"。李后主喜爱，特地建了个澄心堂，专藏这纸，就是所谓"澄心堂纸"了。李是大词人，他的词温婉，和澄心堂纸契合。他藏澄心堂纸，自然也是藏他的心。好纸的命运，总是好的。北宋李龙眠，用它画成了《五马图》。《五马图》出现了，中国画，当然还有澄心堂纸的大限，都遥遥无期了。

　　三十年前，徽州人重制澄心堂纸。三年前，启程收到了几张。朱砂、鹅黄、雪白数种，烟火渐褪，精光内敛。裁成对子和小笺，斗胆写了几个。有副朱砂虎皮宣对是："澄心堂纸世曾有；李后主词人尽云。"留在了寄云阁。

汪六吉宣，算得上是清代名品。十几年前，有人带了两卷尺寸不一的汪六吉宣，来看石禅，求换花鸟一幅。石禅心中窃喜。来日，我去蹭饭。石禅多喝了点酒，拿出汪宣，两卷各分了一半送我。我自然是紧抱回家。陈年纸香，不曾打开。今天写这篇文字，才想起来。纸有千年的命，不在意何时被起用。人呢，总想留着以后用。结果呢？是人走了，纸还在。自然，生有留余，总是有福。

家母九十岁时，光阴常闲，喜欢在我书房写字。她是好人家出身，年轻时字写得秀丽。年纪大了，笔力不像以前，但也是笔笔送到。我挑几十年的老纸给她，她半天抄一遍心经。前几天我检点了一下，有几十通。她写"大爱"数笺，示我等儿孙辈。还写过一副唐人的对子："国色朝酣酒；天香夜染衣。"她说，牡丹是说平安幸福。平安幸福，其实很难得。譬如家里有一个人得病，这家人的日子就不好过了。她还说，写字是做人，白纸黑字，写出来，就擦不掉。如今家母已去，纸和字还都在，静静默默，感觉比原先更好看了。

我也写字，写了好多，好多都给人了。人家喜欢，其实我更喜欢。我平生的荣辱，还有悲欢，大多都写进去了。留在人家手里，这些字比我长命。百年人生，在千年的纸上，卑微如我，还能写些什么？我想，还是要写人话，写天地良心。通过写，让自己的心、自己的作为，一点点干净起来。

窗外春雨不歇，不免伤情。说是雨天，字容易写好，写起来心情会很好。只是今夜我不想写。

2020.3.7

看见黄鹂

清早窗台停下一只鸟。近看，竟然是黄鹂。惊蛰三候：一候，桃始华；二候，仓庚鸣。今天该是二候了。仓庚，就是黄鹂。仓通苍，苍为青，青为清。庚通更，为更新。惊蛰二候，春阳清新初成，黄鹂出现了，可见它是清新之生命，最早感知春阳之气。陶渊明认它是知音，写诗"答庞参军"时说，"昔我云别，仓庚载鸣"。他是说，春日惜别之情，也就黄鹂是感觉到的。从此，黄鹂还有了别名，叫"离黄"。

黄鹂飞落在许多诗人的歌声里。其中最有名的歌声，是杜甫的。"两个黄鹂鸣翠柳，一行白鹭上青天。窗含西岭千秋雪，门泊东吴万里船。"这是杜甫欢快的歌唱。他看见了黄鹂，感受到了春阳之气。前两句他歌唱高天，后两句歌唱大地。上天入地，欢天喜地。

生命从水中前来，一支在了大地，一支到了天上。人在大地上，成为万物之灵。天上呢，是鸟的天堂。鸟可以横绝六合，恣意去来。而人要极目远眺、俯瞰大地，只有登高拍栏。人间的楼台，以鸟儿命名的常见，譬如黄鹤楼、鹳雀楼。崔颢、王之涣的诗名，也由此鹊起。王粲登当阳城楼，作《登楼赋》。辛弃疾登建康赏心亭，叹"把吴钩看了，栏杆拍遍，无人会，登临意"。刘禹锡见"雕盼青云睡眼开"，范仲淹称"衡阳雁去无留意"。男儿落寞，历来充塞天地。

杜鹃鸟，传说是蜀帝化成的。杜鹃啼声很凄凉，时常口角带血。杜甫写晚年玄宗，每每提及杜鹃鸟。"望帝春心托杜鹃"，李商隐总把伤心事，说得很温婉。十年前，楚门丫髻山命题"杜鹃谷"，备凿刻。我极其愿意。记得也是春日，去丫髻山。我视力不好，没法走山路，京南架着我上山。感谢有他，看到了断崖绝壁上的朱砂字。王维写过，"万壑树参天，千山响杜鹃"。楚门和蜀地的杜鹃，那时候，在我心里一起响起来。

有个词牌名，就叫"鹧鸪天"。鹧鸪的叫声，听来像是"行不的也哥哥"，文言文。自然，是文人听出来的，是伤心的文人听出来的。文人是人间的良心，良心时时会受伤，所以鹧鸪出现了，出现在文人的情感和文字里。"江晚正愁余，山深闻鹧鸪。"辛弃疾平生写过六十多首"鹧鸪天"。他的心中留有的，正是一片鹧鸪天。

晏殊词句"无可奈何花落去，似曾相识燕归来"，似乎只是说了，他每年见到燕子回来。可读了几次，总感觉他还有话没说，不免怅惘。后来读到苏曼殊诗："白水青山未尽思，人间天上两霏微。轻风细雨红泥寺，不见僧归见燕归"，竟是同样怅惘。苏曼殊，号燕子山僧，自然是"人间天上两霏微"。末句"不见僧归见燕归"，说什么呢？和"似曾相识燕归来"，同样藏了些什么呢？我想言下之意是：燕子看上去都相似，不知道燕子的个体差异有多大？只是，人和人的差异很大。有个人没了，就不再有似曾相识的那个人了。

感谢黄鹂，让我有了这篇文字。只是黄鹂感觉不到，今年的春阳有秋气。这肃杀的春阳，还会记在春秋大史上。

2020.3.8

丁酉詩話

丁酉诗话

近十年来，应该是年纪上来了，记忆力减退，注意力也大不如前。经历的人事，记忆大抵是朦胧的。很好的细节，即使当时注意到了，还感动过，过后也多忘记了。看来十来年前医院的诊断是对的，说我大脑退化明显。幸好由我中医朋友精心守护，落得这么个现状，很可以满意了。

百无一用，也就写点晴朗的文字，风雨无阻。记忆和注意力都不行了，写体量简短的旧体诗就多了。近十年了，回头一看，竟然每年有几百首、差不多万字。才知把写诗当成写日记了。

鸣华是《夜光杯》值得尊敬的编辑。无论纸媒如何飘摇，他只管守着他的三分薄田。我做了他的常年作者，很努力地开过好几个专栏，每月一篇，甚至每月两篇。还每次结集出本小书。鸣华很早说过，做编辑大抵是悲哀的。编辑的朋友，大抵是作者。最好作者文字好一些，不然哪天文字登不了了，朋友也没得做了。我也是编辑，也知道有这种悲哀，自然很珍惜他这个同道。

重温旧文，不难发现，我的文字是越来越依赖旧体诗了。譬如上一个"鲈乡笔记"，还有这个"新吟附记"。"新吟附记"共五十篇，这回结集成书。我想书名改成"丁酉诗话"。

这五十篇文字，都是由丁酉年写的一首或数首旧体诗开头，全文呢？也就是把诗里曾经的意思，用白话文尽可能地再说一遍。这年写的诗，从大年初一到除夕夜，也有三四百首吧？挑了其中的部分，依着鸣华要求的每月两篇的节奏，从丁酉年惊蛰前动笔，到戊戌大雪前，共写了五十篇。大年初一和除夕夜，一头一尾写的旧体诗，也都写到了。

有两部分诗，没写到。一是写我母亲的。母亲丁酉故去，顷刻间，写了好些悼念她的诗。所有的文字里，只有诗，可以语无伦次。这些诗，当时在了那里，可怜后来的我，再也没有能力，回到那里去。二是长相思词。最初几首，是和僧家酬唱的，之后一连写了六十首。去留梦寐，人生何似？人在天地之间过于独立，也过于无助。说不清的长相思，不好说，不如留着。就像雪色如月的夜里，严实了窗帘，埋进被窝，蒙头大睡的我，无梦地活着。

见过黄永玉写的一副联："词赋须少作；风情留有余。"这联是黄苗子从前人的诗句里化出来的。意思大概是，诗让人伤心裂肺，又让人不知所云，少写为好。人间的风情呢？是要小心呵护的。所幸的是，它用之不竭。这联见了就在我心里了。它说的少和有余，我都承当着。

到了我这年纪，花两年时间，整一本小书，自以为值得祝贺了。不知读到这篇序的人们，会不会祝贺我，说真的，我很期待。

戊戌冬月初八

留香留色亦留神

丁酉元日开笔

留香留色亦留神,纸上梅花不作尘。

听唱金鸡新破墨,人间又见一年春。

大城市里年味已经很淡了。曾在湘西凤凰过年,夺翠楼头,见沱江上虹桥横贯,沿江大红灯笼高挑数里,就已把新年生生地经过。今年,这般年味没有了。只是年味,除了人间的礼和节,还有天地间的梅花。她盛开了,年就在了,过了。几次去邓尉赏梅,运气好,都见到她满山遍野盛开的模样。前人称之为"香雪海",很美的描写。只是,人在那里,感觉这三个字,人人心里都有,都可能说出口的。好景致,好到这样的景致,满世界可能不太多。好到这个份上,获一个好名称,太自然。

就近的洞庭茶,当地人说是"吓煞人香",乾隆说是"碧螺春"。一个注意到了香,一个注意到了色,都是高人,也都是寻常人。香雪海,说的也就是香和色。香和色,是直觉,还说到的是气象。吓煞人香、碧螺春和香雪海,都是远观的感觉,都感受到了一种气象。吓煞人,一定不是某一片,碧螺,自然是说整座山。至于海,就更不言而喻了。

美好的是，梅花是可以近看的。一枝梅花，就能美到极致。美的佐证之一，是她入画。历来画梅花的人太多了，就我见过的好画家，如刘海粟、朱屺瞻、陆俨少、唐云，都画过。见过他们画和画的梅花，感觉他们都是被梅花彻底打动了。世上那么多花儿，有谁像梅花，有那么质感的线条、那么高冷的艳色，还有她的永远出其不意的直上旁出的枝条，无意间切割出的那么天才的空间。画画若称梅花知己，只有天才画家才可能。

至此，想到了"梅花香自苦寒来"这句诗。这句诗流传久远，所谓励志之警句，但我不觉其美。说梅花香自苦寒来，只是一种错觉。是人们在苦寒的日子里，忽然闻到了梅花香气，所产生的错觉。诗是常常比喻的，但这句诗比喻得不高明。它是把人的感受生硬地给了梅花了。梅花苦寒吗？显然不是。如果是，那么荷花就该苦热了，可见梅花不苦寒。比喻梅花喜寒倒是可以的，因为喜寒，所以梅花盛开的时候，总像在欢笑。

尤其是，这诗句的寓意，并不足取。人生经历苦寒，和人生有所成就，并不相关。

文王拘羑里，孔子厄陈蔡，屈原被逐，司马迁受刑，都是经历人生苦寒了。可这，不是文王为文王、孔子为孔子、屈原为屈原、司马迁为司马迁的必要前提，只是他们所遇的不幸而已。

再譬如画画吧。那么多人画画，是因为喜欢，是因为感觉有画画的日子很幸福。而做一件自己喜欢的事、感觉幸福的事，并无苦寒一说。人人都努力了，但一代人里，出不了几个好画家。这后果，谁又都知道。由此，偏要提出"梅花香自苦寒来"这样的所谓警句，让原本有喜感、有幸福感的人，纷纷成为斗士，有意思吗？

大年初一,找不到以前的年味,铺开纸,画一幅自己心目中的梅花,作为经历又一个春天、一个年份的开始,何乐而不为呢?

2017.3.2

曾饭番瓜数六棱

大 年 初 二

乍破银瓶碎薄冰，酥油点上佛前灯。

光芒静若深山月，心事温如丈室僧。

四海无名非有意，三生有命岂无凭。

去时犹记来时路，曾饭番瓜数六棱。

    大年初二，点起了酥油灯。一小碟酥油，放在明哥窑高足碗心里，点亮了，火苗静静的，纹丝不动的感觉。屋外天还很冷，甚至有点薄冰。屋子里却很暖和了，不只是空调的力量，更是这火苗的力量。

    点亮的酥油灯，安置在佛座之下。佛是值得敬重的，佛是人类思索到达的一种境界。我学习的能力不够，但我敬重人类的伟大思索。

    静静地注视火苗，感觉它纹丝不动。就像深山的月光那样。我到过深山。譬如秦岭，我在深夜的秦岭，见过静静的月亮，高高的，很小，很亮，感觉已这样停留了无尽年。这个世界上，动是生命的标志，静呢？其实更是。伟大的定力，静止的力，人类很少拥有。秦岭的月亮拥有了，眼前这如豆的火苗竟然也拥有了。

一小碟酥油，可以燃烧两个时辰。两个时辰后，油干碟净。这好似一种怎样不凡的经历？我真的感动了。感动到了心如止水的地步，在这两个时辰里。

　　我想到了很多，主要是自己和这世界的联系。写了许多年的文字，突然有人问我："你的文章好，但名声不大，为什么？"我还真没想过。有了文字，会想到有些文名，也是人之常情。但所谓大名，自己还真没花心思争取过。不是我不想享大名，而是我知道一个简单的道理，功名之类不是争取的，而是命定的。就像这一小碟酥油，能燃烧两个时辰，就是一种命定。所以可以这样回答，不是我有意不享大名，是我命定的力量不够啊。

　　要去的前程，来的路上已经预设了。不认以往，以为自己是立地太岁的人，其实是迷途羔羊。譬如搞艺术的，以为可以平白无故地开面貌、出风格的人，可以的几率，必然是零。所有的天才其实都是有出处和来路的。屈原原本是楚的贵族，是哲学家，即当时的巫。李白醉心道家，有得益于汉乐府、古风。杜甫游于盛唐。还譬如鲁迅，百年来一流的旧体诗人，至少三分之一的诗作，直接运用了屈原的美人香草之喻。旷世大才尚且如此，何况我辈。

　　当今百岁之寿，已不少见，但人的巅峰时期，总在前三四十年，也少有异议。所以年过六十，便是夕阳在山了。人老了，就会回忆，回忆旧时光，回忆自己的少小、青春。那时候家境清贫。现在一直想起来的，还真有新近去世的冯其庸先生所说的饭瓜生涯。饭瓜，也就是番瓜、南瓜，是可以当饭吃的。小时候，我不爱吃南瓜，但喜欢看南瓜。敦厚的模样，堂皇的色彩，老喜欢捧着它,数瓜棱。后来,在古玩冷摊上,看见一个瓜棱的青釉笔海,也不由分说地抱回了家。

2017.3.2

轻车曾过霍家川

送霍松林先生

大星明灭凤凰年，李白乡亲命系天。

唐律诗文心熠熠，秦州橡栗泪绵绵。

广陵散绝生无已，渭水寒焉去蓦然。

莫道今生未相见，轻车曾过霍家川。

霍松林先生生于1921年，农历辛酉年，经历八纪，殁于今年，农历丁酉年。

我没见过先生。第一次听到他的名字，是在二十年前天水，当地的一个诗人李桂梓告诉我的。李曾就读兰大历史系，博学强记。我们去敦煌，路过一个废墟，他说这是唐时的锁阳城，接下来便滔滔不绝，讲得宛如曾经。其实他也是初见。由此我信，在高人的面前，历史也就是一张摊开的地图。他精通古文，对先秦至唐宋那些光辉的策论和伟大诗篇，背诵和议论起来，如谈家常，不时灵光闪闪，直击我心。更特立的是，他是诗人。而他，说到先生，竟是顶礼膜拜。对大人物的理解，有个便捷的方式，就是你所看重的人，对他怎么看。由此可见，先生的名字一出现在我的世界里，便是如何光辉了。

先生，天水人，这该是一种天意。天水，是李白的故乡。我们可能回避了一个严重的史实，那就是李白至少是唐朝的帝王不出五服的宗亲。天水，又是杜甫写出了平生最美的诗的地方，他在这里有拾橡栗的困顿经历。说到诗，必然说到唐代李杜。天水，把这两者连在了那里。先生这颗诗的种子，天意地碰落在了天水。他人生出场的身份是神童，自然也是拜天所赐，天意指望他以不长的人生成就长久。

先生出生在1921年。在他之前二三十年，中国出现了一茬伟大的文人。到他的来临的时候，似乎天才的洪峰已过。而先生，注定无愧于他的时期。他在非常年少的时分，成了于右任的秘书。到了新中国出现的那一刻，他也就三十岁，已有过不凡的文人经历了。

很自然，后来他选择了和诗连接的事业。他是学者、教授，和诗人。他毕生研究唐诗，研究李杜，很少见的是，他本人也是诗人。

因为是诗人，他对诗学的一个命题：形象思维，有着卓越的理解。也因为卓越，他必然要付出现世的代价。所幸共和国的领袖，也是诗人，自然也感知形象思维。他因此不必回头，就脱离苦海。尽管对学者和诗人来说，现世的汹汹，人境的甘苦，本来就不在话下。

先生久居西安，我有个弟子何福社，陕西人，时常探望他。去年暮秋，他在先生耳边，读了自己的古诗习作，先生说好。还让家人扶他坐到了书桌边，写了"福社诗抄"四字，期许福社日后出一本诗集。看先生心情好，福社代我求了"樗斋"二字。人际的缘分，今世有，不会拖到来世。没料到也就两个月后，先生就驾鹤归去了。听说这两件墨迹，是他的绝笔。

我写了这首挽诗，还写了一副挽联，"须臾毁誉当世唐音雪夜千卷松间语；万岁枯荣秦州霍氏花时一尊林下风"，祭奠这位他所在的时期的诗的射雕手。也在今晚，想起来二十年前的那个夜晚，我所乘坐的车子，曾经无限接近先生的生地霍家川。

3.17

故国丁年小酒人

初　雪

天冻梅花地冻春，梅花原是雪花身。

冷香酪酊灯前句，故国丁年小酒人。

入春以来，第一次下雪了。早上起来的时候，听说下过雪了，雪色甚至没看见，寒冷的感觉确是很清楚的，天空也清朗。北方是下雪了，只是雪无力南渡，跨过长江来。有句古诗极喜欢："海日生残夜，江春入旧年。"太阳从破晓的时分，从海中跃起。江南的春色呢，漫过了冬天，竟让它不再有下雪的心气。这等景象，在长江之尾，深深体会到了。

说到雪，说到春天，还得说到梅花和人生。梅花是把有雪的日子，看作她的春天的。人生呢？只是有时在春天里，遇见雪。梅花和雪花有同一类有关春天的感觉。人生呢，是告别了雪之后，才感觉春天的。对梅花来说，有雪的日子，也就是她从开到谢的日子，不算短。对人生来说呢，有雪的日子，真的有点长，甚至春天里也下雪。人生，真的不从容。

染着雪和梅花的冷香，喝酒，夜色里。

丁年，历来作壮年解。温庭筠写苏武的诗，提到苏武"去时冠剑是丁年"。他说的"丁年",是说苏武出使的时候很年轻。苏武被匈奴羁留了十九年。他十九年在雪中度过,最后是生还了,回到了他的春天,作为一个有气节的人被传颂的他的春天。

"把酒论天下,先生小酒人",是鲁迅怀念范爱农的句子。他说的"小酒人",什么意思? 是说喜欢喝点小酒,是说不胜酒力,还是说看不起酗酒? 可能都是,可能都不确。鲁迅内心极在意范爱农。范爱农酗酒溺死了,鲁迅认为他是自沉的。人世间看不到希望,善良美好的人,总是有酒都无法排遣的忧伤。我一直认为,爱喝酒的人,寻醉的人,一定是内心有伤痛的人。酒是什么? 酒是现世的人最后的藏身地。到了连酒都无法让他躲藏的时候,就只有往生一条路了。

郁达夫的句子"曾因酒醉鞭名马,生怕情多累美人",流传广远,极美,美得极沉沦。只是读了它所在的那首诗之后,感觉它美得像他的姓,沉郁悲伤。鲜花国土,香草美人,注定是大诗人更永远的痛。寻醉不成,佯狂何堪,人被逼到了绝地,诗,正是他绝地反击的断戟。郁达夫的人生雪很大,他的人生真的不从容。我认识郁家大公子郁云,他写了一本《郁达夫传》。书的序是刘海粟写的,临了是一首诗,第二句是"见儿疑是父归来"。郁云和他父亲长得很像。我和郁云谈话,不忍心正视他。就是这般清癯弱小的身架,一生为情所累,万里投荒,最后被敌寇所杀,成了手无寸铁的烈士。人生的雪,有时真下得太大了。

故国丁年,这丁年,且作丁酉年解,喝点酒,做个"小酒人"。无论是喜欢喝点小酒,是不胜酒力,还是看不起酗酒,在这有雪的春天,喝酒,应该是个难得的好日子。

3.20

零丁诗卷补丁年

丁　　年

郭外矶头放钓船，烟波浩荡已忘筌。

横江归去晋桃叶，隔水空啼蜀杜鹃。

解甲情思穿甲帐，零丁诗卷补丁年。

听风吹得青山雨，鱼上高枝鸟入川。

　　看过渔家打鱼，看起来很美，近前了，就知道这谋生的生活，很辛苦。后来读了海明威的《老人与海》，被震撼了。人和鱼的搏斗，有时很公平。在大海里，人和鱼都竭尽了自己的能力，最后，人的凯旋和鱼的牺牲，同等壮丽。至于狭义的钓鱼，即使是放空了心情，求一次凯旋，也意思不大。柳宗元器量大，写过"独钓寒江雪"这样的话，可惜，他说的已不是钓鱼了。

　　我写的放钓船，自然也不是。我没这么钓过鱼，我写它，只是因为我喜欢画钓船。画里有了船，就可以出现城郭、矶头，还有岸边树、江中烟波。借过了垂钓之名，也就忘了垂钓之实。甚至画外的垂钓人，人海里的事儿，书本里的事儿，早已充塞于心，还能有多少悲欣与鱼儿计较？再说，和鱼儿不公平的交手，也不是读书人所为。

　　烟波浩荡的地方，不只是鱼的所在，也是人的所在。横江来去的,晋代有过美人桃叶,她是王献之的知音。好些天,王献之在江边迎接她回来。到今天,乌衣巷边,还有个名叫桃叶的渡口。隔着水啼叫的,还有西蜀时的杜鹃鸟。杜鹃鸟有好多名字,子规、杜宇、谢豹,还有望帝。望帝,是说杜鹃鸟是蜀帝变的。"望帝春心托杜鹃",李商隐这么写过。也就两个例子,人儿涌进了不少。可见烟波浩荡里,人烟必然无数。

老是说钓船,其实是人老了。我们这代人更像是士兵。报纸上说起事来,总是说"打好这一仗""新的战役""阶段性胜利"之类的话。所以人老了,忆及往事,写起诗来,先想到的,也该是战时的甲帐。

这样写诗,自然也感觉零丁起来,至少是诗的内容零丁了起来。离开了甲帐的士兵,还能有什么英雄气?所以日后的诗卷,还得补上壮年时的豪情。譬如陆游、辛弃疾,解甲之后的诗卷里,记了许多梦,怀过许多旧。辛弃疾几乎是少年时候,单骑踏破敌垒,取人首级。陆游呢?竟是历来诗人中,唯一杀过虎的人。晚年的诗卷里,补上这般壮丽的过去,最可以安置自己不屈的心。青春无悔,每个人的生命,总有过尊严。无悔和尊严,总是最好的诗,总该补进平生的诗卷里。

在钓船上,江风吹过、山雨飘落的感觉,真真切切。这会儿,人和鱼和鸟,没什么差别。人低到尘埃里,不免尘埃扑面,到底还是尘中之人。人低到江面上、水面上,就不同了,人就像鱼和鸟了。贴着水面,远远看去,只见杂树、繁花、渚石和江流,水天连成一片。鱼和鸟呢?也看见了,看见鱼儿跃过枝头,还看见鸟儿擦过水面。

3.26

且踏春阳过板桥

用鲁迅且踏句凑成一绝

且踏春阳过板桥,青山白水两迢迢。

流年又在鸡鸣里,信宿行舟梦半销。

  鲁迅先生二十岁时,应了报纸上的征诗启事,步韵写了《惜花四律》,其中一句是"且踏春阳过板桥"。差不多也是二十岁,我读到了它,顿时心生喜欢。后来到了百草园,立在午后的阳光里,花草鸟虫,纷纷纭纭,整个园子静静的,只有鲁迅的诗文被心读出声来。鲁迅也曾年少,迅哥儿的境遇,曾经真好。

  可叹人际飘蓬,我不如迅哥儿。想起儿时,遇见"鸡鸣茅店月,人迹板桥霜"这样的好句子,读起来好爽,心情却很失落。鸡鸣、茅店、月,还有人迹、板桥、霜,这样的好境遇,一个也遇不见。而迅哥儿,一定都见过。"且踏春阳过板桥",很温文地,说的就是有关他的遇见。

  今天有幸了。赶个事儿去,难得早起早出门。沿着华亭湖畔走,无意间踏过了一座座铺满了春阳的旧板桥。真没想到,数十年后,移居城外安度余生了,还能补上儿时失落的人间好境遇。

  板桥上的薄霜,已有人迹。一些鸟儿,烂漫的叫声,透过嫩绿的流水和柳条,落在板桥上。这里是都市的前世,民风和山水古朴,鱼鸟和文字古艳。所谓九峰,山都不大,却是风骨宛然。所谓三泖,已然漫漶,却是水气琳琅,流水像掌纹和叶脉那样,静流清远。山边有茅店,水中有月色。今生今世,转眼里改变了几千年,只是,"且踏春阳过板桥"这样的境遇,总是人间好境遇。人有许多可以,可以很物质,可以很网络,可以很高冷,甚至可以很无情。只是,人还有些不可以的,譬如不可以没有春阳和板桥。

且踏春阳过板桥,遇见的还有青山和白水。所谓仁者爱山,智者乐水。这里是东海边上,从西边千里涌来的山势,到这里已然平缓和平息了。这里所有的九峰三泖,除了美名,如作为山和水看,可能看到的,也就是看山看水人自身的仁和智了。难得的是,这里的看山看水人,数千年来,还真是看出了自身的仁和智的。火烧连营七百里的书生陆逊,可算是智者吧。画画提出了南北宗的董其昌,也该是智者。写了《文赋》,为官清正的二陆兄弟;为着民族和家国,死而后已的夏家父子、陈子龙,当然是志士仁人。还有黄道婆,衣被天下,慈母般的大爱,也是大仁之人。他们都曾经踏过这里的春阳和板桥的。

春阳、板桥,还听到了鸡鸣声。感觉这鸡鸣很长,很安然,好听。东汉末年,曹操步出东门行,惨然写过"千里无鸡鸣"这样的诗句。家国危亡,这五个字即可说尽。可见鸡鸣,其实是平安,是吉兆。

听到了鸡鸣,春阳暖和了起来,安睡一宿的舟子,安然的清梦醒了大半了吧?尘世的人们,其实也都是这样的舟子。期待鸡鸣,踏过春阳和板桥。

4.17

得此乡音心足矣

旗　亭

旗亭赏酒醉凭栏，草长花飞獭上滩。

不是风流常飒飒，何来水色总漫漫。

两鳃流誉四鳃美，九鹿回头一鹿难。

得此乡音心足矣，天中月似水精盘。

　　旗亭，大抵就是城里官家的楼台吧。盛唐时候，下着小雪的春天，王之涣、王昌龄和高适三位诗人，在旗亭赊酒欢聚，正好碰上了一班青春佳丽唱诗，三人便有了比试的兴致。结果是不出王之涣所料，最后出场的那位最美的女子，唱了他的《凉州词》。王之涣自然大欢喜，就像获得了本次比试的第一名。

　　历来说文无第一，自然诗也难说第一的。譬如时下的诗词比赛，比的其实是谁能背的诗最多。诗文这活儿，写到了水平线以上，就难说彼此的高下了。即使是杜甫，被称为诗圣了，历来不太喜欢他的人也是有的。不过，王之涣这首《凉州词》真是好的。到过凉州的人，更会感到它的好。二十年前，见过一则报道，说是在凉州发现了这首诗的诗碑，诗碑上刻着的第一句是"黄沙远上白云间"。起初感觉意外，后来一想,感觉还真说得通。大漠之中,说到黄河,是一种壮阔,说是黄沙连接着云天,同样是一种壮阔。只要是好诗,总会有读者挺它的。

这回是写我和诗友的醉酒,在看得到草长花飞、春水鱼肥的华亭湖。风流,原意是风的姿态。这姿态,是从草长花飞、春水鱼肥里看到的。风的姿态很潇洒,连带着水色也很精采。鱼呢?世上的鱼,无论在哪里,大抵都是两鳃的。松江的鲈鱼,却被认为是四鳃的。谁让它有俩酒窝?没读成鱼儿有酒窝,已经锐减了它的神奇了。两鳃两酒窝,读成四鳃,读成的其实是乡思。乡思里有一条四鳃的鱼,乡思自然成灾,很容易漫漶成相思的。有四鳃鱼的乡思,无与伦比。

松江除了四鳃的鱼,还有回头的鹿。所谓十鹿九回头。大抵说的是,松江的水土好,松江人的乡思重,恋家,仗剑壮游、博取功名的动力自然不足,以至多走不远。不过,十鹿九回头,还有另一种解读,那就是思乡心切。四海游子,哪个不思乡心切?思乡心切的松江大文人、大英雄,历代不缺。就像不时回头的鹿,从来不曾停下过远行的脚步。历代倦游的文人,客居松江,甚至终老此地的,也是无数。可见,所谓十鹿九回头,这鹿还真不只是指松江人。

几年前我住在了松江。来松江的理由,单说我外婆是松江人这一条,也该很充分了。很满足此生和松江有这么一个血脉关系,也很满足可以对松江诉说我的乡思。

今晚,华亭湖上月亮很大。就像一个不断闪着光辉的水精盘。千百年来,千万里外,哪里都是客乡,只有月亮还是故乡的月亮。在前人的诗句里,月亮是被认作故乡的。此生应该满足了，生来便是游子，却在今晚，感觉是在故乡看着月亮，读着前人的诗，写着自己的诗，无论如何，总该是个很幸福的人了。

2017.4.23

峥嵘头角几多残

偶　成

十年未到子陵滩，圆月当初十五寒。

两岸翠微山仄仄，四时清咏水漫漫。

常思漱玉趁中夜，可惜雷塘泐井栏。

古道山高水长处，峥嵘头角几多残。

　　有两轮中秋的月亮特别记得。一轮是在黄山梦笔生花那儿，又一轮就是在桐庐严子陵钓台。黄山的那一轮好大好大，明亮得耀眼，一闪一闪地耀眼。站在月光里，就像时下手机里的微信封面，人像一颗灯芯，沦陷在月亮里。

　　桐庐的一轮呢？不一样，这里是出过郁达夫的。这一段富春江，两岸青山逼仄，江水碧绿。月亮高高的，月光所及，青是山，绿是水，青绿得让人伤心。只是天亮了，就看见钓台了，严子陵的钓台。残夜的月亮，残存的伤心，一下子就丢失了。

　　严子陵是谁？他是刘秀的同学，有着天底下最好的人脉。曾和天子同榻，睡梦里，腿脚压在了天子身上，让夜观天象的管事，吓出冷汗来。人生苦短。再有才华、抱负，如从底层干起，时间太紧。再说世上的大事、远大的抱负，很多时候是由权力去实现的，更何况寒门出贵子的可能性本来就不多。所以严先生是有福的，哪能料到自己的同学做了天子。然而严先生又是惜福的，他明白自己不见得是大才，也就选择归隐了，坦坦荡荡地回到了原来的状态。说是喜欢在富春江边钓鱼，其实是托一个清脱的词儿。不然，他的那个钓台，怎么可以高达数十丈？天底下哪有这样钓鱼的。

先生之风，山高水长。这话，说得很直白，意思也很端正。历来看懂、听懂的人，也是有的，譬如清代的阮元。他是高官，也是大学者，他对严先生是景仰的。他曾六次来钓台，凭吊这位心仪的先贤，还写了一段文字，刻在石上。他的文字很家常，写他是第六次来钓台了，和他的两个朋友。他写的文字，刻在了南宋张浚诗碑的后面。张浚的诗也是凭吊严先生的，是在他告老还乡、经过钓台时写的。这块碑后来被用作了井壁，前几年重见天日，我存有阮元那段文字的拓片。文和字都很温文，看着它，渐渐明白，也就这样的凭吊，才是对得起严先生的。

可惜，历来更多的人不懂，甚至内心不屑。他们是达官贵人，炙手可热的人生，偏偏又纷至沓来，说是景仰严先生。这些人不惭愧，李清照却为他们感觉很惭愧。她写在钓台的一首诗里，直白地说了这些人为名来、为利往，使得她很汗颜，使得她只想、只敢趁着黑夜，坐船过钓台。

李清照留有漱玉词，阮元有号雷塘庵主。自从有了严子陵钓台，直至今天，像李清照和阮元这样的正派人，和有才华的人，应该历代有、时常有。只是历代的，我们大抵记不清了，不知道了。今天的呢？更是极难相遇、极难寻找了。光明磊落，高风亮节，仿佛不近人情、不值一文。严先生的钓台，山高水长。每当对月独处的时候，我十分怀念钓台的黑夜，还有那一轮钓台之上的高高的月亮。

2017.4.28

我马玄黄浑若我

渥 雪

万古留余黑鼎彝，十年染尽白须髭。

紫毫烟墨知鸿语，锦瑟冰弦彻夜思。

我马玄黄浑若我，伊人窈窕莫非伊。

平明村角鸡声淡，正是江南渥雪时。

几年前在台北故宫，参观了赫赫宗周青铜器特展，展品大都是近年在宝鸡出土的重器。其中有第一次在铭文中出现"中国"字样的何尊，可见孔子所说"郁郁乎文哉，吾从周"，是服膺事实。楚人问周鼎之大小，也是单刀直入的探查方式。周的强大，当时是天下人共知的。强大到什么地步？孔子觉得是史上第一。楚人是要夺取天下的，他们想从周鼎的大小，推算出周的铸铜能力，在当时也就是国力和军事实力了。事实表明，周太强大了。

面对这些伟大的古器，我已经须髭花白了。很奇怪，我几乎没什么白发，只是须髭先白了。这让我很庆幸，庆幸在有生之年，和伟大的上古相见，尤其是见到了青铜铸成的"中国"字样。你从哪里来？历来这么问自己，现在可以回答了，我从来处来，这来处是实在和顶真的。

这般国家重器，见到了就难以忘怀。尤其是今人，出落在了簇新的时代，对于上古的惊奇，自然也是前无古人。古器拓片，也是空前地让人待见了。见到了毛公鼎、大盂鼎、散氏盘等等的旧拓，墨烟氤氲，古意安然，也见到不少前贤的题跋。相见有缘，仿佛听到了上古飞鸿的声音，忍不住应声作了些题跋。这些题跋，或是另纸书写，或是题在了绢裱边上。现世烦恼太多，须臾之间，借它数千年烟尘，玲珑一下原本干净的心意，真是大好。

重逢古器，也就是重逢古人。古人怎么样？即使到了稍晚的魏晋时候，也是目送归鸿，手挥五弦的姿势。嵇康在世时，仿佛是世所难容。他走了之后，世人都记得他了。美好是一种失去后才显得珍贵的东西，这使得原本可以很美好的人世，总是在回忆里才突然地美好起来。再之后就是锦瑟了，李商隐的锦瑟，倾诉着年华和长情，他把年华和长情铸成了永在的古器。他的锦瑟，让人长夜想来，感觉温润莫名。

"我马玄黄"，是《诗经》里的句子，是说马老了，两眼昏花，或是说，这马在我是很熟悉的毛色纷杂的模样。两种说法，都好像和我关联。

我的眼睛，经过治疗，好了五六年之后，又不好了。这回是没法治了。就像马老了，躲不掉两眼昏花。还有呢，我如能遇见马，能看到的也就是它纷杂的毛色了。即使它的毛色如何单纯，我能看到的也是失真的。就像高速公路从松江新城口子下来，见到的9号线站的那幢大楼。五六年前，我看到它是金色的屋顶，之后眼睛好了，突然发现它不是金色，而是灰色的。造化弄人，竟然可以到达这种地步。我马玄黄，说的真是我呢。

再则就是《诗经》里的"窈窕淑女"那一句，我指望，也相信,我认识的所有女子,都是窈窕淑女,都有各自美好的年华和境遇。

拂晓了,林中的鸟叫,听起来错觉成了鸡鸣,春有些清冷,听说要下一点雪了。

2017.5.6

年年江左送春去

月　　河

薛荔粉墙名士宅，芙蓉青琐落花知。

雨犹瑟瑟风声冷，梅也迟迟柳絮垂。

忽忆旧尘曾下马，暂凭新屐乍留诗。

年年江左送春去，惟有上春无已时。

嘉兴有条河流，环抱成一个圆月的状态，就被取名叫月河了。因为是环抱，所以就多出了好些环绕的河堤，由此就聚起了河边人家。人家多了，就出现了城镇。屈指算来，到今天已有七八百年的人事了。

人历来是邻水而居的，人离不开水。原先，都是散落的人家，或者村落。种田、打鱼，还有呢？打猎。皇城也是有的，早先也就是放大的村落吧。除了上好的鱼米，多一点争斗。后来，皇城有了像样的皇城，也就七八百年前，出现了月河这样的城镇。这是个顺势而来的历史变动。标志着人有了走向城市的决心，从此之后，原先的村落，在历史的眼光中渐行渐远。虽然，在历代人的感受里，村落的消失，几无迹象。由此，这个下雨的黄昏，我很细致地打量着月河。

薜荔和墙的关联，在柳宗元的诗里可以找到，有句"密雨斜侵薜荔墙"。挡风遮雨的墙，布满薜荔，是一种历久弥新的姿态，也是注意到了薜荔和墙的人，内心空苍和静穆的显现。在月河，见到了布满薜荔的墙，也是密雨斜侵，感觉到了柳先生的茫茫愁思。青琐是什么呢？青色连环花纹，史书上说的是皇宫门窗的装饰。青琐，又是入了杜甫的诗的。他的《秋兴八首》里，就有句"几回青琐点朝班"，说他曾经在朝为官。后来，青琐也借指宫殿，泛指上好的建筑了。还有，刻镂成格的窗户，也可以说是青琐。这是美好的词儿，垂爱到了碧玉小家。

在月河，我见到了薜荔和青琐。这里住过的人们，有名人豪士、富贵之人，也有伤心的客子，还有平头百姓。城镇在村落和皇城之间，城镇里的人，也在村民和皇家之间。

月河环绕，少不了的自然是桥。纵横高低，平直圆拱，姿态各异，都很美。都是石桥，石的年龄、桥的年龄，都是让人必须表达敬意的。桥下的流水和小舟，桥边的梅花和杨柳，雨密了，又是黄昏，桥在的风景里，一切都是水墨的。一座桥边，一棵高高的树，尚未开叶、着花，满树的枝条，密密的、各各修长有精力。看呆了。无尽的年轮，它一定经受了好多，而它，曾让几人难以经受？

难以经受的感觉，是否别有深意？我紧张起来，猛然感觉自己一定来过这里。这个黄昏一定不是初次，真的，我几乎确信。这次是乘车来的，上一次呢？该是骑马来的。在此地下过马，这棵树应该记得我。

不远处，是历史学家唐兰先生的屋后。也就几十年，感觉已不是当时的状况。一边的门给封了。一边是露天违建的水斗，该是现在邻居洗菜洗衣用的。人烟深处,炊烟深处,都是月河的感觉,城镇的感觉,我熟悉又不熟悉的感觉。

由此,写首诗吧。平生都在江南经历春天。看上去是我送春去,其实春天的来去没尽头,只是有些年它来去的时候,我在了。

2017.6.10

蓦然三唱碧云端

三　唱

蓦然三唱碧云端，了却一轮落木殚。

天际初呈鱼肚白，海东又见鹤头丹。

伤心儿女灯荧暖，草檄书生盾鼻寒。

芦荻无心风起止，虫沙有命雪阑珊。

三唱，是说雄鸡三唱。李贺有句"雄鸡一唱天下白"，历来是被人称颂的好句。这里说三唱，是想起了一首现代的儿歌。歌词里有"太阳光，金亮亮。雄鸡唱三唱"，觉得也很好的。

这里是说，听到了雄鸡的歌唱。晴朗的天气，高亢的声音，好像要传到云端里去了。丁酉之年，听到鸡唱，想到凋谢的日子已然过去了，无论是花草，还是心思。

天然是李贺诗句表达的样子，鸡唱了，天就亮了，东方大白。天亮的时刻极壮丽。有一年和友人在黄山看日出。半夜起来，赶山路。眼睛不好，昏天黑地地赶。赶到最后，眼睛太累了，没法走了。就在离山顶不远的山口，趴着看日出。黄山的日出，不常待见看它的人。那个早上，它是极灿烂地出了。我在次一等的山口遇见它，已然狂喜不已，是一个人狂喜不已。那些山顶上的友人呢？他们的狂喜，是难以想象了。能够想象的就是三个字：极壮丽。

心里有过一颗真切的太阳的人，这颗心就不会冷。人生在世，不可能一直欢天喜地，悲伤的时刻往往多。万家灯火，无数的窗口，伤心的人，定然不少。有人说，人是为了看见太阳才来这世上的。伤心甚至苦难的日子里，能听到这样的话，我感激涕零。这里说的灯檠暖，只是个场景的描写。真实的描写，应该不是灯檠，是太阳。

谁都很平凡。社会、家庭，情感、健康，还有事业、命运，等等，对谁来说，都会出状况。伤心难免。想着太阳吧，心就不会冷。人心最大的可能，就是可能是一颗太阳。

接着要说到读书人了。谁不指望获取功名，可以追随前贤的功名。只是感觉读书人往往少些骨力和勇气。非常向往那样的士兵，在战场，在手握的盾鼻上，磨墨草檄。"卫青不败由天幸"，天命好，妒忌不得。他是英雄。他的英雄，还在于他获得殊勋后，能够谦卑地做人。韦应物，少年时是唐玄宗的卫士，经历范阳之变，长成后又是大吏，又是杰出的诗人。这等人物，是大英雄了。生为豪侠，又温婉如此，世上几人能到？"一夜征人尽望乡"中的征人，万古无名，又何尝不是英雄？鲜活的生命，活着的时候，正好，不管身后在哪。

北风漫过堤岸，芦荻萧萧。让人想起故垒，想起寒流山形、沉江铁索。读着刘禹锡，想躲避也不行，诗里也就有了他写过的芦荻，"故垒萧萧芦荻秋"。

生命真像虫沙那样须臾、渺小吗？不是，应该不是。即使虫沙，也是独特的，呼吸和行径，也与万物大异。生命从不渺小。

尽管今夜,阑珊灯火里,回首看去,没感觉那人的存在,只觉得早春的雪渐渐不在。

2017.6.10

姚黄魏紫浓逾酒

记　梦

姚黄魏紫浓逾酒，吴带曹衣薄似纱。

堕马丽人啼破额，骑牛老子笑涂鸦。

汉墟玉帛描朱雀，宋室青瓷划草花。

一季冬云初作古，三危石窟已鸣沙。

这里记着一个梦，都是古时候庄严和灿烂的故事。

洛阳的牡丹，国色天香，百花和百地难及。宋代有"姚黄魏紫"一说，姚家的黄牡丹、魏家的紫牡丹，是史上有名的极品。给牡丹冠以姓氏的人家，自然是荣耀至极。这种荣耀，岂是今人惯用的炒作可能做到的。古时候，人生物事变化不大，积一代人乃至几代人的心力，做同一件事的状况，很普遍。门第和家族的传统，有时候甚至是可歌可泣的。不像如今，差不多每隔十来年，就人是物非一次，百年老店之类的事业，大抵多是梦想。

回头来说，姚黄魏紫。牡丹感觉上是红的，黑、白也有。何以姚、魏两家守着黄和紫呢？想来一是黄和紫稀少。二是黄和紫更是高贵。黄衣使者，紫薇花开，都是吉祥至极。黄和紫难求，李白咏牡丹的《清平调》，通篇不说红牡丹。细想起来，诗句里黄和紫的感觉，倒是有的。至于红牡丹，花开众多，富贵遍及百姓，自然有着口碑在。

梦见了国色天香，接下来是数不清的物华天宝了。譬如美好的中国画。画人物，曹衣吴带。这曹这吴，一般是指曹仲达和吴道子。他俩的人物画，衣带极美，或像临风飘举，或像出水俱湿。他俩都是神奇的人。曹生在西域，后来成了北齐的高官，自然是上品的文人。吴呢？是唐代的一个道士。中国画，生来极有书卷气，画它的人，历来都是斯文人。

美丽的女人也梦到了。曲江边上的杨家人。有天美人从马上跌下来，额头破了，没来得及哭，旁人说了，粉面点红，煞是好看。之后就有了堕马妆。可见大美都是病态美。老人呢？也有入梦的。骑牛的老子，一直喜欢。时常有所思，梦里就是常客了。一直不清楚，老子在函谷关，到底写了些什么。人的智慧该是有层次的，把关的尹喜即使了不得，应该也逼不出老子的洪荒力。我想，再经数千年，大智慧的人会发现：老子开过个玩笑，名叫"道德经"。

西汉马王堆帛上的那个朱雀，印象太深。原先觉得只有人可能永远，不想这描出来的雀，也可以永生。还有，宋影青的碟子。碟心的草花划痕，见多了，那时节福佑路地摊上多得很。很喜欢。今人画的花草，看着累，感觉画它的人应该也累累。宋人怎么搞的，窑工怎么搞的？随手就来，一派生机。是不是不想当画家的人，才能画好画呢？这问题提出来，不免要捂脸。

梦的最后关头，到了开春的莫高窟。鸣沙山的沙，鸣得很欢快。进入莫高窟,色彩的世界。细细观看,忽然惊醒了。敦煌最动人的色彩,竟是黄和紫。姚黄魏紫,前世的因缘,在这里。

这一梦真好,就像喝过了一场酒。

2017.6.11

闻得华亭鹤唳天

小 昆 山

闻得华亭鹤唳天，携儿来上九峰巅。

名山讵作清风价，僻寺听凭香火钿。

日下枯荣无定数，云间文字有遗篇。

须臾性命身家事，但有书声不计年。

说到鹤唳，先想到的地名该是华亭吧？尽管有名闻天下的黄鹤楼，有"黄鹤一去不复返"的神仙故事。只是华亭鹤唳太清亮了。华亭鹤唳，和二陆有关。华亭鹤唳，出现在了陆机最后的遗言里。这都是人的故事，文人故事。人和文人的故事，一定比神仙故事，更加动人心的。

还有，书法名碑《瘗鹤铭》，文中说的是华亭鹤。华亭鹤死了，不能再唳了，人们建个碑纪念它。这碑的字，有旷世之美，甚至有人以为是王羲之所写。王羲之素无真迹传世。从前人对王字的评语看，只有《瘗鹤铭》这么器宇轩昂的字，才配得上王羲之。可见鹤唳和华亭，已不可分。

比陆机幸运，还有机会听到华亭鹤唳。这回是带着孩子一起来小昆山，这里的鹤唳最动听。慈亲有华亭血脉，后辈是一定要来的。

小昆山，华亭九峰之一。万里西来的山脉，到这里已是终了，所谓九峰，不是说山高，而是说地灵。总有人杰出现，自然可以说地灵。

小昆山，山形像卧牛之首，浑名牛头山。北麓下差不多百步距离，就是陆机的生地。从北麓上山，转眼可到一处。半壁斜阳，方丈平地，石桌石凳，说是陆机兄弟十年读书处，史称"二陆读书台"。到得山顶，木叶繁华，隐着亭子，说是二陆当初听鹤唳的地方了。

上山时候，途径北峰的九峰禅寺，这是个有年份的寺院。建于唐代，起名"泗州塔院"，说是当时的主持，仰慕西域来江南的泗州和尚。更有意思的是，清初时候，画家石涛，从庐山来这里剃度，成了有名的苦瓜和尚。

门口的香婆说，寺院不属小昆山管，进寺院要先置香火钱。人间烟火，需要花费。譬如小昆山，也是要门票的。看门七件事，眼前手边，都躲不过。只有明月清风，名山胜迹，无以论价，无关铜钿。

二陆读了十年书，以为学富五车，可以报国了，去了洛阳。陆云和洛阳才子荀鸣鹤对出一副著名的联，从此有了"日下"和"云间"之说。日下，都城洛阳，太阳下炙手可热之地。云间呢？就是指华亭了。鹤唳之地，人文荟萃。之后呢？日下陷于八王之乱。再之后或之前呢？王朝的更替都只是时间问题。云间呢？就不一样了。人文荟萃，总是源远流长，温婉人心。

黄昏中的二陆读书台，摩挲石壁，辨认前人的题字、题诗，酸风射眸之际，听见了隐隐的鹤唳。身家性命，大不了百年光景。

只是人，其实可能做得很大。就像二陆，读了十年的书，他们心里，经历了多少人写在书里的经历，他们对人生和人世的理解，何止百十年？身穿白衣，有尊严地死去，他们的心一定是安然的。临了说一句"欲闻华亭鹤唳，可复得乎"，也只是对故乡的鹤唳，道一声珍重。

2017.6.11

秦岭重过料已迟

偶　成

秦岭重过料已迟，剡溪欲下亦无期。

风荷清水天雕饰，贞柏龙鳞士鼓吹。

太白旷时无匹敌，少陵盛世几人知。

此生剩作书生想，三十功名数卷诗。

　　二十年前过秦岭，那时还是四十多岁。从西安出发过秦岭去甘肃天水。近黄昏的时候，车子翻上了秦岭之巅，那里竖着"秦岭"界碑。四下望去，群山回首看过来，逶迤踊跃。飞鸟在脚下回旋，很大的鸟，五月的天气，应该是大雁吧。还有入川的火车，洞穿大山，时隐时现。

　　秦岭太重要了，它区分了南方和北方，区分了长江和黄河水系。中国所有的天气、植被、人的气质，还有文化，也都可以以秦岭为界。自然，它就具有了伟大的意义。向导说，秦岭车道马上要通了，以后过秦岭不必翻上山巅来。他也是在说我，极不可能再次来到秦岭之巅了。

　　站在秦岭我想起谁呢？我想起的是杜甫。杜甫正是在秦岭成了杜甫，他在秦岭之边和秦岭腹地，挈妇将雏，颠沛流离，经历了国破之痛，写出了伟大的诗篇，也成了他之后的读书人心目中的诗圣。

剡溪呢？该是可以想起李白的地方。可惜我也是挤不出前去一游的日子。李白和秦岭也有大的交集，他的大作《蜀道难》，就是涉及秦岭的。只是他和杜甫不一样，他是楚辞的继承者，他一生直挂云帆，反复赶往的，是剡溪一带的地方。杜甫想到李白，写的也是"渭北春天树，江东日暮云"。前一句是自况，后一句是拟李。杜甫感觉到他和李白的离别，其实是秦和楚的离别。知道了这一点，李白诗篇似荷花，浑然天成，杜甫诗篇像老树，遍体龙鳞，都顺理成章了。

李白的诗，应该是没有对手的。近见一篇文章，说李白输给了崔颢，说崔颢的《黄鹤楼》，末句说的不是乡愁，是说了政治、哲学、人生等等的归宿问题，所以是远胜李白纠结于一己思绪的《凤凰台》的。这说法，听起来总像是煞有其事，崔诗还真看不出离开乡愁有多远。再说，讨论这么多的归宿问题，有必要让诗去承担吗？反过来说，几十字的诗，总要承担这么多吗？李白不写"黄鹤楼"，只为崔诗是李白的写法。李白称赞崔诗，其实是称赞自己。诗意是不易理解的，又是不宜委屈的。诗意从来高难问，解诗的人，不必忿忿不平、猎奇出新，还是勇于委屈自己为好。

再说杜甫。盛唐的诗界，说不上杜甫。盛唐诗人所有的气象、胸襟、眼界，他都不占优。看看他和盛唐诗人的同题之作，这一点显而易见。可惜唐人不幸，盛唐一夜间毁了。沉郁苍凉的心灵底色，丈量大地的坚实脚板，还有正当其时的年纪，再加上居无定所、到头来死在江船上的苦难经历，最终成就的只能是杜甫。

我到秦岭之前,写过点诗,大多是尽力说愁之类的,写得也不多。过了秦岭,诗就写得多起来了,自然不以为自己是杜甫,只是觉得诗好,觉得杜甫他们好,隔着风尘,遥望他们的项背,写他们写的那一种的诗,能觉得自己活着。因此,不知不觉写多了,写到了今天。

2017.7.7

无限江山啖荔枝

读 东 坡

存亡儋耳几人知，无限江山啖荔枝。

靖节弃官真淡泊，皋陶杀士太惊奇。

人同明月承天寺，君与长江赤壁词。

万古东坡吟不倦，高烧银烛夜迟迟。

宋代的文人，本无性命之虞。苏东坡被贬岭南，可算是最重的责罚了。唐代韩愈被贬潮州，才过秦岭，就想让小辈到漳江边了他后事。韩愈有时心力偏弱，譬如曾在华山，感觉进退不能，甚至痛哭起来。只是潮州，原是南蛮之地，此去生死不明，他的哀伤还是有理由的。东坡到的岭南，比起潮州来，更南更蛮。万里投荒，全然似奔赴死期。随他一起奔命的，也就他的红粉朝云。

不过，东坡终究是东坡。所谓"三苏"，他父亲苏洵，是蜀地的大学问家，他弟弟苏辙，是朝廷重臣。他本人呢？是无数文人膜拜的大文人。这个世上，极少有人能像东坡那样，无论炙热和凉薄，无论荣誉和羞辱，总能天然地保存文人的尊严和温婉，总能无损地保存文心的无限可能性。天涯沦落，可天涯有荔枝，就不是犯愁之地。世上没几人还记得他，又怎样呢？陌路之人和好吃的荔枝相比，他可以选后者。

有个人被我们遗忘很久了，陶渊明。东坡是很推崇他的。东坡在他身上看到了淡泊，归隐的陶渊明式的淡泊。可惜东坡是个入世之人，他只能在入世的状况里，保存淡泊。他已然保存得很好。他的淡泊，最后是淡到所有文人心里去了。世上的文人，几乎都是入世之人。陶渊明，陶渊明式的淡泊，也就东坡承担得起。除了东坡，再没什么入世的文人承担得起。

东坡考进士，写论文，造了个"皋陶杀士"的论据。考官欧阳修、梅尧臣都懵了，以为自己读书少了。之后当面请教，东坡的回答是："何须出处。"论据是什么？典故是什么？不都是立言？谁来立言？不就是有能力立言的那个人来立吗？这就是初露头角的东坡。做事让人太惊奇，惊奇到千古不见第二人。

再说东坡的文字。黄州，是他又一个流放之地。他在那里，写了《承天寺夜游》。也就八十四个字，写他约一个知己游玩，写他不为人知，也无意让无关的人知的内心快乐。快乐历来是自己的，不能受人恩赐，不能花钱购买。不然，做个文人不是亏大了？文人就是有可能、有力量，随时获得快乐的人。知己也总是有的。不然，文人也太稀缺了。也是在黄州吧，东坡在他的一首词里，起句就是"三十三年，今谁存者？算只君与长江"，写给一个素昧平生、特地来看望他的来客，感谢他的情谊，同时也写到了他身边的、一直鼓舞着他的，让他俯仰天地、不缺男儿气概的长江。大好的文字，还有就是他著名的《前后赤壁赋》了。后人说他曾游的赤壁，并不是周郎的赤壁，出错了。这人可能不知道，范仲淹没到过岳阳楼，李白也没游历过蜀道。

东坡写过一首海棠诗,说他在深夜,点亮高烛,不让海棠花独自睡去。今夜,我亮着灯,看东坡文字里的东坡,指望我和他,都不落寞。

2017.9.9

几人同此相如病

李商隐

廿五弦成五十弦，神伤心折已年年。

令狐不识唐青鸟，谢豹还名蜀杜鹃。

碧海青天飘别泪，锦帆玉玺坠寒烟。

几人同此相如病，惟有浓情总未然。

　　李商隐，甚至他的名字，我也很喜欢。十年前注蘅塘退士编的《唐诗三百首》，当时也是，现在也是，都感觉也就他的诗注得满意些。那本书里诗人不少，感觉很理解的，也就是他了。

　　他写过不少《无题》诗，怎么就无题了呢？想来是由衷的。谁都明白，人间有许多事、许多心事，总是感觉莫名。那首《锦瑟》其实也是无题诗，而且是读他的无题诗，最绕不开的那一首。这首诗第一句是最好的，最好的李商隐的句子。"锦瑟无端五十弦"，二十五弦的锦瑟，怎么就折成五十弦了？而且原因还不能问，据说是无端的，没缘由的。弦是直的，绷紧的。折，不该是它的命。折了，是它受伤了。载着音色的弦，受伤了，它会发出怎样的声音呢？是哀痛的声音吧？齐齐折断的弦，休止在锦瑟上。诗人说，它像他的往年。诗人的往年，不怕知道吗？

这就是李商隐。

李商隐和令狐家的交集，也是理解他的草蛇灰线。早年交游，晚年又互念旧情，心仪和伤感，李商隐经历得很真切。令狐那一边呢？就不大清楚了。敢情会写诗的人，才能写出难以言说的那份情。"青鸟殷勤为探看"，李商隐就像那只青鸟，令狐家就像蓬山吧？可以明确的是，李商隐一直离它并不远。杜鹃，是一种啼血的鸟，有许多别名，譬如子规、谢豹，还有杜宇、望帝。谢豹，还是一种虫子的名字，很怪异的虫子，见人会以前足捂脸，很害羞的样子。听见杜鹃啼血，会脑裂而死。这个说法，我在书里读到过。那本书，该是陆游的《老学庵笔记》。杜宇、望帝分别是蜀主的名和字。他死后化成了杜鹃，啼声凄切。"望帝春心托杜鹃"，是李商隐的诗句。这个李商隐，总在写尘世的伤心和痛哭。

尘世有多大，有多远？尘世的伤心、痛哭，有多久？李商隐想到了奔月的嫦娥。他说嫦娥躲到天上去了，还似在尘世。"碧海青天夜夜心"，一颗睡不着的心，谁都知道有多痛。李商隐忘不了隋炀帝。隋唐时候的人，都忘不了隋炀帝。他是个有大力量的人。单说开辟大运河，他已经不朽了。可惜坐船到的了尘世之边，临了还是倒在尘世里。"锦帆应是到天涯"，李商隐写得很茫然。

李商隐晚年，收到了令狐家的来信。他回了一首绝句，最后一句是："茂陵秋雨病相如"。司马相如患有消渴病，李商隐说他也得了相如同样的病。十年前，我注他的诗时，也查出了这病。"高高秋月病相如"，我写出这句诗的时候，并不悲哀，反而有一种和李商隐相怜的欣喜。人的情感真是莫名其妙，不能和李商隐同时,总感觉遗憾。那年冬至,到了茂陵,还见到李商隐的字迹,他撰写并手书的唐故云麾将军墓志铭拓。字真如其人吧?一时感觉,李商隐诗里的那一场伤心的秋雨,是他的,也是我的。

2017.9.10

千花万木向春移

二 月 十 五

雨天坐定小沙弥，古钵老泥垂绿枝。

忽觉斫轮驰马力，千花万木向春移。

老 阮

浓爱残阳淡爱山，暂凭杯酒作朝颜。

并非老阮才狂得，广武城头一啸还。

本文先录了两首诗。一首写小沙弥，一首写贤人。

先说小沙弥。那天到寺院，雨天，见一小沙弥坐在檐下，很自得的样子。窗边一紫砂钵，侧柏老枝，苍翠逼人。回头看去，见满寺花木，争相奋发，春天原来是这样闯入尘世，闯到了槛外的。

二十年前，也是春天，也是雨天，在麦积山石窟，瞻仰佛造像。麦积山和敦煌，敦煌壁画更好，麦积山是泥塑好。麦积山还是伏羲故里，女娲生地。秦的先人秦非子在这儿牧马。唐太宗、李白祖籍也在这里。还有杜甫，极好的秦州诗篇，也是在这里写的。这里对人很在乎。譬如出土的六千年前的娃面彩陶,很灵性。脸如圆盘,双眼忽轮,口鼻小巧。当地女娲庙里女娲脸也是这样,当地女孩子的脸,也都这样。麦积山里的泥塑,无论菩萨还是小沙弥,原型也都是供养人的长相。这样的愿望和艺术,麦积山这里是很极致的。至今记着几个小沙弥的造像,如此天真和干净的神色,就像春天的花木那样生机盎然。

再说贤人。说的是阮籍,魏晋人物,竹林七贤中人。所谓竹林七贤,字面上是说他们时常在竹林里聚会,像隐居的样子。其实是说他们浪荡得很。没事聚在一起,喝喝酒,应该还会喝喝药。一起看看山,看到太阳下山吧。七贤中,主要是两贤:阮籍和嵇康。嵇康是不识时务的贤人。阮籍呢?正好相反,是个识时务的贤人。嵇康会弹琴什么的,后来得罪了人,被杀了。阮籍不一样。司马家族想和他结亲家,他不想,还不想得罪人家。就喝酒,日以继夜地喝酒,喝得醒不过来,喝得没法和他交谈。喝了一两个月,喝到司马大人转移了注意力。人家是大人物。凡是大人物,注意力终是要转移的。阮籍识这点时务,因此他保全了自己的主意,保全了尊严和性命于乱世。喝酒避世,亏他想得出。可见,阮籍也是很狂的。史上就有元好问"老阮不狂谁会得"这样的诗句传下来。

阮籍写过不少咏怀诗。可他最好的咏怀,该是他登广武城,看楚汉相争的古战场,冲口而出的那一叹:"时无英雄,使竖子成名。"他是说项羽之类太不是人物,竟让小子刘邦成了大事。这类感叹,常是贤人的感叹。世上贤人多,这类感叹少不了。只是也就阮籍这一叹,很著名地传下来了。为什么呢?为的是他是个识时务的贤人,他向往好的尘世、贤明的君主。阮籍和刘邦有什么仇？甚至也没见过之外的记载里，有他贬刘的言辞。可他当时还是那么一叹了。看来他是借着古人，叹一下他所在的现世吧？

2017.9.10

最是伤心柳如是

樱　花
风花雪月莫如君，才得相看忽已分。

马上墙头早春日，一场清艳碎纷纭。

陌　上　花
前番微雨燕身斜，曾见春风陌上花。

最是伤心柳如是，来时待字去无家。

　　先说樱花。早先是在鲁迅先生散文里读到它的。先生的文字总是很锐利，他提到樱花，是顾左右而言其他。不过他写的《藤野先生》一文，没提到樱花，却有着樱花才有的疼痛和伤心。人说到底并不锐利，无法锐利，如说人可能锐利、很锐利，也就在人的本真是疼痛和伤心的。很感激最先是在先生的文字里读到樱花。

　　樱花的美，真的难以承受。它突然盛开，又突然凋零。这种短暂和清艳，每个人都怕触碰和思量。它让人感觉到了物伤其类。人不就是这样？获得一次生命，还没明白什么，就会丢了。才和这世界碰面，甚至只是照面，就等不及分别了。多好的春光,就在这春光里销毁了,樱花摔在地上,摔得很碎,碎纷纷地、真正地粉身碎骨。何必要这样呢?樱花,还有人生。樱花般活过的王勃和王希孟,这会儿都想了起来,连同他们写的文字和画的画。

再说春花,春天里,在城外见到的、不知名的陌上花。陌上花,有着从容的花季。怒放和凋谢,都是从容,都是满足和无憾。我是在城外,在云间见到的陌上花,和着微雨、燕子,见到的陌上花。陡然联想到的,很容易是柳如是。

柳如是,原名杨爱,一个奇异的女子。她就像春天里的陌上花。她在即将开花的时候,来到了云间。人到一地,总是为着有个人在这里,这个人无可替代地住在自己心里。她才情太好,自然心里要住下大才情的人,这个人就是云间陈子龙。可惜,她住不进他的心里。看起来天造地设的一对人,就是连不起两颗心来。是谁的问题?是哪里出了问题?过往如烟,一切都无从说起。就是这样了。就像今天的陌上花,含苞待放,渐渐脱离了视线。

之后,柳如是去了三百里地外,嫁给了也有大才情的钱谦益。她为他献出了自己的整个花季。再之后,钱先生感觉池塘里的水有点冷,活了下去。而三百里外,陈子龙自沉在了故乡的跨塘桥下。

才情是什么啊?才情不是琴棋书画,不是花言巧语,不是学富五车。才情是骨力,是气节,是立心立言,生死不已。柳如是其实真有大才情。柳如是的才情,就像陌上花。含苞待放的时候,不知道她到底怎么样。怒放的时候,才知道她是这个样。可惜先是陈子龙,后是钱谦益都没看懂她。而她看懂了陈子龙,却看不懂钱谦益。看懂了陈子龙,她欲哭无泪。没看懂钱谦益,她同样欲哭无泪。

才情真是无情的物、无情的思绪,就像陌上花一样。云间的陌上花,三百年前的那一路的陌上花,曾见青春才女柳如是,兴匆匆地来,悲切切地去。来时是个孤单单的女儿家,去时还是个孤单单的女儿家。人间的痛楚,女儿家的痛楚,有时候竟是很重。很痛楚的是,柳如是的大才情,和她的伤心里,有着民族的痛楚在。

2017.10.6

时念至亲时念僧

丁酉二月二十四谒宝山寺有赠三首

时念至亲时念僧，禅房花木俗家灯。且尝清茗啖闽饼，梦到浮屠第七层。

应是前生扫叶僧，紫毫青墨雨窗灯。皎然怀素风流后，蕉叶重书又一层。

丽日影中持钵僧，偷闲来谒木莲灯。殿东渐矗琉璃塔，已到峻嶒第几层。

生而为人，不可能不时时念叨至爱亲朋，还念叨认识和不认识的，红尘内外在家和出家的人们。人生在世，其实都是在活一种仁爱和尊严。人们都伤感和愤恨史上出现过的不公、不幸，还有邪恶和残暴。人们都希望和努力着，让世界美好和温暖起来。那天我来到寺院，率先想到的就是这些，一直感觉入夜后曲径回廊里的灯花，和万家灯火没什么不一样。

下雨了。在丈室里，隔着窗，看落地无声的雨。围着长长的木案，喝着清茶，品尝方丈从闽南带回来的甘饼，感觉就像在家里，很温暖的，很美好。

这样的时候，是很想写诗的，宣纸上用毛笔写诗。于是就铺开了好纸,有些年份的好纸,自然还得磨墨,也是陈年的墨。写些什么呢?自然是,题上江南红叶诗。

写好诗的,历来文人不少,出家人也出了不少。寺院是以晚唐寺院的建筑为蓝图的。如今尚存的唐代寺院已经罕见。梁思成夫妇在山西发现唐代寺院的事迹,依然被史诗般地传颂。也是如今,一座所有细节都被再现的唐代寺院,出现了。坐在这里,首先想到的,自然是唐代的诗僧了。

皎然和怀素,流传至今的法名,首先是和写诗连在一起的。皎然是个茶僧,还是个诗僧,谢灵运的十世孙。好人家,家谱就是这么全。更致命的是,门第和遗传真是不可言说。谢灵运一句"池塘生春草",就说明他是大诗人。皎然生在唐代,写得多的还是五言,还是天然清新。阳光照进了心底的人,历经十世一点不变。怀素是写了自叙帖的,年轻轻得意,瞬目扬眉的神形,都出现在了字里。展卷读去,那个猛然间占了十七八字篇幅的戴字,直教人和他一起心旷神怡。这一晚,轮到我辈写了,找不到他们练字的蕉叶,不要紧。总感觉已经把饱经诗意的蕉叶,写了层层叠叠。

下午进入山门的时候,见到了正在建造的木塔。史上木塔,历来是以一千年前宋代的应县木塔为最的。它至今屹立不朽。如今,是又一个千年的开端,又将出现一座木塔。千年应答,可能容纳多少人、多少颗人心的天籁之声,是可以想象的,尽管,它是怎么想象都不为过的想象。它是持钵僧,它是木莲灯,它是木的不朽,它是人的不朽。

不朽的朽字,原意是说木的不腐朽。人们以它来比喻人的思想和事业可以永志。其实,这,不必看作比喻。木可能不朽,而人，是可以不朽的。就像木的不朽，不以它的生死为界一样，人的不朽，更不是以生死为界的。所有的生命，都是不以生死为界的。自然以木更让人习以为常，而人呢？当你敬畏和正视它的时候，可能就明白大半了。

2017.10.23

闲斟新茗剥莲房

题董其昌所遗之疑舫二首

画师本是尚书郎，延客清遊遗石舫。曾与谁人碧池上，闲斟新茗剥莲房。

朝听微雨暮听蛩，击楫谁疑在五茸。池上新荷不相识，曾如六祖立南宗。

这会儿要说到董其昌了。在他的家乡说他，应该更好。人和水土不可分。把绘画分出南宗北宗的人，为什么就出现在南方，而不是北方？这样一个具有绘画史意义的人，有什么可能说，他是必然要出现在南方的？

董其昌是立于朝堂之人。在历来的画家里，偶尔出现帝王，比如宋徽宗。至于高官，也是少见的。为官者容易开风气。绘画，没什么了不起。有幸董其昌的画名，远远超过了他的官声。有了这个董其昌，绘画就不一样了。原本没什么了不起的绘画，遇见了一个具有绘画史意义的人物，同时又是个高官，就会有事了。

云间名园醉白池，初以为和李白有关。想不到先前的主人，喜欢的是白居易。不过这个园子，更值得流连的，是原来的一个内园，那里有个董其昌的石舫。在他活着的时候，曾在这里接待他的挚友、宾客。那时节下轿下马，冠盖如云。就在他这个小小的石舫，说着夜航船中事。他给题了"疑舫"二字匾，想来也是这个意思。他一向游刃有余，除了政事，还有艺事可谈。就着好友，闻琴听鹂，闲剥莲房，聊一聊字画，是难得的消遣。可惜他这种人，所说的话，大抵只有他自己听得明白。

莲池边的疑舫，是醉白池精华所在。这里的花木，气韵好。时下已有小径可以进入。微微的雨、泠泠的虫鸣，朝暮之间，只有在苍苍大树和幽幽庭院里，才是得其所、畅其神的。莲池不大，莲花一年年地怒放、落败。石舫揽着池的一边。说是疑舫，疑什么呢？其实谁也不怀疑，这舫是可以起航的。它的主人是舵手，中国绘画史上的无与伦比的舵手，就在疑舫之上，他看到了绘画崭新的地平线。绘画也是分南宗、北宗的，绘画的宿命，就是不可避免地击楫南渡。人世间最复杂的事，都可能最简单地说破。绘画的事儿，是由近似六祖的董其昌说破了。南方人说绘画南渡，应该坦然得多。

这个高傲的尚书郎，像写他的策论一样写了他的画论，写出了一段不朽的话："画家六法，一气韵生动。气韵不可学，此生而知之，自有天授，然亦有学得处。读万卷书，行万里路，胸中脱去尘浊，自然丘壑内营，立成鄄鄂。"

绘画是必要天赋的，生而知之那种天赋。他说这话如此明白，是因了他无比庆幸地具有这种天赋。可以想象，他明白之初，很可能惊出过冷汗。

这话一出口，无数画家成了草芥。他因此怜悯起来，接着又说了后面的几句话。尽管前后的话彼此矛盾着。他的话努力严谨。他说，即使后知后觉，也可能成就一些丘壑，占得一些州郡之地。这话他是说雅了。说白了，就是小打小闹的可能性也是有的。

这就是董其昌。至于他有关南宗北宗的论述，数百年读来，依然感觉他心珠独朗，震古烁今。中流击水，风雨快意，即使在疑舫小立，也不免感同身受。

2017.11.5

下笔生宣换熟宣

偶　成

猿鹤虫沙俱不传，悲欢暗自惜流年。

明公衮衮鸣钟食，乞士萧萧枕石眠。

听戏偏逢三岔口，看囊那得五铢钱。

老来竟觉山河重，下笔生宣换熟宣。

小时候家里没书，眼睛又不好，还有是才力不够，尽管喜欢历史，能读到的也就是前人笔记和类书了。说实在的，也是心思契合吧，私下里感觉前人笔记和类书，比正史本真。它们的作者，写的时候，杂念应该不多。

"猿鹤虫沙"，是在一等的类书《天平预览》中看到的。说是一场战争的结果，人都死了，有身份的人，化作了猿鹤，无名的人，化作了虫沙。其实，史上数不清的战争，死了数不清的人，无论化作了猿鹤还是虫沙，有谁还能找到呢？曾见到郭沫若手书的一帧琴条。就是竖写的、窄窄的那种。好长，有数百字。他抄录的是《剿闯小史》中的一段。文字里说到了，一场战争之后，战败一方的妻女玉帛都被掳去，场面极为凄惨。郭沫若以极为工整的小楷字，抄录了。落款还注明了，他是写在黄花岗七十二烈士纪念日。人类太无能了。战争是如此不可避免,战争带给了人类最大规模的苦痛,人类却总是无法避免它。

前人笔记里,写到更多的是名人的事迹。这些人大多是开风气的人,尽情努力生活着的人,和富有文化素养的人。在他们的事迹里,可以获知他们所处的时代、礼仪、风俗、生活水平,和文化能量,等等。譬如,陆游写的《老学庵笔记》,书里多处写到秦桧。秦桧问手下人自己的勋业如何,手下人说是"去不得的勋业"。意思是他在位毫无问题,走了就什么都不是了。秦桧听了,只是叹息。书里还写到了如汝窑、王晋卿墨之类一等精彩的物。前人笔记还有大量的写到出家人的。这种写到,其实是写一种超脱,一种看似世外的人、看似世外的物。譬如《东坡志林》只有84字的"记承天寺夜游"。世外之人戴月策杖、枕石而眠的情态,是极入画的。在凡俗、纷乱的现世里,退守自己一颗羸弱的心。这一份情感,其实是很动人的。

类书包罗万象。中国人是有福之人,可以徜徉的地域太多。譬如戏文。《三岔口》是骨子老戏了。漆黑的夜里,两个人分辨着朴刀和人的动静打斗。老戏迷闭着眼睛听戏,结果听到的不是唱。可他们还是大乐。他们是高人。大音无声,他们的心里热闹着呢。中国人追求大富贵的口彩是有的,实在的人生里,获得温饱也就满足了。口袋里没钱不好,有点钱就好了,如果有枚五铢钱就更好了。五铢钱是汉代的,兑现也没多少钱。但它是古物。有一件古物,就和过去和历史有了确信的联络了。谁让中华文明那么久,让现世的中国人好牵挂。

年纪上来了,看前人笔记和类书,更觉得轻松随手。只是前人的事迹,看多了,感觉千古江山好重。玩大写意的生宣纸,不玩了。换上一张熟宣纸,画起传说中的宋元山水来。自然,只是心向往之。

2017.11.8

平生龙虎每相从

戏题近影

平生龙虎每相从，剪取云间数尺淞。

能饭廉颇休动问，十年不改旧形容。

这首是戏作，自嘲之作。所谓和龙虎在一起，只是说自己的生肖是兔子。中国人很优雅，来到世上，会带着许多附丽的东西，譬如生肖。十二个生肖，流转着年轮，也让十二分之一的中国人，有一种相同的附丽。

兔子是灵物。尾巴短，缺乏耐心。眼睛红，容易伤感。耳朵长，是通晓时事。还有，就是跑得快。不是胆小，是身子骨小，不敢落后。兔子又是神物。它是住天上的，和嫦娥、吴刚、寒蟾和丹桂在一起。神物是需要歌颂的。历来的诗句里，兔子经常出没。李贺也歌颂。句子很神奇："老兔寒蟾泣天色，云楼半开壁斜白。玉轮轧露湿团光，鸾佩相逢桂香陌。"麒麟之才，从兔子起句，自然下笔如雪崩，大片清凉。月亮上的日子，真好。有兔子的月亮，真好。

兔子入了生肖，也就是人物了。特别关注肖兔之人，感觉多不乏灵敏、神秀。大我一轮、两轮，小我一轮、两轮和三轮的肖兔之人，就我遇见的，风华绝代的读书人、艺术家好多。广传百年前的五四运动，是一群肖兔之人掀起的。真是太惊艳了。天生的灵物、神物和人物，兔子不是狂飙之子，哪个还能是？

那年取斋名，想到了兔子，一并想到了"龙前虎后"四个字。也是天意吧，不起眼的兔子，排在了龙虎之间。都说人生是一次行进。行进队列里，前是虎，后是龙，中间那个，贵不可言吧？而它，就是兔子。求十发先生写斋名，"龙前虎后斋"。他在一张纸上，上下写了两遍。写得很相似，很有神采。他很相似、很有神采地写了两遍，该是他喜欢这句子，不经意间多写了。

读书人，风云际会什么的，也就说说了。不是吗？住到云间乡里也有几年了。兔子的性子还是在的，感觉自己还能折腾。廉颇和蔺相如，原先只喜欢蔺相如，后来也喜欢廉颇了。不是喜欢他负荆请罪，而是他的不服老。

可惜，赵王不用廉颇，觉得他老不堪用了。为此，辛弃疾在他词里说："凭谁问，廉颇老矣，尚能饭否？"他是替廉颇，也替自己说的，说得好伤心。廉颇应该是老了，就是不服而已。大凡英雄人物，不服老的居多。人都希望有个完美谢幕。譬如画家，希望最后画着画。还有演员，大都说过，希望最后倒在舞台上。还有老派的读书人，希望最后不是在图书馆，就是在去图书馆的路上。只是人，只要是人，都会垂垂老去。沙场老将，精力大不如前，能正常吃饭，和能不能上战场，画不上等号。上将和美女一样，老了就很难惊艳了。

至于我呢，是不必探讨老不老的。我老得敏捷，老得早，差不多十年前，就是现在这模样了。所以，也少了个服不服老的问题。

2017.11.14

篆向人间半掩名

记 梦 二 首

但知古艳是狰狞,篆向人间半掩名。清梦昨宵闻一语:万花红湿锦官城。

摩挲铁石见狰狞,料想当时有薄名。底事神回清梦外,犹凝眼力认干城。

日有所思,夜时有梦。梦是人生的一部分,还是比较精彩的一部分。梦比起酒来,更有沉湎的美感。苏州评话说,使枪的王者,都会布出无数枪尖的枪花,内中真的枪尖也就一个。梦呢?是比枪花更变化莫测的。而且无数个枪尖,可能都是真的。光芒闪射,多美的人生。

这会儿是梦着篆刻了。我是惯于沉湎之人。这一会儿篆刻的朋友交集多了,也就沉湎篆刻了。紧接着,也就有了有关篆刻的梦了。篆刻原先也就是一种信物吧?原先的篆刻,叫人销魂。人和猿鹤虫沙紧贴着,不免野性,古艳,狰狞。譬如,人和马交集,自然少不了对马的管控,也就有了烙马印。战国"日庚都萃车马"和汉代"灵丘骑马",都是烙马印。这两个印,铁质、体格大,篆刻的文字古艳。我极喜欢。连同那些时候的青铜纹饰和篆刻。人言为信,不惜以凶猛,甚至狰狞直面人世,太真切了。篆刻者是谁？至今无从说起。或许,在历史的某个契机,会获知一二。只是,篆刻者本人,定然是不屑留名的。这,也定然不只是个体的高傲,实在是古人的高傲。比起人生的伟大场面,方寸之地的篆刻场面,实在不足挂齿。就在梦里边,我听到了有个声音在说一句话"万花红湿锦官城",这该是杜甫"晓看红湿处,花重锦官城"的简说。刹那间,我真听到了,也看见了杜甫曾经看见的那一番胜景。我知道,这就是篆刻的真面。

梦是极容易切换的。篆刻成了雅玩,成了印石了。所谓掌上碑林,很像是壮胆的说法。篆刻还成了书画的附丽,尺牍之边,欣欣然留迹。说明清以来,篆刻又在了黄金时代,我想,也就是这么一说吧。说明清以来,篆刻具有了文人气象,我想,这说法可能唐突了篆刻,也唐突了文人。原先的古艳和狰狞,不再有。野性式微,篆刻自然大不如前。即使一些骨力不凡、狷介之人,他们手中的刀刃,大抵也是温文的了,有些奇崛之气,已属难得。遗世独立,不依不傍,古艳和狰狞,是篆刻的性命所系。雅玩和附丽呢？实在是有惭于篆刻的荣名和本意的。还好,这艳、这美,今人也是很在意的。数说起时下顶尖的篆刻者,还是有不少人会说,就是有着这艳、这美的这般人。

梦里边有了些萧瑟的感觉,不免回到梦外。还是想着篆刻,想着时下篆刻着的人,想着扳着指头可能想起来的篆刻的人。我想,可能想起来的人,他们该不只是在方寸之地篆刻的人,他们更是方寸之间容得下人生伟大场面的人。如果没有后者,不只是篆刻,他们可能什么也不是。

2017.11.16

那知美酒管沉沦

偶　　成

才得迎春又暮春，泾塘流水水粼粼。

满庭樱雨持红短，半亩兰苕泅绿匀。

所忆好花争奋发，那知美酒管沉沦。

文章渐在人烟外，傍水依山可事亲。

　　经过好多个春天了，住了郊外，才知道春天其实可以很真切地经过的。窗外好些棵有些年轮的树，看着长出了新叶，争先恐后的新叶。接着，纷纷绿了起来，融在一起。接着，大片的绿色开始浓了、深了。就这样春天经过了。迎来的春天，到了暮春，也就是最后的春天了。

　　这里，紧要的流水是沈泾塘的流水。文学家写出过许多有意思的想法，只是我想，把流水比拟时间的想法，定然不是文学家的首创。看着流水，谁都会想到时间在流走。时间什么样？时间最可能和最让人可以接受的形态，应该就是流水的形态。也是在沈泾塘畔，感觉到了时间就在左右，太过寻常地平静流走。

　　和春天的流水一起流走的是樱花，还有春兰。樱花是不长久、在乎品的一种活法，十分奇异。它对春天没多大感觉，春天对它来说太长久了。春兰呢？它是可以活过春天的，它和樱花一样的是，它也有品。兰花难养，人所共知。我这个人美梦碎手，喜欢的多，护持能力太差，说到养兰花这档事，是连梦也不敢做的。

春天经过了。属于春天的花也都开谢了。只是春天的花，生长、开放的努力，看过了，就不可能忘记。人和花，看来还是有区别的。人不如花。所有的花都有开谢的履历。所有的人呢？是否都曾像花一样开放过呢？可惜未必。这说未必，其实是护持一下人的尊严。

很多人喜欢喝酒。说是酒可以出境界，譬如诗的境界。这是酒话。我一直认为，嗜酒的人，大凡是伤心的人，沉沦的人。伤心和沉沦，酒，哪里管得了？所以嗜酒，到底是一种托辞。所以嗜酒的人，到底是怯懦的人。给自己一个理由，把自己灌醉，伤心到哪个份上，沉沦到什么地步，似乎就没人管得着了。这也不如花。花是不管天崩地裂，照样盛开的。伤心和沉沦那些事，对花来说，可能就是遭际风雨之类。

年轻时候，老先生告诉我，文字写到后来，是要写到平淡如水那样的，才好。那时候我还年轻，这话还理解不了，但是相信。几十年过去了，写了的文字也不少，不知这文字是否平淡了些呢？人，渐渐淡出了人烟。很多时候，是一个人看着流水和树，听着静静的雨声，想着渐渐远去的人事，文字应该少了烟火气。而这，就是当年老先生说的平淡如水？

写这首诗的时候，是今年暮春，那时我的母亲还在。我陪着她。还不知道那是我们母子在一起的最后的时光。水光山色，瞒过我们了，那时真幸福。

2017.11.16

贝五深哀万劫争

戏以贝五入诗

纷纷啼向五茸城，水木空明鹊梦轻。

梅柳月前风不折，书笺灯下墨催成。

苏三无悔多情累，贝五深哀万劫争。

歌曲尘寰几曾了，青青蒲草又新萌。

　　这一晚很美。月亮照在水木之间，清光泠泠，被鸟儿错看成白天，嘀咕着做起梦来。鸟儿的梦，应该很轻。轻轻的梦，一定很深。这样的夜晚，我在哪里？说是在云间，太一般了吧？该说是五茸，比云间更古老的地名。还有，说月光里有鸟叫，也太一般了，该说是鸟说梦话。当年，苏东坡夜游承天寺，说是内心喜欢得了不得。这会儿想来，美好的感觉当不过如此。

　　美了这一晚了。梅花谢了，梅枝好看了起来。柳条长了，看见了风的姿态。灯下很明媚，写首诗，写贝五。这一晚，看到微信里，有朋友说到贝多芬第五交响乐，竟让我莫名感动起来。贝五能入诗，贝五本身就是诗。贝五能入中国诗吗？当然也能。在陈年的梅花笺上，落墨没干，诗已写成了。贝五的释文是，扼住命运的喉咙。中文写成"贝五深哀万劫争"这样的诗句，好不好？

　　我是受命不迁一类的人，谋生奔波，换过几个寓所，算起来走不出百里。所谓欧风美雨，隔着大陆大洋，我是走不到了。至少在心里并不想走到。然而，我还是心仪远方那些伟大的人。譬如海明威、毕加索和贝多芬。文字、绘画，还有音乐，都和人类的灵魂有关。贝五是灵魂的声音。悲怆的贝五，是伟大灵魂的声音。悲怆的贝五说的是人的悲怆，人所必须经受的悲怆，以及人因此而拥有了尊严和力量的悲怆。贝五震撼人心。直面人的悲怆，需要勇气。海明威、毕加索和贝多芬，勇气足够。

　　"贝五深哀万劫争"，在中国诗里这一句是要对仗的。我对的是梅兰芳的苏三。梅兰芳是中国伟大的歌者。贝五是灵魂的声音，苏三同样是。贝五说命运，苏三也在说命运。苏三冤得没指望，可她不绝望。梅兰芳唱苏三，那段西皮流水"起解"，唱着真好听。一句"洪洞县里没好人"，真精彩。这"县里"，意思是"县上""县衙门"。真是"洪洞县里没好人"，冤了苏三。我到过洪洞县，那里真有苏三关押过。明代的刑罚不饶人。苏三带过的枷锁，还真不是戏文里那么好看的双鲤鱼。这么个极可能冤死的弱女子，结果靠着意外，活了下来。按贝五的说法，是她扼住了命运的喉咙。人的悲怆无法停顿，天打五雷轰，也不会停顿。

　　我不知道贝五对苏三，是否很错位？只是觉得悲怆的贝五，不会沉寂。一千年后出生的人，也会知道"命运"是贝五。苏三也是这样。"起解"这段西皮流水，不会失传。岁月如流水，它和岁月在一起。

这一篇文字,是扯远了。好在诗稿留着,不必再说什么了。

　　案头的蒲草,满钵流翠,长得很好。感觉它也是扼住了命运的喉咙。为此,它已然欣欣向荣。

2017.11.18

暮春三月煮蓴羹

谷　雨

暮春三月煮蓴羹，顷刻心思付落英。

看树开枝如叶脉，听云行脚带风声。

转灯舟马桃花水，草檄书生燕子筝。

记取一场天雨粟，到今有梦向清平。

春天走过的时候，蓴菜长好了，可以煮蓴羹了。这是江左美味，具有乡愁和仪式感的一种美味。当年二陆去洛阳，谈锋所及，各自说了句妙语。名士荀鸣鹤的上联"日下荀鸣鹤"，弟弟陆云对了"云间陆士龙"。从此他家乡就称"云间"了。驸马王济说桌上的羊酪好，哥哥陆机说吴下"千里蓴羹，未下盐豉"，可以媲美。他是说千里湖蓴羹，不必用调料，就是美味。二陆厉害，随口说的，都成典故了。

煮了蓴羹。听说蓴是睡莲的一种。心目里的睡莲，感觉是极美的暮春花。蓴也是花吗？暮春时候，落英缤纷。这落英，历来两个意思。一个是落花，一个是开花。这里是开花的意思。英，是花。落，是着落。有着落的花，自然是开花了。陶渊明写过的"落英缤纷"，除了说开花，一定说到他的好心情。

城市待久了,看不明树的真面。如今好了,当窗便是一棵大树。天天面对,又是经年了,看见了它的开枝和散叶。好美的枝叶,由它想到了中国绘画、中国绘画里的线条。那些美轮美奂的线条,不就是树干的线条、枝叶的线条?看上去遒劲、清秀、内敛着力,蓬勃的生命力。也由它想到了格律诗。只有四句的绝句,就像大树的模样。简单明了的枝干,就是一个生命的现象。律诗多了中间两联,而且要对仗,准备着把事儿搞复杂,就像大树的盘根错节,还有看不完的花叶。呆呆地看定大树,突然发现,大树的姿态,就是叶脉的姿态,所谓开枝散叶。敢情永远的叶子,也是开枝散叶的心情?

还有云,也是如今看清了些的。云先是停在那里,不会行走的。所谓行云流水,水往低处走,是有能力的,云不会自己走,是要有风带着走的。看见云在走,就忙着听它行走的声音,说白了是风的声音。这是一种美好的感觉。一是,云是有声音的。二是,声音是由眼睛看出来的。这一段文字,以前如读到,一定以为是废话。如今,我是认真写出来的。这是一种美感,难得的美感。

远离城市,流水和风筝,也都看见了。这是人本该有的看见,可惜我活过了好几十年以后才看见。可惜看见得晚了。看见的桃花流水和燕子风筝里,不时闪现的,是来来往往的温文和凉薄的人事,还有作为一个以文谋生的人,曾经写过的热血和伤心的文字。

写了几十年的文字,只是为了小时候,读到的"天雨粟、鬼夜哭"这六个字。世上有什么力量,能使得"天雨粟、鬼夜哭"?看来,只有仓颉所造的文字。生为中国人,总该把一颗心托付给这样的文字。尽管前人说过,"人生识字忧患始",也在所不惜。人总该担一些忧患的,人和文字一样,使得"天雨粟、鬼夜哭"了,美好的日子就在左右了。

2017.11.24

新篁嘉木几重围

新　篁

新篁嘉木几重围，记得当年坐翠微。

诗有别肠浑入梦，茶逢知己淡忘归。

哀荣君我多风雨，生杀人天少是非。

到此犹怜兰笋地，依依白日掩柴扉。

　　竹子喜欢的人历来多，尤其是古时候的读书人。梅、兰、竹、菊在一起，称为四君子。四君子里面，除了竹子，都是花。竹子的君子姿态和心志，在它的竿和叶。与众不同，可见它只有与众不同处。竹竿的虚心和劲节，竹叶的淋漓和萧瑟，和人的品性相似。说人是世上的一种绝色，无与伦比，有时还真不好说。

　　佘山的竹子是有名的。所谓佘山幽篁，历来是云间一景。数十年里，别处去得不多，佘山还是到过多次的。那时是少年，过来学农。对于山势的记忆很淡，竹子呢，还真时常入梦的。漫山可见，青翠片片，后来读到"独坐幽篁里"的句子，感觉记忆里有。这句子书里解释得深奥。这解释无法明了，可这句子明白得像是心里早有的。后来，母亲说起外婆，说她是佘山那边人。

佘山的竹子，就更加青翠无敌了。

佘山有二十来亩地，种着茶叶。它是沪渎唯一的一片茶田。稀有的东西，往往珍贵。佘山茶也是。它是长在竹林深处的，青翠是它生长的处境。佘山的竹子，被当年路过的异乡人，嗅出了兰花香气。异乡人的嗅觉比较准，佘山的竹子，就被说成兰笋了。这兰花的香气，佘山茶也是有的。佘山茶也被说成兰笋茶了。幽篁里，兰笋茶，也就这么点遗存，足够风月无边。

自然，风月无边的，更有人生。现在想起来，人生在世就是一场风花雪月的故事。如果预先知道，定然会觉得是一部小说。过后想起来呢？就是一篇大散文了。人生莫名其妙。一连串的谜面，紧接着一连串被揭开的谜底。每一步看似偶然，每一步之后又都看似必然。风雨和哀荣，实实地经受了，都曾鼓舞或击碎过你我的心。人生到底是怎么一回事，一颗心到底能经受多少风雨和哀荣？寻常的人应该都无从知道。但是，即使是寻常至极的人，都有足够的心力去经受所有。这就是人可以称之为万物之灵长的理由。

古人有句近乎冷冷的话："天地不仁，以万物为刍狗。"初一看，感觉天地无情，不讲是非，甚至把人视同刍狗了。刍狗，祭祀用的草扎的狗，类似花圈吧。先是珍重的祭品，用后就被丢弃了。后来读出原意了。那就是，天地生了万物，就和万物无涉了。天地看待万物，从来没有分别心。万物的枯荣生杀，都是自身的因果，都不是天地所为。这意思，联系到人生，总感觉有点冰冷。说到万物呢？就可以很通脱地理解了。譬如，佘山的竹子，佘山的兰笋茶，还有沪渎仅有的茶田和佘山。

隔了四十年，又到了佘山茶田，到了幽篁深处。春阳淡淡的，看到了田家的柴扉，不禁想到了缘悭一面的外婆，不禁流出泪来。

2017.11.30

三月桃花水

五 律 二 首

三月桃花水，诸泾一脉流。还思四鳃美，又垒九峰幽。辙隐秦驰道，茸疑吴猎秋。人中龙不死，卧子去仍留。

草木寻常事，从容作劫灰。兰茶今又是，清帝不重来。故国无明日，孤臣有大哀。抱香余此意，万古绝尘埃。

人依水而居，云间多水，从来是宜居之地。新发现的广富林，可见先人四千年前一次伟大迁徙和伟大停顿。突现先人的行踪，喜出望外，只是有一点是不在望外的。那就是，人依水而居。说确切点，是临水而居。居处在水边，又在潮汛够不到的台阶上。居处还是干栏式的。底层用作储存和圈养，二层是住房。水不可离别，又得保持距离。这是经验。这经验古已有之。

数千年过去了，人还是依水而居。云间依然多水。春天了，特别是暮春三月，桃花盛开，夹着云间所有的流水，两岸开去。无论怎么想、怎么看，这流水都是桃花的颜色和芬芳。三月桃花水，谁都觉得桃花和水在了一起。

云间的宜居，还在它有山。著名的九峰，是临近东海最后的山色，和四鳃鲈同样名贵。九峰的美，在它入画。中国山水画，被云间人董其昌看出了一个奥秘。那就是最好的山水画，它的粉本，绝大多数在南方。而九峰也是极好的粉本。可以入画的山水，自然是人文荟萃之地。秦皇和他的皇家车马到过这里，吴王也曾在这里围过猎。苏东坡写过的"夕阳在山"四字，已然光辉照耀。历来在云间和来云间的文人，都是真正的人。譬如陈子龙。人是有修为的，人是有高贵修为的。人的修为所以高贵，就在它同时是民族的修为。人可以失去所有，不能失去的，就是高贵的修为。高贵的修为，是个人的，更是民族的。陈子龙为着高贵的修为，最后自沉在了云间的流水里。他的墓茔，至今香火不绝。

草木也和人一样。四千年前的广富林，草木丰茂，丰茂到可以有大象出没。之后呢？已然苍翠不已。长长的岁月里，草木可以枯萎，可以被毁，可以不留寸分，可它必然重生。坦然、从容，还有坚贞、不服输。这些人所具有的品格，草木同样具有。云间草木之间，还有美好的茶，兼着兰笋香气的美好的茶。这茶，这受命不迁的茶，邂逅过清初的帝王。二百余年功夫，清灭了。这茶活着。

和茶同样活着的是谁呢？除了前面提到过的陈子龙，还有和他一样的人，还在民族受难的所有岁月里，坚持着高贵的修为活过的所有的人。这茶，有着兰笋香气。这香气和着云间山水、草木、人文的气息，永远着钟灵毓秀。和它一起可以活下去的那些人、那些灵魂，同样永远。人同草木。云间的草木美好到了无与伦比，和它同样无与伦比的，也就云间美好的人了。

2017.12.1

闲书四种茧

退 笔

人生如退笔,茧纸亦成灰。

传说右军字,子遗双耳杯。

影形卑作蚕,气息猛逾雷。

聊蘸案头酒,闲书四种茧。

　　写了好些年的毛笔字,毛笔也写坏好些了。原先以为毛笔是写不坏的,以为智永和怀素的退笔成冢,只是一个故事,一种诗的说法。后来知道了,毛笔真的可能写坏。尽管不像智永和怀素那样,把毛笔字当性命,一辈子就是要把毛笔字写好,毛笔还是写坏了。退笔成冢吗? 我没做。感觉毛笔写坏的过程,太像人生了。埋葬它,是件很悲伤的事。

　　除了毛笔,纸呢? 纸也不长久吗? 这个诘问,是因为听到了一个说法。一个学者说,王羲之写的《兰亭集序》,肯定不存在了。他的理由是,文献记载,《兰亭集序》是王羲之用鼠须笔,写在蚕茧纸上的。快两千年了,蚕茧纸不可能存世。

　　我觉得,《兰亭集序》存世的可能性已然不大。蚕茧纸存世的可能性,还是有的。

公元 353 年,也就是晋穆帝永和九年。那年春天的兰亭修禊,注定是一件不朽的事,一件永远说不清道不明的不朽的事。王羲之写了《兰亭集序》,由此他成了书圣。这是说,兰亭集序是人世间最好的字,王羲之是人世间写出了最好的字的那个人。人世间最好的字,谁都愿意它永存,所以它的存亡,都可能惊天动地。

《兰亭集序》,作为王氏传家之物,传到七世孙,退笔成冢的智永那里,存世的脉络是清楚的。智永是南朝陈和隋朝人,在他之后,《兰亭集序》的踪影就不清楚了。说是有过唐太宗赚兰亭和葬兰亭那样的事,可听起来,总觉得更像是传说。再说,至今可以见到所谓王羲之的字,无一是真迹。历史好像难以承受王字之重,《兰亭集序》存世的可能性真的不大。

只是,蚕茧纸是可能存世的。去年吧,我见到了前辈文人家藏的晋代蚕茧纸。那个下午,窗外飘着微雨,和王羲之时候的蚕茧纸咫尺面对,极其接近地细看它温文的色泽,还有它的质感,甚至纤维伸展的状态。接收它的气息,甚至感觉到了它均匀的呼吸。我想我无法否认,它是从王羲之那时候一路前来的。蚕茧纸在当时也珍贵,王羲之也是难得一用。也真是他的难得一用,蚕茧纸已不仅是珍贵的物。

蚕茧纸还在,可叹用蚕茧纸写成的《兰亭集序》不在了。见到蚕茧纸又怎样呢?就像见到曲水流觞的那个觞、那个晋代的双耳杯,急切想到的,只是王羲之的永和九年,公元 353 年。

在王羲之的《兰亭集序》跟前,即使是唐太宗,也影形卑小。只有坦腹东床的王羲之,照样鼾声如雷。有些事,再伟大的人也不该做。譬如赚兰亭、葬兰亭之类的事,不该做。

毛笔写坏了,突然想到了孔乙己。他在咸亨酒店,想写字,手指蘸点酒,在桌上写起来。他没用毛笔。这时候,他只是对字感兴趣。他写了茴字的四种写法,心情真好。我为他点赞。

2017.12.2

半天星斗在东篱

莺　飞

莺飞草长两由之，欲问心期无所期。

一卷诗文销往日，半天星斗在东篱。

樊樊山作美人句，柳柳州为独钓诗。

怕与江河话清浊，青衫在世泪纷披。

　　南朝丘迟给陈伯之写过一封书信，其中很温婉地写着一句话："暮春三月，江南草长，杂花生树，群莺乱飞。"这句提及了故国的话，震撼人心，促使了陈伯之最终归降。这句话让这封书信成了名篇。单说其中"草长"二字，就不是等闲文字。草长，不是说草的长度，而是说草的生长。说草的长度，是一静。说草的生长呢？就是一动了。都是说一种状态，两者的区别非常大。这就是文字的力量，一句话说出了人心和故国。

　　我是沉湎在文字和故国深处的人。莺飞草长，说到它，内心是十分轻松的。要说对它还会有什么期待？真的无法言说。文字和故国的深处，莺飞草长。读一卷或者写一卷诗文消磨时光，这种惬意和安好，就这么一说，也是口角生香。所有的好文字，都有关灵魂和天地人生。人总该过人的时光，只图温饱，肤浅了。

还有深刻一些的,譬如思想和意志,都是人的时光重要的东西。

有些词,看起来平凡,可它和一些高尚的人连在一起。譬如"东篱",最初读到它,是那句"采菊东篱下"。那是陶渊明的诗句,而且是他几乎最重要的诗句。陶渊明是真正活在文字和故国深处的人。"采菊东篱下",淡淡的人采着淡淡的菊,东篱见证了,东篱见证了人的时光。那个人,还有那丛菊,都不曾离开,东篱也不会离开,至少它活在了不朽的文字里。今晚的星斗好亮,照耀着半个天空。感觉它也照耀着东篱,见证过那个淡淡的人采下淡淡的菊的东篱。

人的时光,化解在感受美的行程里,也化解在灵魂净化的行程里。樊樊山是百年前的诗人。他是使劲表达着晚唐诗感的诗人。时人说他的诗艳俗,应该不是贬评。艳和俗有什么不好?樊山是他的号。宋代张耒有句写樊山的诗:"只有樊山取意秋。"秋兴悲、兴逸,也兴艳。先生号樊山,该是这个出处吧?喜欢写美、写美人的樊樊山,他的诗很好。和樊樊山对仗的名字,可以是柳柳州。柳宗元给人的感觉,是一生被贬的人。后来被贬到了柳州,他就号柳州了。他是怀抱远大的官员,还是文学大家。最后,他用他的文字,留下了一颗干净的灵魂。"独钓寒江雪",这首仅二十字的绝句,写出了他自己,也写出了他认可和认命的那个柳柳州。

人世像一条泥沙俱下的河流。无论是鱼是龙,都很难分辨流水的清浊。这就是美可能被受伤的缘故,也是文字和灵魂可能受痛苦的缘故。只是,人总是有力量过人的时光,有力量成就一个真实和真正的人。在文字和故国的深处,人的灵魂,正是被泪水冲洗得很干净。

2017.12.3

萧条忆故人

弔乐维华

霜叶不须春,萧条忆故人。

蝉鸣一山活,花落万枝贫。

性命今生露,文章后世身。

曾教神鬼泣,买醉共沉沦。

那天锦根告知我,维华走了。惊魂初定,写了这首诗。

现在算来是近四十年前了,我和维华同在一家报纸文艺部做记者。他比我晚来半年吧,他是大学中文系毕业,他那个班级,出了好些作家,他的散文,我以为是其中写得最好的。我呢,是社会招聘进入的。说白了,没什么文凭学历,是正好赶在人家毕业前面了。

他来了,看了他的文字,心里真有些发凉。他的文字真好。每句精准、漂亮,像呕心沥血所写,而我知道,他是顺手牵羊一般写来。他手里的羊真多,往来不息。而我是苏武牧羊的状况。人都害怕对手,特别是在自以为有能力的领域,遇见的对手。而人又是喜欢这样的对手的。自己的生存和成就,其实都和对手有关,人生没多少这样的对手可能遇见。遇见是一种福分吧,我以为是的，可巧维华也这样以为。于是原本萧条的两个人，碰在了一起。就像经霜的两片叶子，有些鲜活，即使不在春季。

还得说他的文字。他写的新闻通讯、专访，都写得很散文。他写一个教授，在那个十年里的苦况。他写道，所有的烟头，都往他身上扔，好像他就是烟灰缸。他写道，教授家的猫死了，埋在了窗前的大树底下，那天下雨了，教授看见埋猫的地方，土好像在动，好像是猫在呼吸。《胡晓平，中国的歌声》，是他上世纪80年代初，第一时间采写的长篇报告文学。在报纸上刊出后，好评如潮。可惜这一名篇，刊出时少了个豹尾。他当时在北京，稿件是由航班送上海的。不知哪里出错，最后一页遗落了。他写的最后一段，大意是：那天，有个陌生人把一束鲜花，放在了胡晓平的家门口，走了。

有年他去东北采访到了剿匪小分队的队长和一些队员。对方接受采访的唯一要求，就是喝酒。他们的故事太好，维华舍不得不听，于是喝酒。每次喝到像条红眼的壁虎，躺在地上，不省人事。结果他写了小说，书名记得是"绿野追踪"。我读过。我以为，之前传世的《林海雪原》，怎么看也只是励志小说了。一座空山，得有蝉鸣。万株大树，总得花开。这蝉鸣、这花开，如果不活，一切都不见神采。都到了醉生梦死的份上，他的文字，实在无法抵挡。

维华人长得优雅、温文，一头天然的卷发。起初看他，就感觉他是王勃、聂耳、莫扎特和拉斐尔一类的人。怎么就提到这些人呢？难道早早就感觉天命不永？生如朝露，而他的文字，在他开始写的时候，竟然不朽了。

写这篇文字，离开写上述这首诗的时候，差不多有十个月了。十个月一晃过去了,感觉他仍在左右。我和他以前也时常喝酒的。我想今晚,再各满一杯吧。和着写过的文字,一起干杯。带着酒气,能感觉彼此都还真切地活着。

2018.3.23

平楚平明鹊鸟飞

浣溪沙三首

　　平楚平明鹊鸟飞，登楼看取密云低。王风蔓草两萋萋。不负梅花高冷意，来寻桂子积香时。英雄多病美人迟。

　　衽席何能登下民，汉家陵阙葬龙孙。群山舞蹈海扬尘。三尺青锋虚剑客，十年心事旧诗文。断肠词杀断肠人。

　　叔夜五弦空一挥，步兵无酒醉淋漓。但将凡鸟自题扉。倾盖如云飘白马，美人似雪袭黄衣。相逢闲说水流西。

　　读古人文字，很容易进入他们的日子和情景。读到了曹操。说曹操是诗界的"幽燕老将"，中听。"月明星稀，乌鹊南飞。绕树三匝，无枝可依。"说曹操写的这样的句子，其音不祥。也是对的。生逢乱世，心情不免沉闷。这沉闷，能发泄到哪里去？也就在诗里了。曹操这首著名的诗，文字和感觉都完好。这十六字呢，好在是病态的。病态之美，其实是大美。读着它，我想象也在了它的日子里。看鸟飞，夜以继日。登楼去看密云，低低地压过头顶。天边的草色、风声，萋然发白。冰炭的感觉都是有的，就像高冷的梅花、积香的桂子。那样的年代，英雄内心一定很苦，人的美好都找不到归处。

　　衽席也就是床席的意思。登衽席，是一种清平安好。古时候,庶民过上好日子,应该是很好的人生理想。对历代的王者,除了生活好,还考虑死后也好。所以活着的时候,几十年里修自己的陵墓,也是惯例。人其实也惨。无论是谁,都免不了一死。敢情有人想,活着的时候,忙累了,死后陵墓好一些,睡得舒坦。

小时候闹过头了,宁波籍的大人,会说"扬尘舞蹈"四个字,批评我。很长时间,我都不知道这四个字怎么写。后来听了一出戏,周信芳老先生的《追韩信》。他载歌载舞地唱过一句"扬尘舞蹈见大王",我明白了,原来是这四个字。"扬尘舞蹈",很有仪式感、喜气。大人说的,感觉上是批评,其实是怀有怜爱的。扬尘舞蹈,和山、海连起来,更壮观了。对王者来说,很在乎这样的仪式感。而古时候的读书人呢,总是书剑飘零的样子,还总被自己的文字感动得痛哭流涕。

读到了竹林七贤。嵇康弹他的《广陵散》,所谓"手挥五弦,目送归鸿"。阮籍逃避和司马家结亲,好些日子说是喝醉了。还有嵇康的朋友吕安,在嵇家的门上题了个"凤"字,说是送给嵇喜的。这"凤"字,其实是两字:"凡鸟"。那时候的人,还真是有模有样的,直白也好,迂曲也好,都有好兴致。都说那时候不好,刀丛觅诗的活,还都干得有声色。

倾盖如故的机遇和心情都是有的。翩翩白马的姿态,很少年,入画。美人如雪。美人不只是说女子,也是说美好的人。黄衣呢?这里指的是黄裳。黄裳元吉,也是指的美好的人。美好的人在一起说些什么呢?我想,除了说喝酒吃茶、操琴赏花之类,是不会感叹水向东流的。

2018.3.24

终古如此鹤徘徊

水 调 歌 头

才搵英雄涕,始识九峰哀。人言云径盘石,曾是读书台。二字功名太易,一颗头颅何贱,花树绣成堆。欲问花年纪,花已落尘埃。　　鼠须笔,蚕茧纸,未成灰。数声清唳,终古如此鹤徘徊。看了荼蘼花事,剪取淞鲈诗思,醉酒卧山隈。此意谁人会,寒露点苍苔。

有句话说,"男儿有泪不轻弹"。这话,一是说,男儿是有泪的,是会哭的。二是说,男儿轻易不流泪,轻易不哭。言下之意呢,自然是说,男儿真到流泪和哭的时候,起因和后果都是难以经受的。

在云间住久了,所谓九峰,一一看清楚了,清楚到了好像掌上的箕斗,随心记得清楚。人世经历久了,九峰又和人事分不清了。美好和足以让人景仰的人事,都是英雄作为,都可歌可泣。后人见贤思齐的心,总有机会,被热泪洗得干干净净。

九峰苍翠的深处,有着当年二陆的读书台。其实,读书台不只在此处。凡是有过前贤行迹的地方,都是后人的读书台。行万里路,和读万卷书,其实是一个意思。人呢,可以在书里行遍天下,也可以在路上读通万古。尘世的功名,大抵关乎利禄。每个人的头颅,都平常得很。称得上高贵的,庶民很多,王侯反而很少。这一点,看看漫山遍野的不知名的花树,应该是可以明了的。

花树,都有它灿烂的日子。只是花开花谢,流转太快,和人生一样,经历诱人。感觉和花有了知音感,有可以交集的一些时候,突然间,这花掉到尘埃里去了。"感时花溅泪",大诗人这话,真是真心人说的伤心话。

云间有个《平复帖》,是陆机写的便条。便条隆重吗?说不清。只是两千年前的便条,一定是被隆重对待的。这个《平复帖》,比书圣王羲之的《兰亭序》,至少早了五十年。就更非同小可了。神圣的《兰亭序》,是王羲之用鼠须笔、蚕茧纸写成的。它的好,是正好火候,过时不再的。可惜,获得了才情、笔墨,还有年轮的旷世之作,之后形影不见了。幸好有着《平复帖》。相比《兰亭序》,说年轮,早五十年的《平复帖》,是过了。再说才情,陆机之于王羲之,也是无须谦让的。至于笔墨,晋人的心性同样是绚烂至极的。

在云间住久了的,不仅是云间人,还有云间鹤。直到现在,人和鹤都流连不去,恐怕多是流连灿烂的晋人,和晋人留下的灿烂的《平复帖》。

云间是合适醉酒的。除了春天醉看花事,还有秋天,醉生莼鲈之思。晋代松江人张翰,在外边做官。那年秋风起来了,他想到了家乡的莼羹鲈脍,就辞官回来了。当时松江、松陵,是吴江吧。那儿不远有千里湖莼菜。鲈鱼呢,到现在多指松江四鳃鲈了。这鱼在云间。史上的曹操和他之后的苏东坡,所说的松江鲈、所说的巨口细鳞，是不是它呢？传说和文学有时更像历史。这条个头极小、口极大，据说食肉、很凶猛，色彩又如此老辣，还多了两个酒窝似的鳃的、很文学的鱼，说它是乡思，是很容易击破人心的。

这几行文字，有谁和我同感？乡思无价，尽管有时有些凉薄，像清冷的早上，露水滴上苍苔。

2018.4.3

一枕清梦若有思

步 韵 二 首

何曾老病抽丝茧,剪烛听闻夜涨池。沦落暗垂司马泪,不羁难赋牧羊诗。奇书下酒延微命,赤子对枰生大悲。买得扁舟烟雨里,年年不减断肠思。

万象眼中还剩几,残阳陵阙浣花池。奉萱才屈黄金膝,倚马空吟赤胆诗。都道落花无远虑,何须华发有深悲。连宵风雨横江去,一枕清梦若有思。

这两首诗,步我生命中一个重要的人写的诗,所有的诗思,不免要扎到自己的心里去。近来,有点感觉自己有了点年纪了,精力有时明显不济。病也是有一点的,不过和老一样,都是一种难免。也不是须待静养的大病,所谓病去如抽丝那般的状态,是没有的。老态可能也须静养,不过已是别一个话题。

有点年纪其实是好的,可以有回味的经历,可以像李商隐那样,和可以对话的人,西窗剪烛,说一些巴山夜雨那当事。人生有意思,可以想起不少可以同情和景仰的人生,可以因之而忍心歌哭。

史上做过司马的大人物,好像不顺心的很多。白居易在浔阳江头,听到了琵琶女的歌唱,感觉和她境遇没什么差别,不由簌簌流下泪来,即所谓"江州司马青衫湿"。还有柳宗元、刘禹锡,也是被贬成了司马的。一生的流离,纵然欢喜坚固,还是像极了一匹苦难到老的马。苦难没什么不好,有了苦难,史上才有了白居易、柳宗元和刘禹锡。还譬如苏武,北海牧羊十九年,才有了他和李陵唱和的苏李诗,才有了可以不死的、可以名叫气节的一个人。

忍心为有意思的人生歌哭,应该是美好的人生。喝些酒,读有关有意思的人生的书,由此感觉活出个有意思的人生的不易,感觉出一种悲哀来,很心甘。就像潇潇雨中,坐一条浮出俗世的小船,说是归隐了,其实仍是有这么一种教人心甘的悲哀的。

这世上能挂怀的还剩什么呢? 想来,也就是落日下的故国,满载落花的流水了。人该有些气节,人又该有些悲哀,书里写到的那些有意思的人,都是这样的。老话说,膝下有黄金,人是不该轻易下跪的。所谓"荣辱不惊",不是说不在乎荣和辱,而是说荣辱本来就分不清,说不上在乎不在乎。我是渐老之人,不跪功名,不跪利禄,不跪淫威,不跪庙堂,更该是情理中事。所该下跪的,也就是自己的母亲了。每一次呼吸里,思想和文字里,须臾不离的,也就是自己的赤子情意了。

花已然坠落,不再有太多的思虑,随风飘去,便是宿命,有意思的宿命,大悲哀的宿命,和天删地改的宿命。人渐老了呢? 和落花一样,也不必再有远虑或近忧的心情了。

写这诗的时候,连夜的雨,潇潇不止,雨下在江上,闪耀着水的光芒,流向对岸,流向前程去。清晨起来,不知道昨夜的雨,是真下了，还只是下在我的梦里。人生也是这样吧？幸运的是，一个人的人生，可能和史上有意思的人共同活过，如果是一直念叨着他们的话。

2018.4.4

赋到楚骚人不孤

端 午 二 首

楚子已非开国初,湘君美目正愁予。诗文似酒醒何处,蒲草人云剑不如。

赋到楚骚人不孤,来归大泽觅荪蒲。大凶最是端阳日,抱石悲沉屈大夫。

  端午,总是要说到屈原的。他是我们所在的这片土地上,这片有文字记载的土地上,第一个伟大的诗人。他自沉于汨罗江,那天是端午。

  屈原是楚人。先秦历史上的楚国,是个伟大的国度,甚至是当时世界上最伟大的国度。楚的伟大,不仅是它的强盛,还有它的无与伦比的文化。这样伟大的过去,自然可以养育出伟大的人物,屈原正是这样的人物。不可讳言,屈原所处的时代,楚已不是当年的楚,面对强秦,它抗秦的力量和信心,饱满的可能性已然不大。作为一个政治家,屈原的美政理想,更多的已是不朽的诗情了。屈原的《九歌》里,湘君、湘夫人那样美好的人,眼里满含哀愁,秋水般的无尽哀愁。这哀愁,哪里是神的哀愁,全然是人的哀愁,楚人的哀愁,屈原的哀愁。一个伟大的诗人,出现在家国不幸的时代,是一种天意。为着一个屈原,历史终结了一个楚国,把永远的哀愁,第一次全部地留给了诗人,留给了诗人屈原。

屈原的诗篇,他的楚骚,他的《离骚》和《天问》那样的文字,香草美人般的文字,是万古的酒。怀有相同洁愿的人,读了它,都会大醉,甚至无从醒来。屈原死在端午,之后的端午,家家门口挂菖蒲。剑一般的菖蒲,虽然是草,却有比剑更锋利的光芒,直指鬼神,直指人心。

写了楚骚的屈原不会孤独,也无从孤独,就像菖蒲的光芒,到达千万人的心底。之后,所有的时光,所有的端午,写到屈原楚骚的所有诗篇、所有文字、所有的心灵和思念,都不会孤独,也无从孤独。有幸这千万人中,有一个渺小莫名的我。今天端午,喝着酒,喝着屈原所酿的万古的酒,满心香草美人,满心透亮,和这菖蒲的光芒。如同千万人的心,前往汨罗河畔,寻觅屈原去处的不朽的菰蒲,寻觅屈原最后抱过的那块石头。人都是要死的。人都不愿意死,而人有时仍然会选择死。干净,是灵魂停留的理由。人世已然浑浊,灵魂就不必安生。

端午,屈原死去了,他抱着他的灵魂死去了。生前他救不了楚国,身后他救了整个世界。他留给了世界人的灵魂,干净的灵魂。

所有的日子里,端午是大凶的日子。端午死去了屈原,死去了史上第一个伟大的诗人。诗人是什么人?对中国人来说,诗人不仅是写出了最美文字的那个人,诗人还是具有天地之思、家国之念,对人和人世,乃至宇宙,都具备了思考的能力和深情的那个人。屈原正是那个人,一个伟大的诗人。屈原是个写诗的政治家，还是个写诗的哲学家和科学家。对此，请读他的《离骚》和《天问》，可以真实地感受到。屈原对中国人来说，太重要了。他死在端午，可见端午这个日子，真的太凶了。

2018.4.7

倾谈唯有风月

念奴娇·步东坡韵

当途何处,夕阳下,牵马驮经人物。入梦犹醒,还记得、微笑拈花面壁。空寂何曾,萧条又是,嘘气吹风雪。纵身趋虎,人天谁识雄杰。　　云淡天阔无边,渡江凭一苇,伶仃轻发。破钵芒鞋天地间,双目青青明灭。半袭袈裟,几回将尽夜,枉生须发。悲欣无意,倾谈唯有风月。

文人做得大了,是比较自在的,也是可能随时破些规则的,如果是有关文学的规则,自是不在话下的。譬如苏东坡填词。苏原本是诗人,而诗,是中国文学原本的形影。所谓"唐诗宋词",只是后人这么一说而已,至少苏是不认的。尽管他是宋人,也尽管宋,据说是词的时代。

苏以诗填词,不是秘密。诗和词毕竟是两种文体,苏以诗填词,自然让词人不满。李清照就说他写的是"句读不葺之诗"。尽管你是"学际天人",我也不得不说你写的还是诗啊,而且格律也有错。这就是李清照对苏词的评价。只是,苏既然是"学际天人",是大文人了,自然是有气力破些规则的。他写《念奴娇》,第一句是"大江东去",从此《念奴娇》,也被叫作《大江东去》了。没办法，谁让他是苏东坡啊。

诗和词的区别，大抵是剑气和柔肠的区别。苏说是以诗填词，词的意思还是顾及的，"小乔初嫁了，雄姿英发"，便是。只是也正是见了柔肠，词的格式不对了。上四下五，成了上五下四。这也是李清照笑话他的地方。只是读者不以为然，一千年来，还一直是个美谈。

苏词缭绕着的是剑气，他的"大江东去"词，写的是以前的人事，周郎赤壁。很想步他的韵和他，也写往事，还念古人，这回念及的是玄奘。

《西游记》是一部极美的书，写的是玄奘。少年时读它，好是神往西行路上，一个个突然出现的去处。三十年后，有机会西游了，当途驱车，也是五百里见一个城郭，明白了吴承恩还真是写实的。只是，张掖大佛寺的壁画上，八戒挑担牵马，洗衣造饭，好生勤快，这是吴先生所不知的。当然，高老庄也就在张掖。八戒在这儿卖力，也是人烟间常事。

玄奘是否一个人西行，并不重要。重要的是，他的西行，不是一个人的心愿，是人类的心愿。他的前程，是人类的前程。人类前程远大。玄奘的前行不可阻挡。世界上什么最有力量，最可以称为伟大？我想就是，眼中的悲悯、心地的光明。这两个，玄奘都具有了。光辉的人格，自然是缭绕着剑气的。

在取经的路上，夕阳永远不会下山。即使在梦里，也有拈花微笑的甜美。风雪并不那么冷，真能以身饲虎的人，未必都神采飞扬。

一苇渡江，十年面壁，自然是不朽的人、绝顶的智慧。孤独行走的人，眼光里有的是沧桑明灭。坐定了，经历夜的来去，渐渐老去。说是无意悲欢了，以沉静温和的心，关切着暖暖的灯火，还有人间事。

这也是以诗填词了吧？只是想说，人间的剑气，其实都是应着柔肠所起的。

2018.6.29

十年赚得水流西

绝 句 四 首

倾盖如云如故人,相看已是数年春。思君碧叶黄香事,人物
江山等薄尘。

纸上兵戈终是虚,豪言马革不如无。可怜亡国无青眼,三寸
霜毫半尺乌。

苕溪微雨水蒙蒙,溪畔朝颜斗酒红。老泪英雄谁会得,多因
旧日过惊鸿。

凤凰入世不须啼,自向桐花深处栖。眼底烂柯看不倦,十年
赚得水流西。

城里人对于花的开谢,反应不太敏感。感觉清晰的,也就是
桂花了。说来凑巧,老宅周围,多的是桂花。近年住在了郊外,
周围也是桂花多。桂花生香的时候,密密的绿叶里,密密的黄
花,端庄贤淑的样子。还香,浓郁的香,想躲也躲不了的香。还
有,桂花的别名儿也好,木樨花。字面看上去,就很舒服。院子
里,花园中央有棵桂花树,出门总要经过它。起初不认得,后来
开花了,感觉便是旧时友了。

它倾盖如云般高大,自然会联想起"倾盖如故"的故事了。

心里记得这碧叶黄香,觉得这一年年的时光,过得真快。总是惊诧,怎么才一转眼,桂花又开了。再一想,也就这飞快的转眼,感觉人生其实就是安然经过。所有的闹腾,不过是演戏文。

那天在博物馆,看到了八大画的一条鱼。如此虚空和简约的笔墨,感觉惊奇。联想起八大那年代的书画和文学。纸面上画着写着的士子,原本都有很灿烂的可能。他们准备牺牲的心情,一时也是有的。只是真到了国破家亡的时候,几乎都没影了。也就留着八大这条鱼,孤零零地游着,漂流着。书画和文学,要来何用? 还不是写着画着的、被认作文人的人,有个美的良知吗? 早知自个儿良知不全,当初何必做起文人来?

感觉上是经过苕溪的。看望苕溪,获取早前的好些文人,隐隐留下的不朽气息。还有酒,村落里的酒。两岸满是芦花的溪流边,微雨散着清香。喝在了一起的,绿罗裙、白袷衣,还有眼中青児,心上琼瑶。只是好些年过去了,一切都泛到樽前来。苏东坡在了北上路上,他可曾明白,他甚至渡不过长江去。辛稼轩南来之后,他可曾明白,他作为英雄的生命已然不再。陆游回到了沈园,他又可曾明白,他毕生的痛,不止是他丢失了一枚钗头凤。

凤凰是传说里最美好的鸟。如果现世中有,凤凰是谁呢? 一鸣惊人的故事,都知道吧? 说到的一鸣惊人的那只凤凰鸟,其实是楚庄王,也是齐威王,总之是出色的人。出色的人来在世上,大抵是不鼓噪的。凤凰栖息在梧桐树上。杜甫说,"碧梧栖老凤凰枝"。他这句式,是玩到顶端了,本意只是"凤凰栖老碧梧枝"。凤凰和梧桐共生,没理由鼓噪。人也是,人和世界共生,是不必甚嚣尘上的。

人生很短吗？数十年里，感知的东西何止千年。说是烂柯山观棋，真不为过。由此可知，不死的凤凰和人，其实是一个样。也由此相信了，至少近十年来，年华流水，不是流向东，而是流向西了。

2018.6.30

万卷诗书亦莫名

绝句又四首

万卷诗书亦莫名，油干灯尽误书生。远山送绿西窗下，不是闲人吟不成。

此时真是别离时，隔世来生定不知。独听蝉鸣连昼夜，半窗明月鬓如丝。

欲写新词写不成，木樨清磬歇蝉鸣。晚潮江畔凉风起，又听一年秋水声。

白鹭横江眉睫前，秋田烟雨钓鱼船。谁人偷得神年纪，笔记软尘无尽年。

读书人喜欢读书，甚至是一辈子都在读，可有时候，还会有些书愤的。觉得读书似乎没用，解决不了问题。伤心家国事，原本就是读书人的最大心结。至于我，倒不是书愤，而是有些书哀。自小想做个让母亲可以欣慰的儿子，直至母亲去世，我做成什么呢？面对她的遗照，我无言以对。窗外的青山绿水，依然如同小时候。数十年过去了。母亲的一生过去了，我只能写着几句所谓的诗，做人做到如此闲散，是母亲所盼的吗？

是真的分离了。生老病死，这一轮，母亲都经历了，到了尽头。人世间，母子情最难割舍，顷刻里被一寸寸割断，上苍真是不仁，竟不管尘世中人的不舍。人间几乎所有的话，都是虚拟，只有"永别"两字真真切切。今生一别，永不再见。这种痛楚，让人，无论平凡还是伟大的人，都伤心自己是个受苦人。

绿到了深深处的夏夜，好想深深睡去。睡去是有梦的，梦是最辽阔的时空，相信母亲走不远。可悲的是，无梦。冰凉的泪，驱赶了梦。蝉不断地叫着，它也有泪吗，冰凉的泪？一夜夜，竟然从头叫到底。月光射进窗子，照见我的华发。我老了。原来我也老了，所以母亲去了。

别无他法，只能写文字，走过哀伤。只是哪里写得出，走得过？桂花树，黄香渐落，直直地看着它铺了满地。心静了，听清远处的寺院，钟磬的声音。蝉声听不见了。夏夜，那些瞠目度过的夏夜，远去了。江上的晚潮起了，天凉快了，秋衣飘飘，身心都有了凉意。秋天，萧索，以至肃杀的秋天，随着一江秋水到来了。文字永远赶不上哀伤，而流水般的季节和日子，哀伤也赶不上。拍岸的秋水，裹着哀伤，缓缓流去。

秋江真是开阔。坐在江边，看云，看水，看白鹭，看烟雨，看小舟，看远山，最后是看矶头江上人。这是些忙碌或者闲散的人。江上忙碌的人，图温饱，一家人的温饱。闲散的人呢？多是老人。忙碌到头了，偷得余年，安坐矶头钓鱼。忙碌的人，也偷闲，看白鹭从头上飞过。闲散的人呢？也慌忙，到得鱼儿上钩的时候。我呢，怎么也来在矶头江上，我是忙碌还是闲散呢？真不知道。

我的人生,原打算走过文字,谁知道,反被文字走过。文字闲散,我忙碌。但愿文字,有时会因我而忙碌。但愿我呢,能闲散地写下,数十年来忙碌的人间事。

2018.6.30

班马客舟离别多

班　马

班马客舟离别多，了无大事问阎罗。

绣衣执法大夫印，锦輋辞朝天子歌。

种我菩提花几许，赋他孔雀胆如何。

人天冰炭从头读，故国春秋识断戈。

　　人生在世，离别是一种常见的状态，也是一种人为的说法。人生在世，生离死别，其实是无离别。只因念着，念着就是同在，就是无离别。人可能像树一样受命不迁，也可能像鸟一样飘忽不定。静如处子，动如脱兔。或动或静，都是可以有的。分道的班马、漂流的客舟，乘载的是念着的心，是悲是欢，一般温暖。临别互道平安，总是一种礼仪，而不是预警。除非先知道了临危或是赴难，人生大抵是不会在意阎罗的。

　　再要说的是，既然离别让人牵挂，那么相聚就是必须的了。千万里离别，千百年重逢，也就成了题中之义。几天前，见到一颗印。清代的寿山六方印石，印面已让后人磨掉了，边款还在，是清乾隆年间雪声堂主人黄楚桥留下的。齐头两行刻了"绣衣执法大夫印"七字，落款是"楚桥篆"。这些字，温雅端正。以刀代笔的功力,对每个字的深情契合,都是烦躁的今人难以企及的。再加年代久远,笔画已深入石骨,这种美着实打动人心。在这当口,我想,我是和楚桥先生重逢了。"绣衣执法大夫印"这名儿,还真诗人。绣衣执法大夫,说是汉武帝所创的官职,看来他还是不输文采的。

更不输文采的,当然是李后主。他原本是词坛的君主,谁知却担负起了江山,结果自然是亡国。离别庙堂的时候,他写了首不朽的词。起句是"四十年来家国,三千里地山河",气象真是阔大。这气象,他还真不是凭着干戈拥有的。这词的结句是,"教坊犹奏别离歌,垂泪对宫娥"。可见他耿耿于怀的,还是和歌女、宫女的伤心离别。这词说是他写了亡国之君的痛楚,不如说他写了大词人痛楚的解脱。他对江山,到底是生无所恋。他只是与诗词般的人和人心,不离别,也无别离。之后,他果然写出了更好的词,他做成了词坛的不朽的君主,与千百年来读他词的人无离别。

再如菩提花。菩提花到底是怎样一种花呢?据说,释迦牟尼是看到了人的生老病死之后,才坐到菩提花下的。菩提花下,他开始了他的伟大思索。如今,我们还能见到菩提花。坐在菩提花下,我们和他离别了没有呢?还有孔雀胆。据说,"押不芦花"郡主是不想离别,才拒绝了孔雀胆的。面对孔雀胆,她泪流满面。如今,离别和无离别,依然是人生的主题。面对孔雀胆,或许我们只能唱出一支歌来。

人生就是这样,有时滚烫如火炭,有时冷酷如冰雪。一部史书,记载的都是这样的事。这烫和这冷,说到底,也就是离别和无离别。地震后的一个瓷碗,古战场的一把铜剑,这会儿谈论完好和残破,非常不重要。这瓷碗和铜剑,只是在说,千百年后的归来。怀有同样洁愿和伤痕的人,还有物,永无离别。

2018.7.4

玄宗也是一时人

咏 史 三 首

武碑无字岂无凭，重握江山恨不能。万古今时犹触目，麒麟
云彩拥乾陵。

沉香亭北露华新，不见当初宠爱身。岂只贵妃多命薄，玄宗
也是一时人。

高阙崇陵竟日寒，龙潭虎穴几曾谙。鸟鸣还带唐音色，花落
犹粘汉鞶鞍。渭水秋风千叠雪，灞桥春柳十分残。迟迟旧国征
人意，说与使君何必刊。

看到北游之人所发的微图，暮色中的武碑，高高地矗立，上
无一字。武则天，这个历史上唯一的女性皇帝，以这无字之碑，
面对后世，她的心地，可见何等辽阔，又何等旷远。就政绩而言，
她算得上是一个好皇帝，但不能说是最好的皇帝。在历代无数
皇帝之中，她出挑的机会不会很大。只是，她是其中唯一的女
性，她存在的意义就不一样了。她一个人就是一部历史，她死
了，这部历史就结束了。可能正因此，她留下了无字之碑。她
是想到了，或者是想说，她死后，女性做皇帝的历史结束了。
她有千言万语，又能说给谁听呢？不只无字之碑，在那张微图

上，乾陵上空的云彩，像极了麒麟的云彩，同样安然、寂然、大音希声。

李隆基是武则天的孙儿，他和杨玉环的爱情，在世时已臻绝唱。可惜好姻缘不能到白头。遭遇了安史之乱，一夜间什么都不是了。最先为之谢罪的，竟然是一个女人。战争没让女人走开，而是让女人先死了。以至往后的历史，大多为杨伤心、惋惜。只是杨是这样，李又怎样呢？他是伟大的帝王，他把唐代，甚至整个封建时期带上了顶峰。他拥有最伟大的江山，和最美丽的女人。可惜，江山美人，都不过是人生一时。不说他剑阁闻铃时的伤心，还有他在世时失去帝位的落寞，单说他和杨七夕密誓，就可知晓，人生脆弱的愿望，真没有坚固的时候。杨是一时之人，李其实也是。

古城西安，城中已乏古味。地面建筑，除了大雁塔，几乎不见古迹。城外大山中的历代陵墓，还是亘古在着。这是西安的高处，也是西安的意义。其中盘桓的英雄气，和黄云白日一样高寒。这种高寒，是多少人闯过了多少龙潭虎穴，凝聚而成的。在这里，可以听见鸟的鸣叫，还带着杜甫诗里的口音，"两个黄鹂鸣翠柳"里黄鹂的口音。缓缓落下的花瓣，粘住了霍去病墓前的马背，"匈奴不灭，何以家为"那般英雄的马背。渭水，这一条伟大的河流，冲走了秦汉以来的所有帝王。至今，它仍然伟大地奔流着。灞桥呢？这一个千古离别的地方，柳色经久不息，依然青翠。折柳的神采和姿态很美，只是在英雄眼里，离别不过寻常事。

咸阳道上，以山为陵。那个冬天，匆匆走过，有的正是这样的感觉。不知道这样的感觉，更该是怎样的人所具有。也不知道我这样手无缚鸡之力的人,该不该有这样的感觉,只是这样感觉着,不指望有人来规劝我,改正我。

2018.7.7

羊毫浑似马鬃长

读文人书札二首

羊毫浑似马鬃长，变法勤王两颉颃。忽忆毗陵刘海粟，白头寂寞说康梁。

西施湖畔抛妻子，不管人间苦别离。湖上逝舟湖畔哭，一时耳背几人知。

现世把字画放在一起论价，实在是不当之事。画历来是商品，字不是。文人到卖字为生了，家国也就不那么像样了。譬如，当年马一浮卖字，之后闻一多卖章，天下岂止是多事之秋，甚至是国将不国了。

这里说康有为的字，他是用长锋羊毫的，估计他用的羊毫，又是不会短于马鬃的。自然马鬃是坚挺的，羊毫要柔软得多。大抵明之前，是流行狼毫的，即是坚挺的那种。明之后呢？文人骨子里也柔软了，即是有坚挺的心力在，这一种坚挺，也不拔萃，只是遒劲了。

康有为是大文人，他生于十九世纪中叶。生得早了一些，以至他对中国前程的看法，很是困惑，甚至有趣得紧。他的名字留在了那段史书上。"千古伤心过马关"，小时候读到这句子，就对他心向往之了。写字,是他须臾不离的事。譬如公车上书,这书也是要写出来的。他是大文人,精力过人,冷不丁写了部有关写字的书,《广艺舟双楫》。这是一部近代碑学最重要的书。他的字,极具碑字气象。他的两个弟子刘海粟和徐悲鸿,一个学到了他的浑穆,一个学到了他的开张,还都成了写字的巨匠。刘到了晚年,和晚辈谈话,总是谈他的老师康有为,还有梁启超。他谈康有为的平生事业,很少谈他的字。可见字,最多是人生的附丽。只是附丽,也是无价的,因为他是文人的字。

再说弘一。弘一和康有为,大抵放不到一起。不过,就字而言,却是可以连着说的。说弘一的字呢,得先说李叔同,或者说,得从李叔同说起。说字,先得说人?对的。字是人写的,什么样的人,写什么样的字。而不是临什么人的帖,写什么样的字。这区别,就是字和书法家的字的区别。当然,这里的书法家,指的是现在定义的书法家。

李叔同是什么人,是很有才气的、涉猎过很多文艺领域的文人。只是国情和心境,都让他感觉自己快死了,于是他决定做弘一。这时候,一件很不好的事情发生了。西子湖边,他的太太哭着叫着他的名字,他坐着小船,背着身子,渐渐淹没在薄暮中。小船走得很慢,太太哭叫了很久,李叔同一次也没回过头去。只能说,他是一时耳背,听不见了。他为自己求生,伤害了一个人。同时,他也伤害了自己。个人求生,如此重要吗?身边那个人也度不了,还能度众生、度自己吗?

我想,弘一到死不会忘记那一刻。他圆寂前写的四个字"悲欣交集",说明他还在度着自己。

于是我们看到了弘一的字。有人说他的字无烟火气。我看他的字,感觉满是忧伤,这是一个悲欣交集的人写的伤心字。这样的字,会永远活着。因为所有的人心里,都有着这样的温润和凄凉。

9.23

忆得湘西梦花未

奉永玉先生二首

数行热泪落纷纷，风雨沱江寂寞坟。百战归来犹未死，生刍同祭沈从文。

何来心事惜荣名，浪荡江湖命亦轻。忆得湘西梦花未？年年梦到凤凰城。

这两首诗是突然想写的。这会儿，想到了去凤凰见永玉先生的事。先生是名人，想到他，不是想在心里蹭一下名人的光芒，而是为着每次见到他，内心都很灿烂。他的话、他的思索直指内心。人生之所以可以迷恋，正是因为人是有内心的。内心的世界，比身外的世界大得多。

那时节，先生比我现在的年龄大不了几岁，而我还不到五十。沱江边走着，他说他四五十岁就好了，还可以做很多事。我想，他是想到我的年龄了。然而这些年过去了，他九十五岁了，依然年轻时的气象。而我，差不多到了他沱江边走着时的年龄，所谓作为，大不如前。可见，对我辈来说，四五十岁才是好时光。

那次是2001年去的凤凰。大年初一动身，初二黄昏到的夺翠楼。初三一早，随先生到沱江边上，祭扫他的表叔沈从文。墓地没有坟冢，只树一人高的天然大石，前后分别刻着沈从文，和他妻妹张充和的文字。四字句，各十六字。我还分别记得八个字："照我思索""星斗其文"。

先生手扶大石，泪流满面。沱江上的风雨依然，一个去世的人还能留下什么？不远处竖着一块石碑，上面是先生书写的一句话："一个士兵，不是战死沙场，便是回到故乡。"沈从文不是士兵，沱江以外所有的风雨里，他只是握着一支笔。他不可能战死，只可能被杀死，冤屈或者安然地死。

人生在世，名和命，是通常的主题。我改过一副清人的联，七言改作了五言："岁月荒唐过；文章恐惧成。"谢蔚明前辈说他觉得"荒唐"不好，问先生是否同感。先生说，有什么不好？说荒唐，就是不荒唐。先生接着说，"恐惧"不好，写文章有什么怕的呢？我让先生改一下。先生正书写此联，顺手改了下联为："文章腼腆成。"

常说惜名、惜命，静下来想，其实都说得模糊了。自己有了名，自然会觉得要珍惜。其实，自己惜名，是说浅了。名，其实是让别人、后人惜的。名，有别人、后人惜，才是荣名，真正的名。自己呢？还是"荣名知自鄙"这句话，是真感到"自鄙"的。大人物，大家惜他的名，可他本人呢，懂得太多，才明白不曾懂的更多，所以没时间和兴趣去惜自己的名。

惜命，是自己的事，只是也说浅了。说得有意思些，该说不惜命。命原是该惜的，然而当你的人生，到了要用命去捍卫良知的时候，不惜命就是必然的结果。所谓"舍生取义"说的就是这道理。命的长短，不重要。人们说起历史上那么多伟大的人，大抵都不清楚他们活过多少年。

凤凰,先生家的院子里,有一种花,看去枝叶迷蒙。先生说它叫"梦花"。哪一天,再有机会和先生一起看梦花?

9.24

王气难收蜀地舆

曹 操 二 首

命中不济盛名虚,王气难收蜀地舆。徒使张松轻得意,一言
焚了用兵书。

自干唾面是何人,相府堂堂击鼓频。徒使祢衡轻得意,奸雄
骂了不丧身。

这会儿想起了曹操。史书上的曹操,有史学家说,我说小说
里的曹操。

鲁迅眼毒,说小说里的刘备和孔明,一个仁慈到了"似伪",
一个聪明到了"近妖"。可见正面人物不好写,罗贯中也写不好。
而曹操,罗贯中把他写活了。

曹操出场就不同凡响。袁绍盟誓天下,敌不过吕布一柄戟,
没多时,作了鸟兽散。曹操武艺平庸,却在卧榻之侧,吕布擦肩
之隙,刺杀董卓。这种胆气,已然横绝一世。

他和刘备青梅煮酒,纵论天下英雄。明知刘不是池中物,还
留他性命。再有,他还能看着关羽千里走单骑。这种英雄气,除
了他,谁也没有。

小说说三国,刘备占人和,孙权占地理,曹操占天时。其实,

曹操不能一统天下,所缺的也就天时了。罗贯中不认为这样。他惋惜刘备不占天时,嘲笑曹操不占人和。就这样,那个揣着西川地图的张松出现了。大凡参与改变历史的人物,他的品行,常是可以两说的。譬如张松,说他卖主求荣也对,说他识天下大势也行。

张松出现了,罗贯中开始毁曹操。说他以貌取人,礼慢士子,说他不占人和,由此失去了获取西川的机会。曹操和张松两人,写得很有趣。曹操知道这川人有学问,特地给他看了他写的兵书,名为《孟德新书》。谁知张松看了后大笑,说这是前人写的书,川中小儿人人都能背,还当场滔滔不绝地背诵起来。

曹操被弄糊涂了。他是极度自尊的人,他没去想张松是过目不忘的人。他首先想到的是,他"和前人暗合",立马把《孟德新书》烧了。学术腐败的事,曹操是不会沾边的。那会儿张松是很得意了,这得意,怎么看也只是耍了回小聪明。

小说还有段"击鼓骂曹",也是想着毁曹操的。堂堂相府,祢衡裸衣击鼓,当着众人的面,辱骂正中坐着的曹操。曹操呢,竟然不动声色,听凭他一直骂去。这档事史无前例。一个活着已经不朽的人,原本说该有这样的气量。可惜,有史以来,能这样唾面自干的有权势的人物,除了曹操,曾有几人?

那会儿,祢衡是不是很得意了呢?只能说,看上去像是。必死的心肠,来做牺牲,结果竟然死不了,竟然全身而还,这个人能带回什么呢?士子不怕死,死不可怕。可怕的是,做了件必死的事,竟然死不了。大意外,让人崩溃。只能说,对手太强大了。人和人到底不一样。

小说多读了几遍，对不久前挖出的、委琐的曹操墓，不信是真的了。尽管那是考古界的事，该由他们说了算。

9.27

笑谈白帝托孤时

咏 刘 禅

东归嫡母两分离,长坂坡中困睡迟。

都道关某诩虎父,那知阿斗是麟儿。

隆中策并荆州死,蜀外身无故国思。

四十二年真命主,笑谈白帝托孤时。

　　小说里的刘阿斗,也就是蜀后主刘禅,读起来一生寥寥,其实是个英雄。罗贯中"尊刘"的意志,从不懈怠,可惜阿斗,他还真没写出来。

　　"捧不起的刘阿斗",原先我也是同感的。有天,我做记者时的老师说,这阿斗,你不要小看了他。他不是捧不起,而是了不起。老师不在学校里,真是好事。至少,他总会让你自由地思考。

　　小说里写阿斗的篇幅,或者说惊心动魄的篇幅,都是写他小时候的。小时候,他是性命堪忧、差一点性命不保的苦主。他是甘夫人所生,后来由孙夫人抚养。孙夫人被诓回吴,带走阿斗,他赵叔知道了,一个人截江夺阿斗,这是赵叔第二次救他。此前一次,就是长坂坡。万马军中,三进三出,赵叔一人单骑,胸口掖着他,结果掉进了陷马坑。只是阿斗不能死。真龙不死,"四十二年真命主"不会死。罗贯中没法子,写了这么个刹那间,龙马腾空跃起,溃围而去。

他关叔是个傲慢的人。人家吴侯来提亲,他说吴侯的儿子是"犬子",自己的女儿是"虎女","虎女焉能嫁犬子?"他女儿怎么虎法,小说没说,这态度伤人了。结果他关叔死了,还搭上了荆州。孔明没出茅庐,天下三分。他关叔丢了荆州,他的三分天下到底保不住。可惜了,他的麒麟之才。

人生是盘棋。白帝城托孤,老辣的刘玄德,临终将死了诸葛亮,仁君的棋力太强了。诸葛亮鞠躬尽瘁,辅佐了阿斗十一年。之后,阿斗独掌西川三十一年。四十二年里,魏、吴两国,时不时变换天子,也就阿斗安然坐定。乱世之中,如此安然坐定的天子,他的心力自然异于常人。可惜,罗贯中写得少了。

中国历来不是小说的国度,中国的小说接近的是话本。所谓话本,就是民间的传说和传奇。民间都说"捧不起的刘阿斗",罗贯中还能怎么写?

四十二年过去了,沿着民间的传说,小说写了阿斗的儿子,死不投降。再写阿斗投降了,到了洛阳,还乐不思蜀。然而就是这个亡国之君,活到了天年。史上可以活到天年的亡国之君,是极少见的。

史料上说,刘备和诸葛亮都曾说过,阿斗"气量如海"。天下大势,分久必合。阿斗统一不了天下,他交出了一个百姓得以休养生息的西川,他也是尽力了。进则保民,退则保命,阿斗都做到了。可能因此,他觉得自己问心无愧。还是这句话,历史改变的那一刻,每个相关的人的作为,常是可能两说的。

由此再回过头去,读一读小说里的白帝城托孤,可见刘备是多虑了。他刘家,倒真是"虎父无犬子"。

9.27

对青山初晓

谢池春·步放翁韵

新阕漫填,春雨几回东槕。试清音,东坡绝倒。多情因梦,对青山初晓。看佳人,拈花还笑。 乌丝界尺,呖呖莺声曾到。叹功名,人言趁早。须臾叶落,被西风横扫。酒杯里,地荒天老。

欢快或悲伤的时候,填一首词。填好了,欢快或悲伤,也都饱满了。

这会儿读到了陆游的一首《谢池春》,感觉和词里的情绪很契合,也就欢快地填了下来。曾经的一些境遇忘不了。春雨里驾着小船,在西湖,在东山洞庭湖,在永嘉楠溪江,还有桐庐富春江流淌过。不赶时间,漫无目的,就是为了流淌而流淌过。

词和诗不一样。诗像画。画,是空间艺术。看一幅画,回味、想象,都会有。词呢?和书法一样,是时间艺术。词走的是情绪,词总是把一种情绪,不由分说地表达出来。回味也是有的,比较单纯,大抵就是感受一种情绪。想象呢?似乎没有。

再说,词是用来歌唱的。所谓填词,也就是现成的词牌,按它的节奏和音律,写上自己的文字。用来歌唱的词,自然是通俗易懂的,文字的脉络也是直接的,是真情直白地一路说去的。为了要好听,音律是严于诗的。宋代李清照、周邦彦等人,是音律上臻于完美的词人。只是词既然美,诗人自然也喜欢填。除了陆游他们,还有苏东坡、辛弃疾。尤其是苏辛,才气太大,又有许多话要说,他们以诗入词,音律上不及李周,却是史上公认的苏辛佳词,作为词的文本,更是激动人心的。

前人有个笔记说,苏东坡曾问一位歌唱者,他的词和柳永比怎么说。那人回答是,柳词只合十七八女郎执红牙板唱,苏词必须是关西大汉,执铜琵琶、铁棹板,才能唱。这段文字的最后是六个字:"东坡为之绝倒。"这个歌唱者婉转批评了苏词在音律上的欠缺,也就是不能算"清音"吧。苏听了,感觉无话可说,或者说感觉说不清。

在江南的流水里坐船,惬意是极其自然的。最好是在初晓,就着初晓青山。好看的青山都是有脉的,就是说都是有来历、有来处的。一棱棱的山脊,光芒从那里一棱棱地透出来。这种美,像极了佳人拈花微笑。

我曾把我填的词,录写在八行笺上。词是有声色的,有花开鸟鸣的。然而词是无关功名的。一直听人说,人想成名,要趁早。只是词人的名儿,历来是薄名。市井闾巷,金粉旗亭。至于大人物填词,都只是诗余而为。

再说,再大的名儿,转眼间都像落叶那样,随风而去。可以长久的,只有酩酊大醉。感觉到了内心痛快的酩酊大醉,感觉到了美的酩酊大醉,感觉到了人生五味杂陈的美的酩酊大醉,感觉到了词、诗词、中国文字的美的酩酊大醉。

在江南，坐着船，就着初晓的青山，就着酩酊大醉，深深地睡去。即使是长睡，也该这样，在这里。

9.28

但留一覽凤凰池

杂 诗 三 首

苍梧烟水碧梧枝,记得少陵曾有诗。总是有心驰不到,但留一覽凤凰池。

自洗骅骝驻客舟,结庐淞水作清游。九峰一脉苍苍树,才一转睛看到秋。

残稿无多退笔存,满盘红柿带霜痕。天风吹散飘零叶,不到老家银杏村。

凤凰是三国时吴末帝孙皓第五个年号,也就三年。取名这个年号,是因那年宫阙出现了凤凰。可惜这么好的兆头,留不住吴国的国运。之后不到十年,吴国亡了。带有凤凰年号的砖,倒是留下来了。词义和字体都好,又是差不多两千年前的古物,自然就让人宝爱了,特别是读书人。周作人当年就收有一方凤凰元年砖,他在他的日记里这么记载:"在马五桥下小店,得残砖一,文曰'凤凰元年七'。"之后他还取了"凤凰砖斋"的斋名。曾见过一张他书斋的照片。案头显著的地位,垫着老布,放置着那一方凤凰砖。

数十年后,城建的关系,获得一方古砖的可能性太大了。我也得到了一方凤凰元年砖，而且是带彩绞胎泥的。凿成了砚，还容易发墨。凤凰一直是我心里带着的。凤凰的凤字，和我名字里的鹏字，在古文字里是同一个字。凤凰，还出现在了杜甫最奇异的诗句里。"碧梧栖老凤凰枝"，杜甫仿佛没注意，在梧桐树上栖老的凤凰，而是把他的注意力，集中到了曾经栖老过凤凰的梧桐枝上。天赋异禀的感觉，谁能及得上？天意弄人，我也喜欢写诗，也就无处可逃地伤起心来。

也不知幸与不幸，结交这一方凤凰砖砚，还有满眼苍苍的烟水。我从浮尘里经过数十年，才来到了云间。所谓自洗骅骝，不是说自己是怎么了得的书生、飘零书剑的那种出色的书生，只是说停留了车马，走到了烟水深处。我感觉云间，淞水边上，正是人间的烟水深处。这里有九峰，九座拔地而起的山峰，不高，但郁郁苍苍，有史书的意气在，流连不去。无数的苍苍的树，是我近年时时面见的。我不是凤凰，有幸也可以栖老在这郁郁苍苍之中了。

树，远比人纯情和真实。这几年我看到了树的春秋夏冬，这一种受命盛衰的信守和惬意，人是极难得到的。一转眼里，叶色转浓，层层参差，九峰尽染了。这是秋天了，一年中最有骨力和神采的季节到了。这样的季节，连栖老两字都无从说起了。笔砚左近，算起来这几十年也没写过多少字、几本书。可笔呢，还是写坏了不少的，所谓退笔成冢，倒是差似了。入秋了。柿子红了，几上满满一盘，好大。无与伦比的柿红，带着秋霜，除了九峰，一隅人家也入秋了。

秋天，所有的落叶里，银杏树的叶子是最动人、动心的。即使阴沉的天色，也是明晃晃的，从不忧郁。这一刻，我想老家村口那一棵活了数百年的银杏树了。只要它活着,我的来去,甚至生死,都不算什么事。

12.2

寒中借酒数龙鳞

初 雪 四 首

　　山河无迹雪成尘，欲卜清平到古椿。腊八喋声乌鹊夜，寒中借酒数龙鳞。

　　今生又与雪为邻，一芥子中来去人。万卉谁如此清绝，蓦然已见七分春。

　　散枝开叶作微尘，六出飞花霎时真。风雪茅亭板桥北，从今不见去年人。

　　飘飘白马似生平，彻骨清凉谁与争。寒夜一尊听雪下，浑然泪下寂无声。

　　下雪了，今年的第一场雪。江左不是每年下雪，不是每年能下像样的雪。这会儿下的雪真是好。纷纷扬扬，沸沸扬扬，在远近模糊昏黄的灯影里，闪着光。感觉不到冷，感觉到的是热烈。一时间，所有的景象都是雪色的、清平的感觉，桥边那棵大松树，才能给你的那种感觉。腊月初八，多年不遇的大雪，江左的鸟儿，可能惊到了，雪夜里听不到它们的声音。雪夜，一个人喝酒。前人所谓"飞起玉龙三百万"，该是说雪吧，雪片是龙鳞？一片片数着龙鳞，却不觉得是在数雪片，而是在数大松树身上的累累瘢痕。感觉这瘢痕，才是龙鳞。

今晚和雪在一起。今生和雪走得很近。雪花落在地上，成了雪粒，一芥子微小，就像来去仓促的人。和所有的花比起来，不见鲜艳，不见烂漫，不见奇恣，甚至不见高雅。它有的是清绝。这个混沌的人世，什么都容易得到，容易见到，最不容易得到和见到的就是清绝。只有清绝，才是这人世最初的心动，永远的心动。清绝让混沌的一年减负，让混沌的人世稍安。漫天的大雪里，来年的十分春色，已然可见七分了。

所有的花开放和零落，都是美的历程。跌进了尘埃里，依然往生。花，开放和零落在人世，和人世的许多时光、许多悲欢，息息相通。"感时花溅泪"，这么迷茫和传神的句子，只有杜甫写得出。他其实说的是"泪溅花"，他觉得他伤心的泪水，只有对着花，才能畅快地落下来。所有的花里，应该还含有雪花。这一年雪下得太早，梅花还没赶到，雪已下起来了。五出梅花不在，六出雪花纷飞，天赋的妖娆，谁还顾及它真假。一霎间的怒放，不是花，还能是什么？华亭湖边，那座木桥北侧的八角茅亭，一片雪色。它静静地在那儿，我静静地在它那儿。它是我永远的记忆。我哪天走了，也会把有关它的记忆一起带走。母亲常来这里，今年她不在了。

白马飘飘的年代，离我远去。我不知道今生做成了些什么，做错了些什么。原可能做些什么，而没有去做。时光流去，有些可能已不再可能。所幸与生俱来的，或者是后天养成的彻骨的清凉，一直在的。这清凉，我不会丢弃，别人也取不走。雪夜里，喝酒，一个人喝酒，是直面自己的好时候。不知怎的，落下泪来，就像杜甫对着暮春纷纷零落的花，落下泪来。落泪无声，就像还在下的雪。雪下着，寂静无声。

12.3

舟中人物二三粒

前 尘 二 首

前尘人物渺知音，愧抱青山绿绮琴。诗读中唐如虎病，画临北宋似龙吟。一湖碎月连天碧，半壁长松接地阴。此日归来何所忆，残阳落叶马蹄金。

舟中人物二三粒，雪下西湖数九边。岳墓不闻松柏朽，雷峰终见塔檐偏。留香奇气张宗子，绝色歌声白乐天。玉宇无须仙客到，当空凿出一轮圆。

现世的朋友还算有的，异代的知音呢？我想也是有的。人生的知音，大多是穿越年代的。不然，我们怎么可能景仰那么多的前人？所有的景仰都是出自内心的。内心有的，其实都是自己认定的东西。自己认定的东西，发现前人身上有，而且如此精彩地实现了，这就是知音了。而这，也就是知音的定义和意义。绿绮琴是李白诗里写到的，于我，自然有一种自愧不如的感觉。喜欢李白，又远远不如他，谬托知音，这不安和心情，谁也能明白。

读中唐人的诗，感觉是一批有情怀的人，身负着伤痛啸傲。他们原本是虎，可惜山陵崩，惨象遍地，他们可能啸傲的，就是他们的良知和不可摧毁的心志了。他们是病虎了，难得他们的啸傲,依然高亢雄浑。譬如杜甫,譬如刘禹锡。到了北宋,除了诗,画到达了巅峰。北宋的山水、人物、走兽,都让后人望尘莫及。也都让后人景仰,怯怯地认定是知音。譬如李公麟的画,他的笔墨所到之处,至今人迹罕至。他字龙眠,我看他哪里是龙眠,他是在龙吟,他可以千秋万代吟下去。

遥想前人,复观天地。看满湖粼粼,万点清光,水天连在了一起。青山半壁,挂天长松,它的错结盘根,牢牢扎在大地。这些都是神迹。都是可能和人,和可以认定知音的人、伟大的人互相辉映的神迹。每每从沉思中归来,如获新生。这一回又见到黄昏夕照了,满地的落叶,一片金黄。

张岱是天人。他的散文,看似百炼精钢,落得绕指柔,可叹他定然不曾炼过,得来不费功夫。最喜欢他写的西湖看雪,湖心亭小记。里面最奇的一句:"与余舟一芥,舟中人两三粒。"西湖大雪,人在湖心舟中,满天地望去,最好的量词还真就是"粒"了。说到西湖,自然要说到岳飞。不只是家父取他的字,作我的名了,更是景仰他的为人。西湖岳坟边的精忠柏,历经雷击火焚,遍体鳞伤,竟然生生不朽,精力凝聚,精光直射眉心。可见人天之瑞。西湖边的雷峰塔,到底是要倒塌的。至情不可辱。至情可以赴苦难,受煎熬,但不会死。任何力量,都无法让它死。说到了张岱和西湖,当然还要说到白居易。但一条白堤,白居易就可以不朽了。他还有"长恨歌""琵琶行"。有天,风雨交加,抄写这两首长诗,蓦然热泪盈眶。白居易直白到美不胜收的文字,说出了人间的美满和酸楚,说到许许多多人的心里去了。无论同时,还是异代,都不少他的知音。

今晚是十五,天上人间,一轮明月圆了。

12.3

又在江南逢小年

小 年 四 首

百草披靡白月沉,腊寒冻了鸟声音。窗前高树枝干密,直向天青探浅深。

岁岁新辰似旧辰,好风昨夜起青苹。一天晴碧云如雪,只有梅花开到春。

泽畔霜根还自眠,门前已过采冰船。向来时序如流水,又在江南逢小年。

大雪纷飞能几时,城春先见陌头枝。登车百里归来去,只为今人说古诗。

今天是腊月小年。冷冷的天气,感觉是腊月,也感觉是快要过年了。除了梅花,几乎没什么花影可见。满地草色发白,一年一枯荣的意思,这时节是最可明了了。天真冷了,鸟应该还在,只是都不叫了,它们的叫声被腊寒冻住了。湖山清澈,清澈得只有简淡的色,寂静无声。窗外,满树的叶,渐渐落尽。露出了极美的、向上的、像叶脉一样生长和生动的枝条。天很高,枝条向上展开着,无所顾忌。树是无畏惧的生命,它们总是这样,不像人们,总是有所畏惧,即使内心知道自己是畏惧莫名。

小年到了,小年又怎样呢?年年都过的,年年都是这样。新年,常常和旧年一样。是我过年过多了,还是年本来就是一样的呢?前夜一阵风,起于青蘋之末,天气陡然冷下来了,今天被告知是小年了,腊月小年。这让我想起来,去年也是这样过的小年。再看看天上的云,冻得像雪了。雪一样白,看上去就冷。这样的云漂泊在天上,晴朗的天上,真是好看,无上清凉。这种清凉,只有人心能记住。这不可惜,人心永远是大于天的。所有的景象,只有载入人心才有意义,才是一种存在。这些漂泊的雪一样的云,不会长久。小年出现的美好,譬如这云,过不了大年,到不了来春,只有山水间、庭院里,渐渐吐露的梅花,才能开到来春。

　　雪沃大地。湖边可以看到大树的根,霜冻着,雪沃着,积蓄着力量,等待着爆发出春天来。在这样的天气里,有朋友来看我了。雪夜访戴,是何等雅事。乘兴来去,半途回返。这里我写的是破冰船。天冷,河塘之上即使结上冰,朋友还是会来的。朋友不是候鸟,所有的季节都是好日子。何况佳日如酒,怎能少了如诗的胜友。这会儿,在江左湖山之间,重逢小年,他年怕难忘记了。

　　一瞬间,大雪纷飞。出门去,远远看见梅花开了。梅花是要开到来春的。它是春天的尖兵。见到梅花,就远远见到春天来了。今天出门,去百里外的练祁河边,去讲诗。一些年来,一直讲着诗。没有其他能力,只有诗能讲一些。感觉今人拥有了许多,所少的就是诗了。诗是种子,每个中国人心里都有,与生俱来都有。要懂诗,要让心里诗的种子,开出花来,开出雪花、开出梅花来,开出整个春天来。很快乐,冒着严寒,许多人来听我讲诗。诗陪着我们过小年,传统里的小年。古诗和小年一样,也是传统的。它一直陪着中国人过日子,陪着今天的我们过日子,除旧迎新。一路来去,大雪纷飞。

12.3

待听初挝山房暮

踏莎行·丁酉除夕玉佛寺梵钟初挝步秦观韵

松雪更年，东风夜渡，青春又到归来处。今生幸作梵钟铭，待听初挝山房暮。　　大木无争，大心如素，眼中风物曾无数。山中持酒醉何凭，被人偷得韶华去。

除夕夜，我和家人应邀去玉佛寺。之前暮秋时候，应觉醒住持命，敬铭玉佛寺新铸佛钟。正文谨布如下：

大德西去，我佛东行。渡江面壁，猛如陨星。微笑拈花，妙若奔霆。圣教兴也，江左殊胜。崇寺起也，玉佛莅临。垂莲之上座，冥想以传灯。一坐一卧，无量慈恩。珠光宝相，万象无与比伦。低眉含目，秋肃亦若春温。

蒲席天花，贝叶慧根；虚云演教，行苦悲深。楞严独步，圣者圆瑛；清凉无上，芥子全心。重修法身，大道可成；统摄融贯，太虚精纯。

今时者，盛世也。诸恶莫作，众善奉行。鹏击龙花，涵真禅之上德；凤升道树，葆觉醒之大心。三藏妙谛，集僧家之英。四海护法，承菩提之恩。少林以武，玉佛以文。动地之功，焕一刹以杰构；弥天之勇，奉诸佛以中兴。千祥齐集，百福并臻。熏习之人烟，徂徕以缤纷。

噫！何其幸也。晨钟暮鼓，宿愿竟成。黄钟大挝，瓦釜噤声。苍苍乎古刹，奕奕乎高僧。巍巍乎玉佛，隆隆乎金磬。清音妙响，拊谒者之诚；振聋发聩，起鬼神之敬。凭梁尘之踊跃，持念深恩。感悲欣之交集，响彻五蕴。

颂曰：犍椎蒲牢，法器荣名。欢喜坚固，万岁长庚。玉佛所指，隔海熔金。金声玉振，发乎鲸音。袈裟六道，莲花八棱。天地明鉴，鬼神式凭。灿若紫云，寥若晨星。泠泠梵呗，寂寂天听。其气凛凛，其质沉沉。清圆琅然，闻之介心。悬空狮吼，平地雷鸣。庄严国土，化度众生。

农历丁酉年，为佛历两千五百六十年。铭文写于这一年的"莲花之月"。"住持觉醒敬立，普陀山人陈鹏举沐手敬铭。"

除夕夜，玉佛寺。苍松经历风雪，茁壮地生长着又一道年轮。东风已然到了，吹开了所有的灯盏，包括所有向善的人的心灯。春天，还有青春，是永在的。春天，还有青春，今晚，都回到了原点，又将踏过起点。我在尘世里度过了大半生，能以自己卑微的能力，为佛钟铭文，只能说是有幸。有幸的事还有，在佛钟初挝的除夕夜，和觉醒住持一起，撞响佛钟第四声："四季平安"。为所有人祝福、祈安。

大木默默地树在那里，从来不与天地、万类相争。真正的人心呢？也是极其干净的，从不受污染。我活了这么多年，看到过参天大树，看到过内心干净人。这些树和人，都是天地间、人世上最值得和必须景仰的。

近些年,客居湖山烟水里,平静地生活。写些文字,主要是记载那些大树,和那些干净的人。有时还会喝点酒,至于醉与不醉,无从计较,也从不计较。我的青春,我的大好年华,不知何时被偷走了。不敢追寻以往,以往的事无从后悔。不妨喝点酒,让自己醉了,来得好。

12.3

图书在版编目(CIP)数据

双柑树 / 陈鹏举著. —上海：上海三联书店，
2021.7
　ISBN 978 - 7 - 5426 - 7467 - 8

　Ⅰ.①双… 　Ⅱ.①陈… 　Ⅲ.①散文集-中国-当代
②诗集-中国-当代　Ⅳ.①I217.2

　中国版本图书馆 CIP 数据核字(2021)第 125792 号

双柑树

著　　者 / 陈鹏举

责任编辑 / 吴　慧
装帧设计 / 徐　徐
监　　制 / 姚　军
责任校对 / 王凌霄

出版发行 / 上海三联书店
　　　　　(200030)中国上海市漕溪北路 331 号 A 座 6 楼
邮购电话 / 021 - 22895540
印　　刷 / 上海展强印刷有限公司

版　　次 / 2021 年 7 月第 1 版
印　　次 / 2021 年 7 月第 1 次印刷
开　　本 / 889×1194　1/32
字　　数 / 240 千字
印　　张 / 11
书　　号 / ISBN 978 - 7 - 5426 - 7467 - 8 /I・1708
定　　价 / 80.00 元

敬启读者,如发现本书有印装质量问题,请与印刷厂联系 021 - 66366565